U0944605

青岛出版社
QINGDAO PUBLISHING HOUSE

图书在版编目(CIP)数据

诱我深入/闻笙著. —青岛：青岛出版社，2021.7
ISBN 978-7-5552-9267-8

Ⅰ.①诱… Ⅱ.①闻… Ⅲ.①言情小说—中国—当代 Ⅳ.①I247.5

中国版本图书馆CIP数据核字(2021)第013825号

书　　名 诱我深入
作　　者 闻　笙
出版发行 青岛出版社
社　　址 青岛市崂山区海尔路182号（266061）
本社网址 http://www.qdpub.com
邮购电话 18613853563　0532-68068091
责任编辑 李文峰
特约编辑 崔　悦
校　　对 张静静
装帧设计 千　千
照　　排 李红艳
印　　刷 三河市良远印务有限公司
出版日期 2021年7月第1版　2021年7月第1次印刷
开　　本 32开（880mm×1230mm）
印　　张 20
字　　数 366千
书　　号 ISBN 978-7-5552-9267-8
定　　价 69.80元（全2册）

编校印装质量、盗版监督服务电话 4006532017　0532-68068050

目 录

㊤㊥

目 录

㊦㊥

第一章
凛冬将至

北京的秋天短得像兔子的尾巴，嗖的一下飞了过去。

顾新橙抱着半摞书走出旋转门，迎面而来的穿堂风灌入单薄的衣领，挨着书页的指尖不禁蜷了蜷。好在预约的出租车来得及时，她拉开后车门，携着一股寒气踏入车内。

司机正在收听交通台 FM103.9 频道的广播，见人上来了，将音量调低，顺口问一句："银泰中心？"

顾新橙将书放在一侧，然后说："是。"

"哎哟，我跟你说，要不是系统派单，这单啊，我可不想接。"司机麻利地打表计价，转动方向盘，嘴上却抱怨着，"甭看从这儿到那儿才起步价，这个点儿啊，路上堵得跟孙子——"

话没说完，鼻尖捕捉到一阵似有似无的清香，司机飞快地瞟了一眼车内的后视镜，神色微怔。

顾新橙干干净净的半张脸落入窄窄的后视镜内——冷白皮，杏仁眼，鼻尖凉，嘴角俏，柔润、通透，婷婷似水仙。

车内充盈着隐约的青草绿叶香，若要仔细分辨，似乎还掺了一丝柑橘的甜香。这款香水是 Byredo Palermo（百瑞德帕勒莫，瑞典香水品牌），西西里橘园。香气的存在感不高，却意外地好闻。

“麻烦您了。”顾新橙说。

司机巧妙地从抱怨北京晚高峰的路况切换到了别的话题：“听口音，南方人？”

顾新橙轻轻地嗯了一声，没有纠结为何她自认为标准的普通话出卖了她的出身——她早已见怪不怪了。

初来北京时，顾新橙对北京的出租车师傅总是保持着礼节性的友好。面对司机天南海北地侃大山，她想方设法地接话茬儿，不停地说着“嗯”“哎”“是”，硬生生把自己练成了一个合格的捧哏。

后来傅棠舟告诉她：“甭搭理他。”

甭管她搭理不搭理，司机都有能耐给她表演一路的单口相声。

结束兵荒马乱的一天，她拿出手机，找到名为“回寝的诱惑”的寝室群，输入和寝室的理念背道而驰的话。

顾新橙：今晚我不回寝室。

她将一缕长发勾回耳后，小巧的耳垂上点着一粒咖啡棕的小痣。放下手机，顾新橙斜靠着椅背望向车窗外。

从东长安街到国贸 CBD，百年前的琼楼玉宇与当下的满街华灯相得益彰，沿街风光的变迁诉说着北京这座城市的前世今生。

车子驶到建外大街时果然堵了。车窗上有细小杂乱的划痕，沸腾的车水马龙像是被添上了一层蒙尘滤镜，一切喧嚣归于岑寂。

大厦招摇的玻璃外墙，次第亮起的路灯，车流闪烁的尾灯，这些汇聚成一片温柔的火海，映入她澄澈的眼眸。

如梦如幻，不似人间。

她也曾惊叹于京城的繁华盛景，如今看多了这景致，她的想法竟然变得和傅棠舟一样——

这车，还得堵多久呢？

顾新橙刚上大学那会儿曾为了一场突如其来的期中考试去 A 大

的通宵自习室刷夜。她被嗡嗡作响的白炽灯照了一宿，头晕又耳鸣，发誓以后再也不干这种傻事了。

第二天一早，她回到宿舍门口，喊宿管阿姨开门。阿姨以一种分外鄙夷的口吻说："这才大一就不回寝室了啊？"

顾新橙带着新生特有的稚嫩理直气壮地解释："我上自习去了。"

阿姨没看她，面无表情地指着晚归登记簿说："写名字、学号、寝室。"

只可惜，顾新橙后来所有的晚归再没能像这次一样理直气壮。

她后知后觉地品出阿姨话里的弦外之音，每每想起都面红耳赤。

顾新橙第一次为了某人夜不归宿时，出于某种羞耻心，本想瞒天过海，谁知室长大人半夜十一点火急火燎地给她发了一条微信语音："橙子你在哪儿？知会一声啊。再不回电话我报警了啊！"

手机外放语音的声音大到叫她心虚。

她偷偷瞥一眼傅棠舟，酒店暧昧的灯光在他的头发上照出一圈泛棕的暖色，碎发之下是一双深沉的眼眸。

他静默了一秒，不禁莞尔，然后将她的裙角抚平，随手拾起落在沙发上的金属外壳的打火机，慢条斯理地去了窗边。

他从烟盒中熟练地抖出一根烟，送入口中。啪，打火机发出一个清脆的声音。火焰瞬间跃起，照亮他棱角分明的侧脸。

徐徐地吐出一缕烟后，他对发愣的她说："不回个电话？"

沙哑低回的嗓音里带着莫名的调侃。

顾新橙拨了个电话回去，小心翼翼地编着谎话："我今晚……嗯，和同学在桌游吧呢……不回去了，他们说要玩一宿狼人杀。"

冯薇说："吓死我了，我还以为你遇到坏人了。"

坏人？

顾新橙抬起眼看向傅棠舟。他颀长的身影一半落入灯光下，一半隐入夜色中。

他的胳膊支在窗沿上，修长的手指松松地夹着一根烟。奶白的烟雾消逝在夜风中，烟头处的一粒光点忽明忽灭。

他的眼神犹如一泓深潭，冷淡又倦怠。她窥不见底，却心甘情愿地溺毙在这双眼眸里。

“不是坏人。”

他不是坏人……吧？

不知为何，顾新橙恍然想起高中时曾在书上偶然看到的一句话，“人不是活一辈子，不是活几年几月几天，而是活那么几个瞬间”。

那时她不懂这句话的意思。现在，她冥冥之中觉得，这或许就是她这辈子要活的某一个瞬间。

出租车在拥挤的车流中缓慢地向前挪动，平日里十分钟不到的路程走了半小时。

车子在银泰中心前停下，司机叮嘱说：“东西带好，别落了啊。”

银泰中心是长安街上最高的建筑，这里的风光、地段俱佳，傅棠舟平日大多宿在此处。

他去上海出差时，顾新橙照常在学校和公司之间往返。要不是他今日回京，她不会过来。

顾新橙走进大堂，正巧遇到楼内的一位业主出门。

那是个身穿高级西装裙，脚踩七厘米高跟鞋的中年女人。妆发精致，胳膊上挎着一只黑色爱马仕包，走起路来脚底生风，一瞧便知肯定是位雷厉风行的公司高管。

她穿着高跟鞋踩在光可鉴人的大理石地板上，发出刺耳的嗒嗒声。她同顾新橙擦肩而过时目不斜视，可顾新橙还是从她眼角冷漠的余光里察觉出一丝不屑。

大城市的邻里关系疏离寡淡，人和人之间更是泾渭分明。

顾新橙自嘲似的轻轻扯了一下嘴角。像她这样打扮的年轻女孩出现在价值近亿的豪华公寓楼里，还能是什么身份呢？

她不是第一次见这种况味不明的眼神了，或许该庆幸自己早已习惯。

顾新橙上了电梯，刷卡后按下楼层数。她用指纹解锁了公寓门，感应灯应声而亮。偌大的室内空空荡荡，并没有傅棠舟回来的痕迹。

她踩着吸音地毯，穿过绘着壁画的玄关，将手里那摞书放到会

客厅的矮几上。

她今年大四，刚好够资格报考CFA（特许注册金融分析师）一级。正巧保研以后没什么重要的事儿，她就报了名。既然学的是金融专业，她迟早得考下这个证书。

全英文考试有一定难度，但对她来说问题不大。现在距离考试还有两三周，她得把做过的题再刷一遍才能安心。

可她并不能完全专心，每刷几道题，便要停下来看看时间。

傅棠舟今天回北京，却没说具体时间。她向来懂事，很少主动叨扰，心想在家等着肯定没错。

她和傅棠舟的相处模式不大像普通情侣。他很忙，常常一整天杳无音信。男人要有私人空间，像傅棠舟那样的男人更是如此。

她深谙此道，所以才能待在他的身边这么久。

刷完半套题，她望着安静的手机，犹豫再三，还是决定给傅棠舟打个电话。

她走到客厅的落地窗前，银泰中心高层豪宅的夜景无可比拟。

鸦青色的夜幕下，绵延不绝的车流交织成一条条金色的飘带，缠绕着盘桓交错的国贸桥。远处的灯光璀璨夺目，犹如万里星河奔涌而来。

顾新橙无心欣赏夜景，拨出去的电话在嘟了几声之后被挂断，一条短信传了过来。

傅棠舟：有应酬。

什么应酬？和什么人应酬？在哪儿应酬？

这些问题顾新橙一个都问不出来，她给他回的短信是：早点儿回来。

她等了几分钟，也没有新消息过来。

她没吃晚饭。到了十一点，肚子有点儿饿，她去冰箱里找吃的。

傅棠舟出差一周，冰箱里的鲜果牛奶却没断过。他不要住家保姆，物业每天定时定点来收拾屋子。

至于他为什么不要住家保姆，他的说法是：“碍事儿。”

说这话时他正将她抵在客厅的落地窗前。她垂下眼就能瞧见深渊一般的高楼大厦，灯光映入她的眼底，绚烂一片。

顾新橙拿了一盒酸奶，上面的字母的排列组合不像她见过的任何一种文字。她上网一搜，发现是荷兰的品牌，国内并不销售。

她拧开酸奶盖，一边喝一边往浴室的方向走。在寸土寸金的国贸 CBD（商务区），这套房子大得像迷宫。一个客厅被拆分成会客厅、偏厅和起居室，除此以外，还有五个卧室和八个洗手间。

而这套房子的常住人口小于等于二。

浴室的灯光很明亮。她将酸奶放到盥洗台上，拿了一瓶卸妆液。日常上班时她只涂粉底和淡色的口红，并不爱张扬精致的妆容。

她对着镜子用化妆棉一点点地卸了底妆，整张脸显得越发白净起来。

脱了衣服后，她赤脚踏入淋浴间。花洒喷出裹着气泡的热水，水汽逐渐漫上玻璃。骨肉匀称的身形被雾气掩去，留下一道虚幻朦胧的倩影。

今天真糟糕，顾新橙想。

不知冲洗了多久，她迷迷瞪瞪地关了花洒，扯了一条浴巾围着身子，踏出了淋浴间。

谁知她却在浴室的镜子里看到了傅棠舟的身影。

他慵懒地倚靠在浴室的门框边，黑沉沉的眼睛毫不掩饰地盯着她。他的衬衫开了两粒扣子，锁骨的线条流畅且清晰，黑色西裤勾勒着修长的腿部线条。

他给外人的印象总是矜持沉稳，可顾新橙清楚地见过这个男人的另一面——其他人看不到的那一面——他的侵占和掠夺，凶横和强悍，贪得无厌和不知餍足。

顾新橙的指尖触着淋浴间的玻璃外墙。她张了张口，想问他回来多久了，却被他一把握住手腕拽了过去。她闻到他的身上有微微的酒气。

她双手撑着盥洗台，小声地叫他的名字："傅棠舟……"

她的声音异常温软，比水的柔情还要多上三分。他没有回应她，可她却真切地感受着他的存在——

她咬着下唇，望向镜子里的男人。他绷着下颌，薄唇紧抿。一滴汗从他留着微青胡楂的下巴上滑过，滚到凸起的喉结处。

顾新橙如坠云端。她默默闭上眼睛，声音很轻："傅棠舟，你抱抱我。"

她提出小小的请求，他有求必应。

他的怀抱宽厚而温暖。她的双手像藤蔓一般攀住他，指尖隐没在他衬衫的褶皱里。

她的鼻尖处除了有一点儿淡淡的酒气，还充盈着一阵阵干净而清冽的男香。这种感觉像是弗吉尼亚雪松生长在旷野里，雪落在松树枝头，安静又凄凉。

她的胳膊挨上盥洗台，冰凉的触感激得她浑身上下泛起细小的鸡皮疙瘩。镜子上早已变得雾气蒙蒙，几个指印倒是格外清晰。

她靠在他的怀里小声说："我好想你。"

傅棠舟俯下身，在她的额上印了一个吻，然后说："我知道。"

得到这个带着温度的轻吻，即使连一句"我也想你"都没听到，她也知足了。

还好他回来了。

今天没有那么糟糕了。

傅棠舟把她的手腕握在掌心里。他问她："洗澡？"

顾新橙点了点头。

淅淅沥沥的水溅落在地板上，透明的气泡啪的一下破裂，不见了踪迹，只余下水汽蒙蒙。

傅棠舟喝了酒，洗完澡后便上床睡了。

食色，性也。今夜，他得以餍足。

顾新橙没那么容易入睡。她躺在云朵般柔软的床铺上，若有所思地看着身旁的男人。

她靠过去，认命一般地钻进他的怀里。傅棠舟垂眸看她一眼，将她整个人搂住。

顾新橙闭上了眼。半梦半醒间，她回忆起第一次跟傅棠舟走的那一晚，他也是喝了一点儿酒。

他逗她说："你爸妈是不是特爱吃橙子，所以给你起这名儿？"

傅棠舟开京腔的时候，语调懒懒散散的，有种难得的贫劲儿，跟平日里的他判若两人。

"才不是，是来自一句宋词。"

"哪句？"

"并刀如水，吴盐胜雪，纤手破新橙。"

周邦彦的《少年游》描写得惟妙惟肖，而"新橙"这个词很适合女孩，所以她的父母最终取了这二字。

傅棠舟闻言低笑一声。

"你笑什么？"

"我以为是另外一句。"

"哪句？"

傅棠舟沉思片刻，用字正腔圆的普通话说："醉归怀袖有新橙。"

顾新橙愕然，她没想到他居然还会跟她吟诗作对，更没想到的是，这句诗听来竟难掩暧昧之意。

他用极低的嗓音在她的耳边说："新橙，我有点儿醉了。"

潮热的湿气混合着淡淡的酒香喷洒在她的耳侧，顾新橙登时一怔。

那是她第一次和傅棠舟这样的"社会人"打交道。

在她以往的认知中，两个人从相识到相爱是一个很漫长的过程，更别提异性之间最亲密的举止了。

然而，成年人的爱情比少年的弯弯绕绕来得直白多了。

顾新橙的睫毛微颤。她不知该不该装作听不懂他的暗示。

莫名的情绪在心头滋生，她鼓起勇气问了一句："我们是什么关系？"

兴许是她的提问太过幼稚，傅棠舟哑然失笑，嘴角扬起的弧度比方才更明显了。

他伸出手拨弄着她的长发。她僵了一下，没有躲开。她感受着

他用指尖轻抚她耳垂上的小痣，浑身的血液像是涌到了一处，发热得厉害，心脏在胸腔里扑通扑通地跳着，似乎在期待一个明确的答案。

可傅棠舟反问了一句："你觉得我们是什么关系？"

顾新橙支支吾吾说不出来。

傅棠舟笑了。他晃了晃酒杯，将最后一点儿酒饮尽，然后问她："走吗？"

顾新橙蒙了，一双眼睛水波荡漾。她长久地看着他，被下了蛊一般跟着他走了，仿佛一只初生的小牛犊。

顾新橙现在想想，也许她真是鬼迷心窍了。

第二天清晨，一缕阳光从厚重的窗帘缝隙中穿过，照在蜜柚色的地板上。

手机嗡嗡的振动声搅了二人的清梦。傅棠舟皱了下眉，翻身去摸手机，接起了电话。

断断续续的讲话声让顾新橙没了睡意，她眨了眨眼，意识还是飘忽的。

大概是谈到了什么不太愉快的事儿，傅棠舟揉了揉睛明穴，铿锵有力地道："隆鑫的人不能留。"

对面的人提醒："隆鑫占了百分之十的股份，应该不会轻易放弃这个项目。"

"隆鑫不退，我就退，叫他自己掂量着办。"

"是。"

顾新橙像只温驯的猫一样藏在被子里，露出半张脸看着他问："于秘书吗？"

他没回答，但已默认。

她拢着被子坐起来："怎么了？"

"没什么，"傅棠舟估计被气到了，平日里也就说这一句，今天却多了一句嘴，"我们投的一项目，创始人是傻 ×。"

傻 ×。

顾新橙被这个词彻底惊醒了。

顾新橙犹豫着要不要再问两句，傅棠舟已经披了外套往起居室走了，估计还得打几个电话。

傅棠舟手下有一只基金，名叫升幂资本，主做 VC（Venture Capital，风险投资）领域。他独具慧眼，连投了好几个行业内的独角兽项目，成为创投界的投资风向标，目前管理的资金规模已超百亿。

国内的风投行业近几年发展得如火如荼，傅棠舟也忙得脚不沾地。他全年北上广深几大城市轮流飞，募集资金、投资项目、管理项目、资金退出等环节都要一一过问。最近这一年他勉强得了点儿空儿，不像以前那么忙了。

弱肉强食的丛林法则亦适用于现代商业社会，热浪过后，能留在岸上的已是精英。然而这绝非代表着高枕无忧，随着经济下行，创业形势愈加严峻。即使是像傅棠舟这种家底丰厚的人，每一步棋也得下得谨慎再谨慎——万一赔光了，他只能回家继承家产了。

顾新橙滑下床，轻手轻脚地走到起居室。傅棠舟正一边打电话下指令，一边对着穿衣镜打领带。

他瞥她一眼，挂了电话，然后问："需要送你吗？"

他指的是开车把她送到公司去。升幂资本所在的写字楼就在国贸，而顾新橙实习所在的咨询公司在东单，并不顺路。

她摇了摇头说："今天我不上班。"

傅棠舟从摇表器里拿了一只积家机械表戴到手腕上，扣好表，顺口又问："怎么不去？"

他的语气并不像在关心她，仿佛只是提起一个话题。终究只是一份无关紧要的实习工作，她去不去并不重要，换句话说，她的事儿对他来说是无所谓的。

"我要考试了，得抽空复习。"

"大四还有期末考试？"

顾新橙一时无语。她之前跟傅棠舟说过她报了今年十二月的 CFA 考试，现在他却问她是不是期末考试。

她无意与他计较细枝末节，轻轻地嗯了一声，结束了这个话题。

"你早饭怎么办？"

"我喝点儿酸奶就行了。"

傅棠舟不置可否。他拾了西装外套往会客厅走，忽然瞄见沙发前的矮几上堆了几本书，最上面一本的封面上赫然写着"CFA"三个字母。

他顿了顿脚步，扫了一眼摊开来的习题册，上面密密麻麻都是顾新橙的字迹。

她的字非常秀气，即使只是几串公式和字母，也和她的人一样漂亮。

然而，傅棠舟没想太多。不管是期末考还是CFA，还不一样都是考试?

嘭的一声关门声将顾新橙的思绪拉回来。她换了衣服，从冰箱里又拿了一盒酸奶。再好喝的酸奶也禁不住早晚当饭喝，她喝了两口之后胃有些难受。

她点开外卖软件看了看附近的早餐店，这地方还是一如既往地贵，于是打消了点外卖的念头。

顾新橙放下手机，看向窗外。秋冬季节，北京的霾很重，今天天气却很晴朗，只有几道淡淡的云彩。阳光从巨幅落地窗外照进来，室内暖融融的。

两个人最开始交往的时候，傅棠舟没有带她回过家。北京市中心的五星级酒店，顾新橙几乎体验了个遍。

后来，有一次两个人躺在酒店的大床上，她在他的怀里问："下次能去你家吗？"

傅棠舟松松地捏着她的手，在掌心里把玩着："去我家做什么？"

顾新橙脸一红，扭捏着说："开房太贵了，给你省点儿钱。"

她真是这么想的。这些酒店一晚的住宿费至少四位数起，没上限。以前上政治经济学课的时候，顾新橙觉得资本家真是坏透了，现在倒心疼起资本家的钱包了。

傅棠舟的嘴角掠过一丝淡笑。他没答应，也没不答应。

他这人总是这样，万事没个准信儿。

第二天，傅棠舟真把她带回了这里。

之前的豪华酒店已经让她目不暇接，到了这里，顾新橙发现原来他的生活比她想象中更加遥不可及。

普通人辛辛苦苦干一年也未必能买得起这里的一平方米，更别提这房子的装修精美绝伦，光一扇大门的钱就能买两辆特斯拉回家。

她踩着柔软的地毯，像是浮在半空中，产生了一种不真实的幻觉。

她抬头日光炫目，低头万丈深渊。

“这儿行吗？”傅棠舟悠悠地说。

“你平时住这儿吗？”顾新橙环顾四周。这房子被收拾得太干净了，一点儿生活气息都没有，她宁愿相信这里是酒店套房的样板间。

“不常住。”

“那你住哪儿？”

傅棠舟懒得回答这个问题。他出差频繁，一年有一半时间在酒店度过，剩下一半时间哪儿方便就住哪儿。

他并没有把这个房子当成家，这里只是他的众多房产中的一个罢了。

因为她，他才在这里住了下来。

他如同一只在海面上盘旋已久的海鸥终于找了一块浮木暂时歇脚一般。

隔天顾新橙去上班，依旧没让他送。傅棠舟今天约了人谈事情，她下楼后径直去了地铁站。住在这里的人不会考虑附近的公共交通是否便捷——出入都有车，谁会坐地铁？

如果顾新橙想要坐车，傅棠舟也会让司机送她。只不过，她觉得没必要。

旁人可能认为坐豪车挺拉风，可顾新橙每次都如坐针毡。偶尔傅棠舟送她回学校，她会让他把车停得远远的，自己步行一段路回去。

被熟人看见上下豪车对她来说并不是一件好事，这点儿自知之明她是有的。

顾新橙进了地铁站，拥挤的人潮像海浪一般卷着她往前走。

早高峰的一号线人满为患，大多数人一边看手机一边下楼梯，这片不受意识控制而移动的人群像极了末世片里的丧尸大军。

顾新橙抱着双臂站在车厢的角落里，小心翼翼地避开周围贴着的五六个人。

地铁犹如城市的毛细血管，向四面八方源源不断地输送着各行各业的建设者。

顾新橙在他们的身上可以看到百种人生况味。

有人在不停地打电话，张口闭口几个亿的交易流水。不用怀疑，他肯定是在银行上班。

有人抱着专业书籍在看，两耳不闻窗外事，显然在准备考证或者考职称。

还有人拿着手机挨个儿向乘客询问："能帮忙扫个微信吗？这是我们自己做的创业项目，有小礼品赠送。"

聊天声、播报声和手机外放声交织在一起，吵吵嚷嚷。

在这里，和顾新橙打照面的都是陌生人，却让她觉得真实。

这里必然没有傅棠舟那样的人。

顾新橙的手机一振，她实习所在的项目组微信群忽然弹出一条消息。

吴远：正源科技的报告出了，大家这段时间辛苦了。请继续加油！

微信群里立刻被一大片欢欣鼓舞的话刷屏了。

正源科技的项目是顾新橙入职以来负责的第一个项目，她做了不少工作，主要负责行业环境分析。她顺手点开这份完稿的报告，自己的名字并没有出现在上面。她只是个实习生，署名这种事还是别想了。自己兢兢业业写的文字、画的图表能以正式文件的形式展现出来，她就已经满足了。

她找到自己负责的那一部分，认认真真地看起来。她对上面的每一个数据都了如指掌，可是这份报告似乎和她的记忆产生了偏差。

最开始她怀疑自己记错了，直到看到"教学管理类软件领域超过百分之三十的市场占有率"时，终于确定了数据是错误的。

她给出的保守的市场占有率不到百分之十五，一下子翻了一倍，真是天方夜谭。

正源科技的主营业务是软件开发，公司领导想在创业板上市。事实上，这家公司的经营状况在顾新橙看来并不尽如人意，然而最后报告出具的结论却是——形势喜人。

别的部分不好多嘴，可这个部分是她负责的，她有必要询问清楚。

顾新橙点开了部门研究员孙文茹的头像，孙文茹是直接带她的人。顾新橙发了一张截图，用红笔圈出几个数据。

顾新橙：这里是不是写错了？原来的数据好像不是这样。

孙文茹：你的报告有个别需要调整的地方，我帮你改过了。

顾新橙：这个数据不会有影响吗？

孙文茹没有回复她。

这份报告今天就得交。顾新橙左思右想还是放心不下，只好又给组长吴远发了消息，将情况反映上去。

吴远：我会处理，你不用管。

她松了口气，还好及时上报了，否则不知道会造成什么后果。

顾新橙实习的公司名叫博睿咨询，是国内本土咨询公司里的佼佼者。

顾新橙回到格子间，孙文茹不在。没人给顾新橙布置新的活儿，于是她开始浏览今天的行业新闻。顾新橙是助理研究员，得时刻关注行业动向，重要的内容还得摘录下来上报。

到了十点半，她有点儿口渴，于是拿着水杯去茶水间接水。

正巧遇到隔壁组的实习生冯晴，冯晴是和她同校不同系的研究生学姐，两个人以前是在学校社团里认识的，于是顾新橙主动打了个招呼：“学姐好。”

冯晴冲她笑笑：“上次我就想问你了，你用的什么香水啊？味道怪好闻的。”

顾新橙愣了下：“别人送的，没太注意。”

冯晴泡了一杯花果茶，给她让开位置：“男朋友送的？”

顾新橙斟酌片刻，点点头：“嗯。”

“你和江司辰还在一块儿呢？”冯晴突然问。

顾新橙没想到时隔那么久竟然还能从别人的口中听到江司辰的名字。她微微一怔，然后说：“早分了。”

冯晴偷偷看了眼茶水间门外，识趣地转移了话题，小声说：“刚刚我路过会议室，看到你们吴组长找孙姐谈话呢。吴组长嫌孙姐不会带人也不会教人。”

顾新橙意识到自己不该在吴远面前多嘴，指出这种错误反而会让孙文茹下不来台。

“孙姐教我教得挺好啊。”

“你不知道，”冯晴凑近了嘀咕一句，“吴组长不太喜欢孙姐。”

“报告的数据有错误，我只是害怕耽误事儿。”

言下之意，她不是故意这么做的，更无心参与乱七八糟的办公室政治。

冯晴问：“什么数据？”

顾新橙解释了一通，谁知冯晴用一种很微妙的眼光看着她说：“顾新橙，没人跟你说过吗？”

她摇摇头，并不懂冯晴的意思。

“那些想 IPO（首次公开募股）的企业购买报告是为了通过证监会的审核，”冯晴说道，“材料要是不过审，咱们公司是拿不到尾款的。”

“还有尾款？”顾新橙惊讶。

“预付款只有一半，另一半押着呢。”冯晴很了解这种操作。

顾新橙犹疑着问：“那他们改我的数据……”

冯晴做了个“嘘”的手势：“这事儿就别拿到台面上说了，懂就行。”

顾新橙沉默地拧上杯盖，原来大家早就默许了篡改数据粉饰业绩的行业潜规则，只有她一个人傻乎乎地跑去跟领导报告，还把孙文茹也得罪了。

她想到前些日子自己为了收集那些行业数据焦头烂额，忽然觉得自己的所作所为很可笑。

“我知道了，”顾新橙说，“谢谢提醒。”

“你自己多注意点儿啊。”冯晴跟她道别。

顾新橙回到工位后，把已经提交的报告打开看了看。

果然，那些错误的数据一字未改，她顿时像吃了苍蝇一样难受。

到了快下班的时候，孙文茹总算来找她了。孙文茹上来就是一顿批评，指责顾新橙之前整理的数据这里不对，那里也不对。

“还好我发现得及时，不然交上去让客户发现了，你能负责吗？”

孙文茹说的都是些不痛不痒的东西。顾新橙知道孙文茹这会儿火气大，也就没吭声。

顾新橙把那些数据重新又整理了一遍。她一边整理一边想，反正给的都是假数据，这到底是图什么呢？

这时，她的手机振了一下。

傅棠舟：我到你的公司楼下了。

傅棠舟：晚上想吃什么？

顾新橙没想到傅棠舟一声招呼不打就来她的公司找她了。

顾新橙：我有点儿事儿，得加班。

傅棠舟：多久？

顾新橙：半小时。

傅棠舟没了音信，也没说会不会继续等她。

顾新橙思忖片刻，将几个重要数据飞快地修改好，剩下的打算明天提早过来再弄。

她收拾好东西直奔电梯口，进电梯后按了B2楼层，去停车场找他。

傅棠舟的白色保时捷挺亮眼。顾新橙小跑着过去，拉开副驾驶座旁的车门，见傅棠舟正在车内和人通电话。驾驶室的车窗是开着的，他喜欢通风。

顾新橙刚要上车，忽地瞧见不远处有两个人。

其中一个是吴组长，另外一人顾新橙不常见到，是市场部总监易绍杰。

顾新橙想装作没看见，倒霉的是吴组长已经注意到她了。

这下打招呼也不好，不打招呼也不好，顾新橙尴尬极了。

然而主动上前来的竟然是易总监。他热络地跟傅棠舟打了个招呼："这不是傅总嘛，幸会幸会。"

傅棠舟刚挂了电话，此刻单手搭着方向盘，侧过身子说："幸会。"

他的语调四平八稳，可顾新橙猜他可能根本没想起来这是哪号人物。

"傅总来这儿有事？"易总监笑着说，"要不要去我的办公室坐坐？"

"不了，我带她去吃饭。"傅棠舟说，"改天行吗？"

这下易总监才注意到车那头还有人，顾新橙冲他点头笑了一下——皮笑肉不笑的那种，这种情况下她是真笑不出来。

"改天就改天，你来，我请你。"易总监说得很爽快。

两个人虚与委蛇一番后，傅棠舟升起车窗，载着顾新橙离开了。

她盯着汽车的后视镜，那两个人又凑在了一块儿，不知说了些什么。

她有种不太好的预感。

傅棠舟重新把车窗打开了一道缝儿，大厦的霓虹灯在一片雾色中闪烁，前面的车亮起红色尾灯，车鸣声不绝于耳。他问她："怎么迟了？"

顾新橙想起今天的事儿，胸中憋着一口气。她不知该不该和傅棠舟说——他这样的大忙人怎么有空关心她这点儿鸡毛蒜皮的小事呢？

于是她换了一个说法："我问你一件事。"

傅棠舟熟练地打着方向盘，示意她直说。

顾新橙问："如果碰见潜规则，到底该妥协还是该抗争呢？"

傅棠舟瞥她一眼，语气不经意间凉了一度："谁要潜规则你？"

她神色微动，躲开傅棠舟略带压迫感的视线，指尖轻轻抠着安全带的光滑织面。她低喃道："不是那种潜规则……"

不知怎的，她的耳尖有点儿泛热。

她很少在他的面前说那种话——比如她在学校里挺受男生欢

迎的。

这种话有点儿矫情，好像她在刻意博取他的关注。

前方的十字路口亮起红灯。傅棠舟松开方向盘，骨节分明的手指落在她的薄肩上，隔着羊毛外衣轻轻地揉捏一下，语气甚是暧昧。他问道："那是哪种？"

顾新橙的心跳蓦地漏了一拍，她一抬眼便撞入他深沉的眼眸里。

那里映着斑斓的灯光，却让她看不清自己的影子。

"就……"顾新橙倒抽一小口凉气，"那种行业潜规则啊。"

傅棠舟把手收回去，重新握住方向盘。

顾新橙迟疑片刻，将这件事三言两语说了出来。她没提办公室里那些不愉快的事儿，只说了修改数据的事儿。

傅棠舟开着车，目不转睛地看着前方路况，也不知听没听进去。

她说完话，隔了几秒他才不温不火地问了一句："你有能力改变这件事吗？"

顾新橙摇头。她只是个实习生，哪有权力干涉这种决定？

"那就不用管，做好分内的事儿就行。"傅棠舟说。

"可是……"顾新橙始终觉得不妥。

原则上说，咨询机构等第三方机构必须保持中立、客观、独立，这种做法显然违背了咨询机构应有的职业道德。

"那么大个公司不是靠理念活下去的，靠的是钱。"傅棠舟说，"按照你说的把数据改回来，证监会不过审，对方公司不能上市，你们公司拿不到钱，团队也没奖金，对谁有好处？"

顾新橙被他噎得说不出话来，明明是一件不光彩的事儿，怎么他一说就显得理直气壮呢？

"对你倒是没什么影响，反正你拿的是固定实习工资。"傅棠舟揶揄道，"可你左右不了这件事。"

顾新橙的脸上火辣辣的，她辩驳道："这种公司上市了也是坑股民啊。"

"你不买他家的股票，'割韭菜'割不到你。"

"安然公司破产的时候，安达信也跟着倒闭了。这种事万一被证监会发现……”

傅棠舟扫她一眼，淡淡地道：“那也追责不到你的头上。”

算了，还是别和他说这个了，好像她纯粹是在咸吃萝卜淡操心一样。

她在他的面前就像一个被老师训诫的小学生。不过他算哪门子的老师，哪有老师教学生这种东西的？

顾新橙看着他把车开上三环路，忽地想起方才在停车场撞见领导的事儿。

“你为什么来公司接我？”

“不行吗？”

她不吭声了，他也没追着问。对傅棠舟来说，这只是一个再普通不过的小插曲，可对她而言，或许会在暗中改变什么东西。

至于为什么，她心知肚明。她和傅棠舟之间的差距太大了，大到外人很难相信她是因为爱他才愿意待在他的身边的。

成年人的世界里，用钱能买来的都不必交付真心，而她这样的年轻女孩往往最容易用钱搞定。有时候就连顾新橙自己也不敢相信，她和傅棠舟真的是在谈恋爱吗？

正因为这种说不清道不明的情绪存在，她从未和身边的人提过他的名字。

不匹配的爱情在外人面前给她带来的不是荣耀，而是一种难以言说的羞耻。

至于私底下，傅棠舟对她倒是也存了一颗温柔心。只要她提要求，他都会满足——可她要是不说，他也很少管。

她不知道他是天生如此还是只对她这样。

事实上，傅棠舟没问过她以往的情史，顾新橙也没打听过他的。

他大概觉得校园恋爱就像小孩子过家家一样不值一提，所以懒得问。

而顾新橙是不想问，谁愿意没事找事，给自己找不痛快呢？就算问了，他八成也不会跟她说。

傅棠舟把车开到三里屯一家商场的地下停车场里。她打开安全带，刚想下车，却被他拉住了。修长的手指握住她细细的一截手腕，他将她整个人拽到怀里。

顾新橙的脸颊贴着他的胸膛，她听到他的心脏有力的跳动声，那心跳声一下一下叩击着她的心扉。

傅棠舟绷着脸，口吻倨傲又冷淡："规则和话语权都掌握在强者手里，要么服从，要么就变得比他更强。"

顾新橙愣怔，一时没明白他究竟是指行业潜规则还是别的什么。

在这种事上，傅棠舟总是以上位者的姿态发号施令。

他确实有这个实力。

一个人说的话对错与否，有时并不是看他说得有没有道理，而是看他的身份够不够格。

市面上各类成功人士的心灵鸡汤被宣传得风生水起，不正是出于这个原因吗？

如果只是无名小卒，大道理讲得再漂亮，也很难获得喝彩。

傅棠舟托着她的下巴，一个带着侵略气息的吻落了下来。

顾新橙被动地仰着头承受着，心底如小鹿乱窜，因紧张而不安的手轻轻地推搡着他："不能在这儿……"

她想不通傅棠舟是哪门子心血来潮，要在这车来车往的地下停车场跟她亲热。

傅棠舟抵着她的额头低声询问："在这儿什么？"

她的眼底浮着一点儿水汽，她咬着唇不肯说。

他的嘴角噙着一丝笑意，拇指指腹擦过她胭红的下唇。他逗她说："亲也不让亲了？"

他说得好像是顾新橙想多了一样。

她有点儿恼，这能怪她多想吗？她腹诽着。

傅棠舟将她的一缕长发勾回耳后，另一只手松开安全带，腰腹微微耸动一下——这下他终于能活动了。

顾新橙眨眨眼，以为他真要在这儿跟她亲热，登时警铃大作。

谁知他拍拍她的脸颊，低声说："乖，让让。我要下车。"

顾新橙："……"

俗话说，先撩者贱。可这在他们之间不成立。

每一次顾新橙都被他压制得死死的，根本斗不过他。

顾新橙下车的时候，脑子里忽然浮现出一句话：“士之耽兮，犹可说也。女之耽兮，不可说也。”

几千年前老祖宗就告诫过女孩子不要沉溺于男女情爱，结果她遇到傅棠舟后还是陷了进去，拔也拔不出来。

两人去了三里屯的一家日料馆吃晚餐。这家餐厅今年刚被米其林评上星，得提前很久预订才有位置。

餐厅的环境和地段都没的挑，菜式以正宗日式寿喜锅闻名，食材均是当天从日本空运来的。与这样高档的服务相对应的自然是超乎寻常的昂贵价格。

顾新橙翻了两页菜单，表面上装作波澜不惊，内心实则惊涛骇浪。

她实在没法儿说服自己一小份鱼子酱卖四五千是一个合理的价位，要是用她妈妈的话说，这就是洗干净脖子等着人来宰。

然而，天底下真有这种人。

傅棠舟轻轻叩了下桌子，指着那一页对服务员说：“来两份。”

顾新橙立刻说：“我不吃。”

傅棠舟：“不爱吃？”

顾新橙：“……”

哪里轮得到她说爱吃不爱吃？她压根儿没吃过这玩意儿。她点了几个还算物美价廉的手作寿司之后就不再碰菜单了。

傅棠舟让人直接下单了两份鱼子酱。这鱼子酱颗粒饱满圆润，还泛着微微的金色光泽，显然是上品。

顾新橙捏着贝壳勺，犹豫好久也没动。傅棠舟吃得倒是从容淡定。

她将自己的这份鱼子酱推到傅棠舟面前：“你吃。”

“给你点的。”

“我怕。”

这像青蛙卵一样颗粒密集的鱼子酱令她头皮发麻。

她小时候被青蛙吓过，对和青蛙有关的一切都有着深深的恐惧。

后来她读了莫言的《蛙》，才知道这世界上有蛙类恐惧症一说，而她一定是资深患者。

傅棠舟说："这是鱼卵。"

顾新橙深吸一口气，摇了摇头，坚决不肯尝试。

"胆子那么小呢？"

"有些事情可能一辈子都没法儿克服。"

这不是多一些勇气就能跨越的，那种恐惧已经深入骨髓。

顾新橙的胃口不大，她吃了几块牛肉和几个寿司就饱了。

吃完饭，傅棠舟说："等会儿陪我去趟酒吧。"

顾新橙正用餐巾拭口，闻言一顿。

"一哥们儿的酒吧刚开业，去捧个场。"

"要不要准备礼物？"

"什么礼物？"

"两手空空地过去不合适吧？"

傅棠舟笑着说："我不是带你过去吗？"

顾新橙默默地将餐巾放到一边，瓷杯中的抹茶沉淀到了杯底，清澈的茶水在杯中，空气里平添了一丝微妙的气氛。

傅棠舟起身，漫不经心地又说了一句："我让人抬了一架钢琴过去。"

"哦。"她闷闷地应了一声，没再多说。

两人一前一后走到餐厅楼下，寒意扑面而来。

傅棠舟忽然顿住脚步。顾新橙显然有心事，差点儿直接撞到他的后背上。她抚了一下胸口。他却凑近了，冷不丁地说道："我刚刚是开玩笑的。"

顾新橙低下头，心想他是不是太过敏感了。她知道只是一句玩笑话啊。

可是，如果他在意她，为什么要说她是他带去的礼物？

她明明是一个鲜活的人啊。

顾新橙跟在傅棠舟的身后，他正在和朋友打电话确认酒吧的具

体地址。

三里屯附近使馆众多，这里有北京著名的酒吧街，晚上有不少外国人。

顾新橙在灯红酒绿的街道中穿行，耳边传来一个轻浮的口哨声。她侧目一瞧，两个黑人老外正冲她不怀好意地笑着，两口白牙格外扎眼。

她心底一阵发毛，三步并作两步地追上傅棠舟，走到他的身边。

傅棠舟挂了电话，见她瓷白的脸上神色惊惶，于是问："怎么了？"

顾新橙动了下鼻翼，闷声说："冷。"

他勾勾唇，然后说："你不是说你们南方人挺扛冻吗？"

她杏眸微闪。他把胳膊忽地搭到她的肩上，将她搂入怀中，然后说："怕冷就靠近点儿。"

她贴着他的黑色风衣，鼻尖萦绕着清冽的雪松香气。一星半点儿的男士烟草香混杂于其中，味道极淡。

街边的棉花糖机在吆喝声中拉扯出粉红色的糖丝，那糖丝一缕一缕地缠绕成云朵般松软的草莓棉花糖。

顾新橙的嘴角不经意间漾开一抹浅笑，她决定将方才所有的不愉快抛诸脑后。

这家酒吧名叫零下七度，选址不错，是人流量最密集的地段。

一进门，顾新橙就被五光十色的灯球闪花了眼，强大的音浪更是震得她的耳膜发疼。舞池里，一堆男男女女正在疯狂地摇摆，俨然一幅群魔乱舞的场景。

傅棠舟带着她上了二楼，罗马柱旁摆了一架三角斯坦威，底下还铺了红毯。这么高雅的钢琴和这酒吧的氛围格格不入。

他走上前去掀开钢琴盖，然后说："你来试试。"

顾新橙略窘："我好久没练过琴了。"

以前她在家的时候还能练练琴，上大学以后想练琴还得去学校附近的琴室。她嫌麻烦，渐渐也就很少去了。

她不是一个对音乐有着执着追求的人，弹钢琴不过是家里人让她从小培养的一项特长罢了。

然而，就像会游泳的人碰到水、会骑自行车的人碰到自行车一样，会弹钢琴的人一碰到钢琴，手指的记忆也会跟着被唤醒。

顾新橙的指尖碰上如水般冰凉丝滑的琴键，立刻弹出了一串音符。这钢琴的音色绝佳，如琅琅环佩相撞，对得起它不菲的身价。

傅棠舟单手撑在琴边，微微弓下腰，凑到她的身旁："你弹的什么？"

顾新橙顿住了嫩葱般的纤手："《梦中的婚礼》。"

他握住她的手说："怎么弹的？教教我。"

他的手指骨节分明，手腕处的一粒铂金袖扣泛着柔和的光泽。

浮动的气息拂过顾新橙的发侧，她稍稍转过头，见他根根分明的睫毛在眼底落下一层薄影。

他总能不动声色地把她撩拨得心神不宁。

顾新橙正苦思冥想着如何跟他讲解，身后忽然响起一阵爽朗的笑声："我说傅哥怎么还没到？原来是忙着陪美人啊。"

她心下一惊，立刻把手抽了回来。

傅棠舟从容不迫地站直了身子，顾新橙这才瞧见来人。

那是个二十多岁的英俊男人，头发挑染了一缕金色，耳垂上缀着一枚银色的耳钉，穿的是欧美潮牌。

"哟，钢琴弹得那么好，音乐学院的吧？"他笑得玩世不恭，"这钢琴给我可是白瞎了，也就当个摆设，还得你这样儿的人来弹才好。"

这恭维话说得顾新橙挺不好意思的，就她这三脚猫的水平，她怎么可能是音乐学院的？

"我哥们儿，林云飞。"傅棠舟介绍说，"她叫顾新橙。"

顾新橙微笑，然后说："你好。"

林云飞咧着嘴巴笑："哦，原来是顾妹妹。"

他这声"妹妹"叫得亲昵，顾新橙有点儿不适应。

傅棠舟："你小子这便宜占得忒（太）溜。"

他一开京腔打趣，顾新橙就知道这林云飞和他关系不浅。他平日里不常开京腔，也就是遇到熟人才会说上一说。

林云飞嘴贫道："不叫妹妹，难道叫姐姐？那我不把人姑娘得罪了？"

顾新橙说："叫名字就好。"

林云飞应得麻利："哎，知道了，顾妹妹。"

顾新橙懒得跟他计较称呼，既然他是傅棠舟的朋友，想必也不是什么坏人……吧？

"傅哥，进去玩玩呗。"林云飞说，"你这大忙人难得来一趟，回头可别怨我招待不周啊。"

傅棠舟用胳膊碰了下顾新橙，然后说："走，过去坐坐。"

顾新橙跟着他进了包间，一推门，就见点歌机旁坐了个男的。他正拿着话筒鬼哭狼嚎地嘶吼着："死了都要爱——"

"爱"字喊到一半他就哑火了，只因瞥见了傅棠舟。

坐在沙发上调笑的男男女女一愣神，纷纷往边上挪动，于是正中间空出一人的位置。

傅棠舟若无其事地往那儿一坐，轻轻拍了下腿，对顾新橙说："过来。"

那些人这才注意到他还带了个姑娘，这姑娘的相貌一等一地好。

她文文静静、眉眼温柔，身上蕴藏着一种独属于江南水乡的味道。

顾新橙走近了才发现没位置留给她。

她心想，这坐哪儿？他的腿上？

傅棠舟用目光扫了一眼身旁的女人。那女人立刻站起来，坐到了沙发的最边上。

顾新橙抚了下裙子，僵直着脊背坐下，只挨着一点点沙发。她极少来这种场合，并不能做到像傅棠舟那样泰然自若。

林云飞及时出来活跃气氛："今儿个傅哥过来，大家可劲儿喝，都记他的账上。"

林云飞不拿傅棠舟当外人，这种事都能做主。关键是他说了之后傅棠舟连眉头都没皱一下，并不恼火。

场子又热闹起来。

顾新橙好奇地问："他是谁啊？"

傅棠舟倒了杯啤酒，随口说："京城一'小开'。"

这显然不是顾新橙想知道的答案。

傅棠舟抿了一口啤酒花，补充道："我妈亲戚家一孩子，跟我喊声哥。"

得知林云飞和傅棠舟沾亲带故，顾新橙懂了。

难怪他能在这么好的地段开这么大一间酒吧，原来并不稀奇。

林云飞拿了骰子过来："傅哥，别光喝酒啊，跟大家伙儿玩玩。"

傅棠舟指了指顾新橙："她的手气比我好。"

顾新橙扯了下傅棠舟的袖子，小声嘀咕一句："输了要喝酒呢。"

"别输不就行了？"

"玩骰子和玩牌不一样的。"

她玩牌的时候既会记牌又会算牌，一般人真玩不过她。可玩骰子全靠运气，她并没有自信保证能赢。

傅棠舟把她面前的酒杯斟满，然后说："你输了，我替你喝。"

林云飞笑笑："还是傅哥会心疼人，顾妹妹就别谦虚了，来吧。"

他们玩的是最简单的比大小，六颗骰子一起摇，谁点数最小谁就喝酒。

顾新橙事先猜想得不错，这游戏跟玩牌有天壤之别。她甚至怀疑是不是因为自己的力气小，所以每次摇出来的点数也很小。

傅棠舟在众人的起哄声中将杯中的啤酒一饮而尽，这是第六杯了。

他放下酒杯，用手臂揽着她的细腰，在她的耳边低语："你趁机报仇呢？"

顾新橙脸一热，扭捏地推开他，然后说："我去趟洗手间。"

林云飞哈哈大笑："要去也得是傅哥去吧？"

顾新橙像是做了错事一样落荒而逃。进了洗手间，门一落锁，她总算缓了口气儿——她果然不太适合这种场合。

正巧趁这工夫看一眼手机，她在隔间里回了几条微信消息，这才推门走出去。

刚才出来得匆忙，这里的包间像镜面迷宫一般，她一时找不到回去的路了。

她在二楼兜兜转转走了一圈，仍不确定是哪个房间。她靠在墙上，发消息给傅棠舟，问他房间号是多少。

一旁的安全通道开了点儿门缝儿，有细碎的说话声传来。

顾新橙听了一耳朵，是刚刚同一个包间里的俩男的。她记得他们的声音。

"傅哥带来那妞儿长得够漂亮的啊。"

"嘿，那可不！她是音乐学院的还是舞蹈学院的？"

"那模样，我猜是电影学院的。"

顾新橙默默将手机塞回兜里。

刚刚林云飞说她是音乐学院的，原来并不是恭维话——他可能真是那么想的。

他为什么会那么想呢？她不愿多想。

"傅哥身边的妞儿真是一个比一个漂亮。"

"那圈子不就好这口吗？"

"你要能像傅哥那样，那些女人还不上赶着扑过来？"

"得了吧，瞧你说得跟什么稀罕东西似的。"

这些话刺得顾新橙的脑袋嗡嗡的。她觉得浑身的力气像是被抽走了一样，贴着墙的身子渐渐软下去。

外人表面上对她客客气气，不代表私底下不会说三道四。

她想到今晚傅棠舟那一句似是而非的玩笑话，忽然觉得或许不是她太敏感。或许他打心眼儿里就没把她当回事儿，所以开玩笑时没轻没重。

她的睫毛向下压，眼眶里蓄了星星点点的泪。

这时，熟悉的男声传来："你在这儿，让我好找。"

顾新橙猛一抬首，只见傅棠舟单手插兜信步走来，然后在她的面前停下脚步。

他与她明明仅是咫尺之遥，实际上却是遥不可及。

虚晃的灯光里，他颀长的身形化作一道朦胧的幻影，一戳即破。

顾新橙移开眼，飞快地用指尖擦了下濡湿的眼角。

“迷路了？”傅棠舟勾着她的腰，将她带到身边来，还不忘多说一句，“小孩啊你？”

她喃喃道：“我不是小孩。”

傅棠舟用手指轻轻摩挲她的脸颊，指尖传来细腻的触感。他抿着嘴笑，然后说：“智齿拔了就不是小孩了？”

顾新橙想到前段时间拔智齿的事儿，神色微赧。

那天早晨她的牙龈没来由地隐隐作痛，她吃了一片布洛芬才勉强缓解。

她上网查了一下，网上说这个年纪牙疼可能是智齿作祟。

晚上傅棠舟陪她吃饭，顾新橙根本没动几筷子。

傅棠舟问：“不好吃？”

她摇摇头：“我牙疼。”

他放下筷子，然后问：“牙怎么疼了？”

她有点儿委屈地抱怨着：“长智齿了。”

傅棠舟的唇角扬了扬。他说：“长智齿是好事。”

“哪里好了？”

“说明我家新橙长大了。”

他分明是寡淡的语气，却不知怎的牵动了她的心脏。

“我家新橙。”

为了这四个字，她一整晚都像吃了蜜似的翻来覆去地品，连牙疼都顾不上了。

顾新橙向拔过智齿的室友打听，问哪家口腔医院的拔牙技术好。室友报了个名字，她便去挂了号。

然而那家医院实在太火爆，她定了闹钟却连着几天都没抢着号。

她跟傅棠舟提了一嘴。结果他打了个电话给朋友，开口便说：“我家一小孩牙疼。”

她费了好大劲儿都挂不上的号被他一句话就轻松地搞定了，还是全北京最好的某位牙科医生亲手操刀。

“我怎么就成你家小孩了？”顾新橙说。

“那你想当我家的什么？”傅棠舟逗她。

顾新橙从脸到耳朵根都红了。是啊，她想当他家的什么呢？

傅棠舟是宠她的，所以那时候她并未将这些事放在心上。她现在想想，他当真是不懂吗？还是说，他是懂了却装不懂呢？

她隐隐约约觉得这段关系里少了什么，比如说爱。他对她宠而不爱，大抵就是像对家中小孩那样吧，或者说，像对一只宠物猫那样。

“是哥们儿下次有这好事也带上我——”

顾新橙的思绪被这句话打断，安全通道的门被推开，那两个男人出来了，话音戛然而止。

两个人轻浮的神色顿时僵住，他们赶忙掐了手上的烟，毕恭毕敬地叫了傅棠舟一声：“傅哥。”

顾新橙想到方才那些话，不知是出于气愤还是委屈，肩膀没来由地发颤。

那两个人显然比她更慌，额头都冒出了虚汗。有些话哪能当着面说呢？这下不知道有没有被傅棠舟听了去。

傅棠舟嗯了一声，勉强算作回应。

这两个人立刻慌不择路地走了，生怕迟一秒就走不掉了。

顾新橙小声问：“他们是谁？”

傅棠舟垂眸看她，轻声道：“我哪知道？”

无关紧要的人物在他这里向来连个名字都留不下。

他带她往前走，顾新橙却停下脚步说：“我想回去了。”

一想到要回到那个封闭的包间里接受旁人猜忌中带着轻佻的眼神，她心里就堵得慌。

“挺没意思的是不是？”

“你不是挺会玩吗？”

“不想跟他们玩，”傅棠舟手掌游移到她的腋下，指尖似有似无地蹭过她起伏的曲线，哑着嗓子说，“我想跟你玩。”

他的眸子里染了些许欲色，浓黑如墨。

至于玩什么，顾新橙心知肚明。

跟傅棠舟在一起后，她别的没学会，花样倒是学了不少。

她对这档子事儿的欲念并不重，可愿意陪他做一切他爱做的事儿。那是她离他最近的时候。

顾新橙垂下眼，默许了他的提议。于是傅棠舟搂着她往楼下走。

谁知走到楼梯拐角处时，他们遇见一个男人。那人手上戴的是劳力士，腰上系的是爱马仕。光看衣着打扮，就知道他的身份不简单，非富即贵。

“傅总，”对方说，“居然在这儿碰上了。”

“朋友的场子，过来看看。”傅棠舟露出那种在商业场合才会有的笑容，不动声色地松开了顾新橙。

对方显然没把顾新橙的存在当回事儿，乐呵呵地说道：“我还想着过几天约你，今儿个不是赶巧了嘛。”

傅棠舟说：“是挺巧的。”

“要不傅总一块儿过去坐坐？”对方发出邀约，“正好手头上有几个不错的项目想跟傅总交流交流，张总和李总他们都在。”

“行啊，”傅棠舟说，“今天我请。”

“哪能让傅总破费？我请我请，走吧。”

傅棠舟看了一眼顾新橙，她知道他们要谈正事，自己不方便在场。

于是她说：“我自己回去。”

傅棠舟问：“你怎么回啊？”

顾新橙刚想说坐地铁，忽然意识到这种说法太不给他面子。好歹他也是个老总，让身边的女伴坐地铁回去也太丢份儿了，旁人得怎么看他啊？

傅棠舟把车钥匙塞到她的手里，然后说：“我让林云飞送你。”

她没法儿拒绝，只能听他的话。她看着他原路返回楼上，手里的保时捷车钥匙像是个烫手山芋。

没过几分钟，林云飞就骂骂咧咧地从楼上走了下来，见了顾新橙，他的脸上立刻堆着笑，说道：“顾妹妹，走吧。傅哥让我送你回去。”

顾新橙问：“你喝酒了吗？”

林云飞道：“我是来开酒吧的，不是来喝酒的。喝醉了我夜里怎么算账啊？”

顾新橙：“……”

他这样子也不像是个能把账算清楚的人。可就算她能把账算得一清二楚又有什么用？她又开不起这么大一间酒吧。

顾新橙带着林云飞去地下车库取车。

林云飞见了傅棠舟的车像是发现了宝贝似的，啧啧称赞。

“这配置，这内饰……”他爱不释手地摸着方向盘，扭头问顾新橙，“你猜傅哥这车得多少钱？”

顾新橙靠在后座上，眼神涣散。她对这个话题并不感兴趣。

林云飞比出三个手指头，语气非常浮夸：“起码得这数儿。”

顾新橙心想，林云飞都在三里屯开酒吧了，还稀罕这车？

“最关键的是，这车型国内暂时买不着，得从德国买，用船从海上运过来。我敢打赌，全北京也难找出第二辆来。”

顾新橙不吭声，心想这果然是傅棠舟能干出来的事儿。

林云飞发动汽车，载着她出了停车场。

他滔滔不绝地给顾新橙讲这车多么厉害，她对此没什么兴趣，却也会“嗯”“哎”“是”地接话。

有那么一瞬间，她觉得前面坐的是北京的出租车司机。

开了一段路，林云飞终于想起了正事儿。他问：“顾妹妹，我把你送到哪儿啊？”

顾新橙心里不是滋味。傅棠舟明明说了陪她回家，现在却丢下她去谈生意，也没告诉她几点回来。

换作以前，她会乖乖回去等他。可经历了今晚这么一番曲折，她莫名地生出些反骨来。

“我回学校。”

“你的学校在哪儿啊？”

“五道口。”

林云飞想了一阵子估计也没想明白五道口那边有什么艺术学校。

于是他又问："顾妹妹是哪个学校的？"

"A大。"

林云飞愣了一下，感慨道："学霸啊。"

"我这人呀打小儿学习就不好，"林云飞说，"要不是家里接济，我估计只能上街要饭咯。"

顾新橙轻轻扯了下嘴角，只把他的话当个笑话听。

"顾妹妹，你是哪儿人呀？"林云飞变得狗腿起来。

"南方人。"她说得很含糊。

"早听出你是南方人了，南方那么大，哪儿的呀？"

"无锡。"

"江浙一带的呀，沈阿姨算起来也算半个江浙人呢。"

"沈阿姨？"

"就是傅哥他妈，海军大院儿那片儿好多是江浙过来的。"

傅棠舟没跟她提过他的家人，她甚至都不知道他的妈妈姓沈。

出于某种心理，顾新橙试探着问了一句："他的妈妈……是什么样的人？"

"沈阿姨这人吧……"林云飞欲言又止，把皮球踢给了傅棠舟，"你直接问傅哥不就完事儿了？"

顾新橙望着车窗外飞速后退的路灯，半晌没接话。

车内沉默的气氛没有持续多久林云飞就熟练地开启了下一个话题："顾妹妹，你什么专业的啊？"

他这人说话做事大大咧咧、直来直去，不像顾新橙那样有万千思绪，斩不断理还乱。

"金融。"

"这专业好啊，赚钱。"

"没你开酒吧赚钱。"

"唉，可别提我这酒吧了，也就看着赚钱，刚一开业就巨亏。"

林云飞像是有说不完的话似的向顾新橙抱怨着他这酒吧哪儿哪儿亏钱。

顾新橙安安静静地听他嘚啵嘚啵地往外倒苦水，然后随口说了

一句："这个查查酒水盘点表就清楚了。"

"酒水盘点表是什么？"

难怪酒吧会亏钱，酒水是酒吧最重要的存货，老板竟然连个明细账都没有。

"就是一张表，上面记录着每一样酒水的库存量、销量、进货量。每天盘点一次酒水数目，这样不容易出错。"

"还是顾妹妹厉害，我傅哥的眼光真好。"林云飞眉开眼笑，"能不能劳烦顾妹妹帮我做一张表，我们吧台卖酒的小妹哪懂这个？"

他倒是挺自来熟。

"网上一搜就有了。"

"网上搜来的哪有顾妹妹弄的好？万一哪儿错了我也看不出来啊。"林云飞又说，"顾妹妹你帮帮我，我不会让你白忙活的。"

顾新橙拧不过他，只好应了。

说话间，他不知不觉开到了五道口。她望着窗外熟悉的街景："前面那个路口停下就好了。"

林云飞看了一眼导航："离 A 大不是还有段路吗？"

"我自己走回去就行。"

林云飞靠边停车。顾新橙打开车门，说了一句谢谢。

"路上小心，可别忘了我那表啊。"林云飞叮嘱一句，关上车窗离开了。

十一月底的北京，夜凉如水。这里虽不比三里屯繁华，却也是热热闹闹的。

学生们三五成群地结伴而行，欢声笑语响彻云霄。街边有一对小情侣共享着一条围巾，男生正把女生的手放到嘴边呵气。

顾新橙踽踽独行。她走过一盏盏昏黄的街灯，回到熟悉的校园。

刷卡进了宿舍楼后，戴着花镜的值夜阿姨打量她一眼，然后说："你多穿点儿，可别冻出老寒腿来。"

"知道了，谢谢阿姨。"她点点头，继续等电梯。

回到宿舍，室长冯薇和吴梦婷都在，孟令冬却不见踪影。

大一大二那会儿夜不归宿是件稀罕事儿，现在大家都习以为常了。

可顾新橙平时还是会报备一下。省得冯薇夜里着急上火，以为她被坏人绑走了，其他人对她是否外宿并不关心。到了大四，大家早已抛却初来乍到时的古道热肠，独善其身地过着各自的生活。

冯薇打趣道："哟，稀客啊。"

顾新橙轻轻拍了下冯薇的手背，意思是让她别贫。

顾新橙拉开椅子坐下，发现桌上摆了一盒巧克力，便问："这是哪儿来的？"

"今天我去宿舍邮箱里拿东西看见的，"冯薇感慨一句，"咱们这些大四老学姐早该下架了，橙子你还是那么受欢迎啊。"

顾新橙问："你怎么知道是送我的？"

冯薇笑嘻嘻地说："咱们宿舍除了你，还有谁值得男生偷摸着送巧克力啊？"

顾新橙睇她一眼，羞恼着嘀咕："别那么说。"

"我洗脸去了，"冯薇端了脸盆，临走前补充一句，"卡片上写你的名字了。"

顾新橙把袋子里的卡片拿出来，上面写了"TO（送给）：顾新橙"。

她望着那行熟悉的飘逸字迹愣怔片刻，然后把巧克力收起来，不再去想。

寝室熄灯后，顾新橙躺上了床。她一想到今晚的事儿就忐忑得睡不着。

她不知道傅棠舟在外面待到几点才回去。他要是发现她不在家，会是什么反应呢？这是她第一次做拂逆他的事儿，他会生气吗？

算了，不想了，睡觉，然而，这觉她睡得也不安稳。

她被翻动书页和摁动圆珠笔的声音吵得睡不着。她向来只把寝室当作歇脚睡觉的地方，但吴梦婷喜欢在寝室里学习。吴梦婷下个月要考研，这会儿得加班加点地复习刷题。

顾新橙睡眠很浅，明天还要提早去公司，于是她拉开遮光帘，柔声细语地提醒吴梦婷一句：“你动静小点儿。”

吴梦婷没说话，但声音确实比之前小多了。

第二天清晨，顾新橙一睁眼第一时间就去看手机，没有未接电话，也没有任何消息，好像傅棠舟这个人根本不存在似的。

顾新橙忍不住失落，在床上呆坐好久才起身去洗漱。

原来比起令他生气，她更害怕他的不在意。

在地铁上，顾新橙三番五次打开微信，戳开傅棠舟的头像，想问他为什么不找她。

可她思来想去，还是问不出口。明明是她自己走的，现在却怪他为什么不找她。她怎么能这么矫情呢？

她的手指在手机屏幕上漫无目的地滑来滑去，点开朋友圈时，她意外地发现吴梦婷昨夜发了一条阴阳怪气的动态。

吴梦婷：夜夜不归宿，脾气还挺大。

点赞和留言都是零，她不知道吴梦婷是不是设了仅她可见。

顾新橙被这话气得手抖，可还是忍住了。

某些矛盾，她大一解决不了，也别指望拖到大四就能解决，大四还为这种事和室友打架，犯不上。

糟心的一天。

顾新橙想起傅棠舟说的那句“傻 ×”。

难怪他偶尔会骂人，不骂人真是不痛快啊。

顾新橙一整天都心不在焉，机械地做着工作。她时不时会看一眼手机，不知在期待什么。直到下班也没等到任何消息，她的心一点点凉了下去。

顾新橙没有回银泰中心，而是乘地铁回了学校。车厢里黑压压的人群环绕着她，空间逼仄得让她喘不过气来。

玻璃映着她的影子，姣好的面孔了无生气，像是一只失了灵魂的木偶。

顾新橙恍然发现这张脸令她感到陌生。

一切不该是这样的啊……

她拖着疲惫的双腿回到宿舍，麻木地趴在桌上闭了眼，似乎只

要这样，眼泪就不会掉下来。

她不知消沉了多久，手机突然振动起来。她红着眼睛一看，是傅棠舟的电话。

她的情绪翻江倒海一般地涌动着，她想拒接，可手指却不听使唤。犹豫良久，她最终还是怕他挂电话，点了接听。

顾新橙拽了一张抽纸擦拭眼角的泪，然后吸了一小口气，尽量让自己的声音听上去不像是在哽咽："干什么？"

"怎么没回来？"傅棠舟平心静气地问她，没有她想象中的责备或者怒意。

"我在学校，有点儿事儿。"

"我去接你？"

没有道歉，没有解释，什么都没有。

"不用。"

"那你自己过来？"

顾新橙难过了一天，傅棠舟却这般云淡风轻，甚至还理所当然地认为她应该自己过去。她憋着没说话。她怕一开口，情绪就会崩溃。

"新橙。"傅棠舟叫了她一声。

一听他用这样柔和的语气叫她，顾新橙的眼泪就不争气地滚了下来，啪嗒啪嗒地落在桌上。

明明她在生他的气，可心还是会软。

"昨晚我喝断片儿了，"傅棠舟问，"你今早几点走的？"

原来，傅棠舟根本不知道她昨晚没回家。他大概以为这只是一个寻常的夜晚，她会在家里乖乖等他回来。

在他的潜意识里，或许她根本没有对他生气、发脾气的权利。可怜她牵肠挂肚一整天，他却是个没心没肺的。

傅棠舟难得哄了她一句："乖，我现在去接你。"

顾新橙没吭声。

"晚上想吃什么？"傅棠舟问，"电视塔的西餐厅行吗？那儿的牛排我见你挺喜欢。"

原来他还记得这个。

如果你真的死心塌地地爱过一个人，才能体会这种感觉。他的一句话能让你哭，也能让你笑。

顾新橙笑不出来，可也做不到无动于衷。

她擦干眼泪，去洗了一把脸。对着镜子化妆的时候，她唾弃这样没用的自己，却又克制不住地想见他。

她对他的爱像是打了一个死结，将她牢牢困在当中。

她有多爱他，恐怕只有自己清楚。

他根本不懂。

顾新橙恍惚地出了宿舍。晚课的铃声响彻校园，夕阳的最后一抹余晖消逝于天际，银杏树光秃秃的枝丫指着灰蒙蒙的天空。

她却在树下见到一个久违的人影。他站得笔直，眼里凝着冷峻的光。

“顾新橙。”他叫她。

她顿了下脚步，下意识地绕路往一旁去，胳膊却被一把抓住。

“你想躲我到什么时候？”

顾新橙总算拿正眼看他了，却冷冰冰地说道：“江司辰，我们早就分手了。”

江司辰是校园里令无数女生心向往之的那种男生。

他的眉眼如画，声音温润。他常年穿着最亮眼的白衬衫，扣子一丝不苟地系到最上面一颗。

只有在全班同学答不上题时，老师才会点他起来，听他有条不紊地说完解题思路，再夸上一句：“很好，坐下。”

顾新橙在高中时是班里的万年老二，可她却不恼，因为第一是她的男朋友。

“我等你好几天了，”江司辰说，“你的室友说你晚上经常不回来。”

顾新橙：“……”

到底是哪个室友多嘴，她不想知道。

“顾新橙，我很担心你。”江司辰一字一顿地说道，“你知不

知道现在外面招摇撞骗的老男人很多？”

顾新橙的嘴角扬起一抹嘲讽的笑，她说道：“不用担心，我过得挺好。”

江司辰：“你爸妈知道吗？”

顾新橙：“……”

兴许是他的话戳到了顾新橙的某个痛点，她奋力挣脱了江司辰，头也不回地往前走。

她走了几步路，一抬头却见傅棠舟的车停在宿舍楼下的篮球场旁。

驾驶室车窗洞开，男人把手搭在窗沿上，他的指间夹了一支烟，吞云吐雾之间，眼神灼灼，像是一只潜伏在丛林里窥视着猎物的狮子。

顾新橙僵在当场。她瞧见傅棠舟磕灭烟头，好整以暇地坐在车里朝她这个方向看。漠然的脸上让人捕捉不到情绪变化，唯独他眼里流露出的那种眼神顾新橙曾经见过。

她在电影院里哭得泪眼婆娑时，傅棠舟就是这么看着她的。他觉得有点儿好笑。

顾新橙立在彻骨的冷风里，衣也翩翩，发也翩翩。

江司辰追过来，面色凝重地说：“顾新橙，为你好你不听，你怎么那么固执？”

顾新橙不想理会他。她说：“固执的人是你。”

他们是在去年的情人节分手的。当时顾新橙给他送了一盒巧克力，江司辰说：“顾新橙，情人节是一个典型的消费主义陷阱，你落入商家的圈套了。”

老天是公平的。它给了江司辰超高的智商，必须佐以极低的情商来平衡一下。

他对任何事情都要发表一点儿同旁人不一样的意见，在他看来天底下这些乱七八糟的节日可笑透了。

举世皆浊他独清，众人皆醉他独醒。这体现在生活的方方面面，他活生生把顾新橙衬得像个大傻瓜。

一开始顾新橙被爱情蒙蔽了双眼，觉得他很睿智。后来想想，她才发现这不叫睿智，这分明就是幼稚。

他就是一个活体ETC（网络用语，指看什么都不顺眼的人），一天不抬杠就浑身难受。一次两次也就罢了，天天这样，谁受得了？

“江司辰，”顾新橙把巧克力扔到他身上，“你聪明，就你聪明，全世界就你最聪明！”

她扭头要走，江司辰拉住她，振振有词地说：“给你省点儿钱不好吗？再说了，我不爱吃巧克力，买了也是白买。”

顾新橙：“以后我不会再送了。”

江司辰：“你知道就好。”

然后顾新橙就走了。

三天过后，江司辰才后知后觉地察觉到顾新橙在生气，因为她整整三天没有联系他了。

等到他再去找她时，她已经把他的所有联系方式都拉黑了，并且单方面宣布跟他分手。

那时候江司辰没意识到事态的严重性，以为她只是间歇性地跟他闹小脾气。

哪对情侣吵架的时候没提过分手呢？顾新橙也不是第一次说要跟他分手了，因为一盒巧克力分手未免太过荒唐了。

于是江司辰心很大地出国交换去了。他觉得这是一个很好的冷静期。等到他再回国时，才听说顾新橙交了一个新的男朋友，而他已经成了过去式。

顾新橙撂下一句话：“我们之间早就结束了，我做什么不用你管。”

她快步走到前方的保时捷旁，拉开副驾驶座旁的车门坐了进去。车窗升起的一瞬间，江司辰瞥见那个男人睥睨又冷漠的眼神，以及他的唇角勾起的一丝淡淡的嘲笑。

傅棠舟不动声色地瞥了一眼后视镜，目光游移至顾新橙的身上。

迷离的光影交错着从车窗外投射进来，她的侧脸被柔软的黑发遮挡住，犹如藏在云翳之后的皎月。

她垂下纤长的睫毛，胸口的曲线一起一伏——她被气得不轻。

这位不识好歹的前男友跳出来替傅棠舟挡了一刀，现在她反倒不太生傅棠舟的气了。

他们在十字路口等红灯时，顾新橙的手忽地被一只温暖而干燥的手掌握住。

她的手洁白细腻，恰恰应了那句“吴盐胜雪”。

傅棠舟问：“去吃牛排？”

顾新橙转过头来，羽睫忽闪。她摇了摇头：“没胃口。”

傅棠舟说：“那就回家。”

车载香薰的玻璃瓶里有透明的琥珀色液体在摇晃，暖气里飘散着一缕檀香。

顾新橙稍稍往前挪了一点点，伸手拢了下头发，小声问了一句：“你不好奇吗？”

“好奇什么？”

顾新橙欲言又止。

他似乎真的不太在意这些，或许这就是成熟男人的特点吧，他们能把情绪掩藏得滴水不漏。如果换成前男友那样的幼稚鬼，恐怕掘地三尺也要追问清楚。

傅棠舟淡淡地道：“你想说就说，不想说就不说。”

顾新橙怔怔地看着他棱角分明的侧脸，却看不透他。

他这是宽容大度还是漠不关心？还是说，这种小孩子过家家式的校园恋爱根本勾不起他的兴趣？

“我和前男友早就没联系了，我也是下楼才撞见他……”

顾新橙像是在解释什么——她不打招呼就回了学校，并不是因为前男友。

傅棠舟嗯了一声，慢条斯理道：“分就分了，不用惦记。”

顾新橙的眼底浮起了一层光芒。她问他：“你也不会惦记前女友的，是吧？”

这话倒是把傅棠舟惹笑了，他的嘴角挑起一个弧度。他说道：“你

觉得我像那种人？”

他当然不像那种人。

顾新橙望着他的嘴唇，薄薄的两片，浅浅的丹砂色。据说薄唇的人也很薄情。即使这双唇吻过她的每一寸肌肤，她也捉摸不透他的心思。

他好似一捧沙。她越想要握紧，他就会越快地从指缝中溜走。

回到家后，门一落锁，顾新橙就被他掐着腰抵到墙上，滚烫的吻一路向下蔓延。她宛若风波里的一叶扁舟，被他高高地抛上浪尖。

傅棠舟把她浸着湿汗的手扣在沙发上，俯身亲吻那双波光荡漾的眼睛，像是温柔的海浪吞没坚硬的礁石。顾新橙细眉微蹙，口中发出一声轻喟。

顾新橙是南方人，平时讲的是吴侬软语。她的声音一向很软，这种时候更是软得能掐出水来。她好似是在示弱，却只会让人变本加厉。

恍恍惚惚之间，顾新橙叫了他的名字：“傅棠舟。”

他眸色沉沉，等着她继续说。她却轻轻摇了摇头，闭上眼睛，不再言语。

没能问出口的话，只能被放在心底，秘而不宣——她不是没有问过他，可现在她不敢问了。

不知何时，窗外飘起了星星点点的雪花，北京的初雪在这样一个夜晚不期而至。

凛冬将至，在这高楼之上，她想从他的怀里汲取一丝温度。

她不要很多，一点点就够了。

第二章
一别两宽

时间来到两周后，顾新橙去参加 CFA 考试。

会议中心在北五环的位置，傅棠舟亲自开车送她过去。

到了地点，傅棠舟握了握她的手："考试加油。"

顾新橙乖巧地点点头，松开安全带凑过来，在他的唇上轻轻啄了一下，像一只小雀轻啜花露。

傅棠舟勾了下唇，揉揉她的头发："等你。"

顾新橙为了这场考试，提前两三个月就开始准备了。她从不打无准备的仗。

她这段时间把题库刷了两次。等上了考场，拿到题目，她扫了一眼便知胜券在握。

顾新橙从小成绩就拔尖。她比班级里的同学都小一岁，却一路顺风顺水地考上了 A 大分数最高的金融专业。

大学期间，她的成绩依旧名列前茅。她年年拿奖学金，大三暑假期间就拿到了本校的保研资格。

兴许是学业上太过顺遂，她的情路相比之下要曲折许多，和江司辰分手是她遇到的第一个坎儿。

她发誓再也不找同龄男生谈恋爱，一个个幼稚得要死。结果她遇上了比她大六岁的傅棠舟，他高深莫测到让她无法掌控。

顾新橙做完题后又仔细检查了一遍，这才到交卷时间。她走出考场，远远地看见了傅棠舟的车，于是小跑着过去。

傅棠舟正靠在椅背上打盹儿。此时他的脸上少了些冷峻的神色，柔和了不少。光线打在他挺拔的鼻梁上，落下浅浅的阴影。

顾新橙敲了敲车窗。傅棠舟缓缓睁开眼睛，替她开了车锁。

“考得怎么样？”

“卷子挺简单的。”

傅棠舟发动汽车。他的车里悬着一枚成色上佳的和田玉挂坠，上面盘着一条栩栩如生的龙，雕工精湛到每一片龙鳞都呼之欲出。

这枚玉坠曾在京郊的潭柘寺开过光。据说那里是风水宝地，灵验得很。

深咖色的穗子轻摇慢晃，道路两侧的车流呼啸而过。他照例问她：“想吃点儿什么？”

顾新橙打开手机搜索附近的美食，看到正好有一家江浙菜馆：“这个行吗？”

“随意。”

她研究着这家餐厅的菜单。他忽然说：“林云飞说让咱们今晚去他那儿玩。他说你给他做了个表，他得好好谢谢你。”

“举手之劳，不用谢的。”上次的酒吧之旅给顾新橙的印象不太美好，她不是很想去。

一阵手机铃声打断了两人的对话，傅棠舟在开车，而他的手机正放在车上充电。

顾新橙把手机递给他的时候下意识地一瞥，看见来电显示上写的是“沈毓清”。

沈。

这个姓让顾新橙莫名地紧张。

林云飞曾经说过，傅棠舟的妈妈姓沈。

傅棠舟接通电话，不咸不淡地叫了一声：“妈。”

听到这个字眼，顾新橙心跳快了一拍，她立刻屏气凝神。

“我要是不打电话来，你永远想不起来还有我这个妈。”电话里的语调四平八稳，不知对方是在自嘲还是在责备他。

“什么事儿？”

“看你这话说的，我现在是问也问不得了？”沈毓清说，“我打电话过来还能有什么事儿，不就是想问问你最近过得怎么样。”

傅棠舟不冷不热地答一句：“我过得挺好。”

“你那公司还没倒闭呢？”

“挂了，开车呢。”

“你把车停路边。”

“妈，您甭跟我这儿兜圈子了，”傅棠舟冷着嗓音道，“有话直说行吗？”

沈毓清总算不打马虎眼了。她说：“你窦叔叔有个侄女，他从小看着长大的，那女孩——”

“哪个窦叔叔？”傅棠舟打断了她的话。

“还能是哪个窦叔叔？”沈毓清的语调拔高了一度，“全北京还有几个姓窦的？”

傅棠舟缄默片刻。沈毓清继续说：“你的年纪也不小了，别的事儿都由着你的性子，这事儿可耽误不得。”

“我的事儿您就甭操心了。”

“我是你妈，我不关心你，天底下还有谁关心你？”沈毓清振振有词，“你指望外头那些女人来关心你？她们冲着什么来的你心里没点儿数儿吗？”

“您说什么就是什么吧。”傅棠舟没有要同她争辩的意思。

“我知道你不耐烦，可这是为了你好。我就你这一个儿子，还能害你不成？”沈毓清语重心长地说，“棠舟啊，听妈一句劝，那些女人好聚好散，什么东西最要紧你应该清楚。”

傅棠舟面无表情地说：“没别的事儿我就先挂了。”

“你等会儿，”沈毓清叫住他，“我把那姑娘的联系方式发给你，你主动点儿，别让人姑娘主动，知道了吗？”

傅棠舟嗯了一声，就把电话给摁了。

顾新橙原本软着身子靠在椅背上，这一通电话听下来，她的面色苍白如纸，身上像是被泼了一盆冷水，寒意骤起。

沈毓清想要傅棠舟和“那些女人”分手，显然顾新橙就是她口中的“那些女人”之一。

顾新橙并不怀疑傅棠舟在外头还有别的女人。他们在一起之后，她并未见过他和别的女人暧昧不清。

沈毓清之所以说“那些”，无非是因为对傅棠舟在外面的男女关系不甚了解，所以用这个词笼统代指了。

就像傅棠舟对顾新橙曾经的恋爱关系不甚在意一样，沈毓清对傅棠舟在外面的风月之事也无心过问——“那些女人”根本入不了沈毓清的眼。

傅棠舟从车内的后视镜里扫了一眼顾新橙：“想好了吗？”

顾新橙条件反射似的啊了一声，回过神来后问：“想好什么？”

傅棠舟提醒她：“一会儿吃什么。”

他并不打算对这通电话做出任何解释。

她把冰凉的手掌放在羊毛裙上摩挲着，眼底的光芒渐渐黯淡：“没想好。”

傅棠舟把方向盘打了个转儿：“那就到了再看。”

车子在蜿蜒的立交桥上绕行，顾新橙的心事亦是百转千回。

她的舌尖轻轻抵着后槽牙，那里曾经生长着一颗隐隐作痛的智齿，现在它已经不见了。

她记得傅棠舟逗她时说的那句话：“那你想当我家的什么？”

顾新橙为此失眠一整晚，粉红泡泡里全是少女时期的幻想——她想嫁给他，成为他的妻子，再给他生两个孩子，最好一男和一女。

即使聪颖如她，一旦陷入爱情，曾经远大的梦想也会变得平庸。可谁知有朝一日这样平庸的愿景竟也会变成奢望。

这顿饭顾新橙吃得食不甘味。即使是她爱吃的江浙菜，她也鲜少动筷。

傅棠舟点了一道河豚，她一口都没吃。他们的口味似乎并不合，两个人坐在同一张餐桌上若无其事地共进晚餐，不知是谁在迁就谁。

吃完饭后，顾新橙说：“我要回学校。”

傅棠舟用热毛巾把手指擦拭干净：“不去林云飞那儿了？”

她摇摇头，嘴角扯了一丝苦笑，说道：“我要准备考试。”

“不是已经考完了？”

“还有期末考试。”

傅棠舟的神色晦暗不明。他没再多问，拿起车钥匙送她回了学校。

顾新橙没骗他，她真有一门课即将期末考试。学校规定他们每学期至少要选一门课，大四也不能例外。于是她选了区块链金融这门课，老师从不点名，期末考试糊弄一下就好。

这是一门晚课，顾新橙没怎么去上过。别的同学在上课时，她通常在等傅棠舟回家。她不是爱翘课的学生，大学期间翘课都是为了去见他。

车子驶入顾新橙熟悉的街道，她让傅棠舟停车，他却置若罔闻。他将车径直开进了校园。

眼见着离宿舍越来越近，她莫名有点儿心慌。上次她当着江司辰的面儿上了傅棠舟的车，也不知有没有被熟人瞧见。

傅棠舟打了转向灯，然后问她：“停南边儿行吗？”

顾新橙愣了一下，她的方向感不太好，常常被北京人口中的“东南西北”绕晕。

每一个北京人的大脑里都像是装了指南针，他们不论到任何地方都能依靠本能分清东南西北，傅棠舟也如是。

顾新橙正在根据周遭的景物推算此时此刻的方位，傅棠舟补充道：“你右手边儿。”

她往右边一看，不大的停车场里正好有几个空车位。

车子拐了个弯，在停车场隐蔽的角落里停稳之后，顾新橙松开了安全带。她说了一句谢谢，手指刚碰上门把手，车却忽然被落了锁。

她疑惑地回头，他的手如游蛇般环住她的腰。他压低嗓音说："你是不是忘了什么？"

他的气息喷洒在她的发旋之上。他用手指将她耳侧的一缕头发勾起，然后吻上了她的耳朵。

这种熟悉的触感令她不由得闭上了眼，睫毛上落了细细碎碎的光。

夜幕降临，周围几盏昏黄的灯被点亮了，顾新橙借着微弱的光线看向傅棠舟。

他的眼皮折成浅浅的一道褶，只有他垂眸时才会显露。一双黑眸仿佛一泓深潭，让人探不到底。

顾新橙颤抖着献上双唇。

她有一个习惯——下车告别时会蜻蜓点水一般地沾一下傅棠舟的唇，而他的态度则是不拒绝、不主动。

凡是他想吻她的时候，她没有说"不"的机会。

顾新橙一直以为他不会在意这些，可今天这个吻有愈演愈烈的趋势。他反客为主，氧气被一点点抽离，顾新橙仿佛溺水一般。她怕自己走不掉，再次被情潮淹没。

傅棠舟松开她的时候，顾新橙琥珀色的瞳仁里泛着一缕水汽。

他用指尖穿过她黑缎似的长发。北方冬季干燥，发丝上有细小的静电，他却没收回手。

傅棠舟轻轻梳理她的发，像是主人在爱抚膝上的猫咪。他沉声说："乖，去吧，别多想。"

这是他在哄她。她一向是很好哄的，他的一句话就能让她起死回生。

可这次她却是半死不活。

下车之后，顾新橙反复地想那句"别多想"指的是什么。

他是让她不要在意那个电话，还是别对他们的未来存有不切实际的幻想？

她小心翼翼地不去戳破那张窗户纸，仿佛只要不戳破，就不会看见窗户纸之后残酷的现实。可现在，偏偏有人要替她戳破这层薄薄的窗户纸，她好想捂上眼睛。

顾新橙仰起头，口中吐出一道白色的雾气，路灯将她的影子拉得很长。

池塘里的残荷枯叶已被清理干净，湖面浮了一层薄冰。不远处的长椅上零星地坐着几个学生，他们正捧着单词书念念有词。

这个周末好像有四六级考试。顾新橙大一就以高分拿下了四六级，一晃三年过去了，距离那时的自己已经很遥远了。

她脚下的路又冷又硬，她已经很久没有这样走在校园里了。

她在湖边伫立良久，冷风吹得她打战。她想，再这样下去会感冒的，还是回去吧。

萧瑟的西风卷过，最后一片落叶也被带走了。

湖边静悄悄的，像是无人来过。

据说夜晚是人最冲动的时候，最好不要在这种时候做任何重要的决定。

可对顾新橙来说，寂静的夜像是一只怪兽，能囫囵吞下某种滋生的情绪。

那天一别后，他们没有再见面。

傅棠舟要出差，而这两周顾新橙要待在学校准备考试和论文。就像他说的那样，如果没有能力去改变，那就做好分内的事儿。

她这学期只有一门考试，偏偏考试还被安排在考试周的最后一天。她打算带着资料去学院的自习室复习。

她所在的经管学院是整个 A 大最有钱的学院，每年光是 MBA（工商管理硕士）、EMBA（一般指高级管理人员工商管理硕士）的培训课程就能让学院挣得盆满钵满。

学院出资新修的大楼恢宏阔气，在 A 大众多“老破小”的学院里显得格外洋气。

别的学院的老师上必修课还在点名签到记考勤，经管学院已经

引入时下最先进的人脸识别系统，低年级的学弟学妹们恨得简直牙痒痒——这课他们是逃不了了。

顾新橙进了大楼，锃光瓦亮的地面能照见人影。大厅里最显眼的地方有电子广告屏，宣传的是经管学院新推出的企业家课程，仿佛只要交十万块钱来这里进修一个月，就能立马走上人生巅峰。

靠墙的地方摆了几盆茂盛的发财树，每一片叶子都被擦得一尘不染。

顾新橙在电梯间碰见了周化川教授。

年近五旬的周教授是经管学院的副院长，他的研究方向是公司治理与公司管理。

他也在给本科生上公司财务课。顾新橙喜欢听他的课，所以学院通知大四学生选毕业论文指导老师时，她毫不犹豫地选了周教授。

顾新橙主动打了个招呼：“周教授好。”

“来上自习啊？”

“是，要考试了。”

周教授瞧见顾新橙手里的学习资料，夸奖道：“大四了你还这么认真学习，值得表扬。”

顾新橙一想到这段时间她做了许多和学习无关的事儿，就觉得这夸奖来得讽刺。

周教授在外面担任了多家上市公司的独立董事，除了上课，他很少在学校。

他在商界人脉颇丰，相当擅长与人打交道。即使是在电梯间偶遇一个叫不上名字的学生，他也能毫无阻碍地寒暄几句。

“现在毕业论文卡得严，记得提前开始准备，不要犯拖延症。每年都有学生的毕业论文写得马马虎虎，老师们也很为难。”

“知道。”

话题继续到这里依旧毫无破绽，直到周教授问了一句：“你的指导老师是谁啊？”

顾新橙僵住。原来说了大半天，周教授竟然不知道他就是她的

指导老师。

“周教授，我给您发过邮件，您答应我了的。”她的话语里夹带了一丝不易察觉的小委屈，生怕周教授反悔。她不想重新联系其他导师了。

“你看我这记性，最近事儿太多，我忙忘了。你叫什么来着？”

“顾新橙。”

“我记得你，上课经常坐第一排，听课还挺认真的。”这场小小的尴尬被周教授巧妙化解。

既然已经提到了毕业论文，顾新橙顺口问他：“周教授，您现在有空吗？我可以跟您交流一下想法吗？”

“我现在要去给 MBA 的学员上课，”周教授不紧不慢地说，“你加我微信，有什么问题在手机上沟通就行。”

下电梯后，顾新橙望着周教授远去的背影，不禁叹了一口气。

这些大忙人都这样吗？还是说她的存在感太弱，连导师都能把她忘了？

往年考试周一结束，顾新橙第一时间就会收拾行李飞回家。

今年她得实习，寒假缩短成了七天。

就在春节前的当口儿，博睿咨询出了一件大事。

正源科技 IPO 被否，证监会质疑其是否具有真实、可持续、有质量内涵的成长能力。

创业板 IPO 排队往往要等上一年半载，这次的结果却出得极快。

给正源科技出具过咨询报告的博睿咨询首当其冲。

据说证监会的领导非常生气，开会时三令五申要警惕付费数据资料的误导性。

这是非常官方且客气的说法，要是说得难听点儿，证监会的领导简直就是指着博睿咨询的鼻子在骂：“你是不是把我们都当傻 × ？”

谁都希望自家公司的数据好看，但玩得太过火就触碰到证监会的底线了。

证监会剑指博睿咨询，这挺要命。公司手里正在进行的项目很多，还有不少已经完成的项目正在排队 IPO。

公司如果被证监会立项调查，所有项目可能都要受牵连，合作伙伴也会要求解约赔偿，损失将不可估量。

这种事情以往也有，但证监会从未像此次这般发难过。

常在河边走哪有不湿鞋？正源科技这家公司实在是烂泥扶不上墙，咨询公司也没有妙手回春的能力。

面对证监会的质询，博睿咨询必须给一个交代——甭管多烂的理由，起码得有一个回应。

博睿咨询的高管当即召开了紧急会议。

他们首先反省自身，为什么会出这种事儿？

不是因为数据造假，而是因为这数据假得不够“真实”，让证监会那帮人揪住了把柄。

要知道，数据造假也是门学问，随便乱造是不行的，他们必须造得能以假乱真。

“教学管理类软件领域超过百分之三十的市场占有率，依据竟然是客户数量累积……”大老板读到这里，把报告往会议桌上一拍，“非要写成百分之三十吗？写百分之二十不行吗？真把人家当傻子呢？”

全场没人敢吱声。

大老板怒不可遏：“这谁写的？”

不知谁说了一句：“实习生写的。”

一听见“实习生”这三个字，大老板松了口气。

国内公关界特别爱拿临时工和实习生做文章。顾新橙是这个项目组唯一的实习生，简直就是背黑锅的最佳人选。

这时，市场部总监易绍杰说了一句：“不能让这个实习生负责。”

“怎么了？她是关系户？”

“关系户倒说不上。”易绍杰抬了下鼻梁上的眼镜，凑近大老板的耳边低语几句。

大老板恍然大悟："哦，这样啊。"

最终，这口黑锅没扣到顾新橙头上，而是扣到了带她的孙文茹头上。

篡改数据是上下串通一气的共识，不是孙文茹能左右得了的。谁让孙文茹在公司受人排挤，不招人待见呢？

博睿咨询用尽各种手段，托了不少关系，总算将这件事勉强压了下去。

现实很残酷。真正该负责的人藏在幕后，被推出去挡枪的永远是无名小卒，剩下的人自罚三杯就可以相安无事。

孙文茹抱着纸箱离开时，给顾新橙留了一小盆仙人掌。

"我实在是拿不走了，就放你这儿吧，能防辐射。"孙文茹说，"这东西不怎么需要浇水，随便养养就行了。"

孙文茹偶尔也会给顾新橙甩脸色，但是人并不坏。她教给顾新橙不少实用的技能，顾新橙受益匪浅。

可惜，孙文茹以前因为一些事得罪过同事和上头的领导，所以出了事也没人护着她。

带自己的老师被赶走，顾新橙想起一个词——兔死狐悲。

可惜她什么都做不了。

随着孙文茹的离开，流言不胫而走，公司里充斥着一种诡异且微妙的气氛。

顾新橙在格子间办公时，总觉得身后有灼热的眼神盯着她，可一回头，她只看见同事在伏案工作。

上午十点，隔壁办公室的女主管过来找顾新橙："今天早上我那份资料扫描了没有？"

顾新橙的心一沉。今天重要的事儿太多，这事儿就暂时被她搁到一边了，谁知女主管竟主动来问。

这位女主管说话做事素来不留情面，顾新橙被她训斥过一两次，不敢惹她。

于是顾新橙立刻从码放整齐的文件里找出她的资料："不好意思，

我现在就扫。”

女主管笑笑说：“不着急，你忙你的，一会儿给我就行。”

突如其来的温柔令顾新橙浑身不自在。

午休时，顾新橙去洗手间。她生理期到了，肚子疼。一想到过两天傅棠舟要回来了，她如临大敌。

她捂着肚子坐了很久，疼痛稍有缓解。她刚想起身，忽地听见外面洗手池处有说话声。

“真是那种关系啊？”

“嘿，男女之间还能有什么关系？”

“不然你说为什么不让实习生背锅，非得让孙文茹走啊？”

“现在的女大学生啊，啧啧，你想想我们那会儿，哪儿有这些心思？”

“可不是嘛！你说这A大的高才生图个什么啊？”

“A大又怎么了？北京最不缺的就是人才。隔壁组小陈也是A大毕业，还不是连学区房都买不起，儿子刚送回老家念书。”

“她比小陈聪明多了，跟他一两年，还怕赚不到一套房？”

“得了吧，现在有钱人精明着呢，随便打发一下得了。北京的一套房，想什么呢？”

“唉，这个社会，但凡有点儿姿色，谁还想老老实实地干？有捷径谁不想走啊？”

她们即使没有指名道姓，顾新橙也知道她们说的人是谁。捏着门把手的指尖用力到发白，她却始终没有勇气推开门和外面的人对峙。

她不是傅棠舟包养的小情人，在外人眼里却和小情人无异。

谁让她只是一个实习生呢？人长得还挺漂亮。没有人相信她爱他，他们只认为她很虚荣，企图不劳而获。

傅棠舟的存在让她免于祸事，却也让她深陷于旋涡中。

顾新橙为自己感到悲哀。她成了公司某些人党同伐异的一枚棋子，私底下还要被说三道四、评头论足。

她一直安分守己，没有从傅棠舟那里占过什么不该占的便宜。

现在想想，原来只要她和他在一起，就已经占了天大的便宜。

顾新橙提出离职的时候，吴组长问她："不是说要做半年吗？"

她答得很简单："导师催毕业论文，我暂时没空实习了。"

吴组长没挽留，给她签了字："需要开实习证明吗？"

她摇摇头："不用。"

听说了消息，冯晴特地过来找她："你要离职？"

顾新橙嗯了一声："下学期挺忙的。"

"这实习资格不好拿的……"冯晴忽然顿住，宽慰她说，"不过对你来说应该也无所谓吧。"

顾新橙收拾东西的手一顿，这句"无所谓"是什么意思呢？她的嘴角扯出一丝自嘲的笑。

跟同事道别后，顾新橙走出大厦的玻璃旋转门，风卷起了她的长发。

她抬头望了望藏蓝色的天空，只有寥寥一轮皎洁的孤月高悬着，找不到星星的影子。

是月亮太耀眼，还是城市的光污染太严重呢？

顾新橙上了出租车，恹恹地回到银泰中心。

傅棠舟不在，她抱着膝盖坐在落地窗前，眼底映着窗外流动的光芒。

她的指尖抚上玻璃。眼前的这座城市在光影中变幻莫测，陌生又遥远。

那些璀璨的灯火从来都不属于她。她只能隔着玻璃远观，却触碰不到。

傅棠舟回家时已是深夜。他瞥了一眼矮几，那里放了一只小纸箱，里面零零散散地装了点儿小物件，旁边还摆着一盆弱不禁风的仙人掌。

顾新橙像是一只候鸟，刚刚经历了一场大迁徙。

傅棠舟问："你离职了？"

顾新橙微微颔首。

他将她从地上抱起来：“也好，留点儿时间做别的。”

顾新橙抬起眼看他，忽然说道：“我觉得你说的话不对。”

傅棠舟问：“哪儿不对了？”

“规则和话语权确实掌握在强者手里，”顾新橙一本正经地说道，“可是我不想服从。”

她较真儿的模样让傅棠舟不禁莞尔。他把她拥在臂弯里，贴着她的耳朵问：“那你想变得比他们更强？”

“我想，可我暂时还做不到。但是——”她话锋一转，语气坚定，“我可以选择离开。”

傅棠舟闻言嘴角一挑：“你倒是会讲话，把逃避说得那么好听。”

顾新橙犹如一只幼兽般不服气地说：“我看不惯他们的做法。”

他单手撑着她身后的落地窗，俯下身和她对视。她的睫毛微颤，琥珀色的眼眸澄澈见底。她有一双漂亮的眼睛，清澈又温柔，像浸在江南烟雨里的一弯浅月。

“那你以后打算去哪儿工作？”

“哪里都行，”顾新橙说，“银行、券商、基金……能去的地方很多，又不是只能待在一家公司里。”

“这些地方就干净了？”傅棠舟反问。

顾新橙的脸上有些臊，可她不甘心被他问住，反将一军：“你们公司也是这样吗？”

傅棠舟微抬眉梢，似笑非笑地问：“你想来？”

“我才不去。”

她不像傅棠舟，桃色话题对他的风评没有半点儿影响。他不在意，旁人也不敢嚼他的舌根。

可是顾新橙脸皮薄，心里承受不住。她不想看到旁人对他们的关系指指点点——旁人多半还是说她想走捷径，妄图从他这里捞好处。

“怕人家说你被我潜规则？”傅棠舟搂着她的腰往上一提，“太阳底下没有干净地儿，哪儿都一样。”

顾新橙踮着脚，被他有意无意地撞了一下。她别过头去不敢看他，破罐破摔地说：“反正我已经辞职了。”

“这次辞就辞了，下次再碰到这事儿，也辞？”傅棠舟的口气甚是揶揄，“你目标挺远大，这是打算去各大公司集邮呢？”

顾新橙不说话了。

水至清则无鱼，人至察则无徒。她不是不懂这个道理，只是没法儿说服自己和那些人同流合污罢了。

“所以我说了，要么服从，要么变强，成为规则的制定者。”傅棠舟说得掷地有声，“逃避解决不了问题。”

她抬起眼看他。他逆着光，脸部线条被光线勾勒得极为清晰。颀长的身躯几乎整个罩住她，带着一种不容置疑的威势。

傅棠舟很少和她讲这种话，今天这么严肃，是因为她刚刚在挑战他的权威吗？

顾新橙轻咬下唇，眼波流转，心中甚是委屈。

明明今天她离职很不开心，他却还要这样教育她，仿佛都是她的错。

傅棠舟收回手，状似无意地扯了一下领带——他和小孩讲这些干吗？她被吓着了。

他敛去眼底的冷霜，扯开她塞在 A 字裙里的衬衫下摆。她身子略僵，纤细的腰肢躲开他的手。她小声地发出抗议：“今天不可以……”

傅棠舟眼角有一抹稍纵即逝的缱绻之色：“怎么了？”

顾新橙又羞又恼地说：“就是不可以。”

她的身体不太方便，心里也有点儿抗拒。

傅棠舟静默了一秒，懂了。

她的日子不太固定，想来他是记不住的。

顾新橙想推开他，谁知却被他拦腰抵在落地窗上。她惊呼，手指瞬间抓紧他的胳膊，攀附着他。

他用指腹摩挲着她的唇瓣。她没涂口红，浅樱色的嘴唇柔软得如同暗夜里的玫瑰。

傅棠舟捏住她的下巴，居高临下地问：“还用我教吗？”

这是掌控一切的上位者特有的姿态，不容许任何辩驳。

顾新橙愕然地摇头。

傅棠舟恢复惯常的口吻："去床上等我。"

醉生梦死的一夜。

顾新橙第一次坐飞机是在小学毕业那年的暑假，父母带她去北京玩的时候。

她记得飞机升空那一瞬间带来的失重感令人头晕目眩。

看遍北京城的名胜古迹和高楼大厦，顾新橙对这里便有了憧憬。

每天清晨，这座城市在国歌声中苏醒，五星红旗高高飘扬，这里的风光与任何地方都不同。

顾承望问："六年以后你还想不想再到北京来？"

顾新橙说："好呀，到时候再来旅游。"

顾承望宠溺地摸摸女儿的脑袋："谁让你来旅游的啊？激励你考大学的。"

自那以后，她有了一个明确的目标——她想去北京。

顾新橙坐在飞机上，看着舷窗外的蓝天白云。她想起当年那一小段插曲，不禁嘴角微翘。

她盼望着回家，又盼望着回北京。

顾承望特地来机场接她。他接过行李箱，然后问她："怎么就带这么点儿东西？"

"初六就得走了。"

"你们公司对实习生要求那么严格，初七就得上岗啊？"

顾新橙面不改色心不跳地撒谎："是啊，不然领导不高兴。"

她想早点儿回北京当然不是因为实习，而是因为傅棠舟要过生日。

父女俩一路寒暄着开车回家。顾新橙进了家门，边换鞋子边叫了一声："妈，我回来了。"

"橙橙回来啦。"秦雪岚正在厨房里忙碌，听到声音马上放下锅铲，将手指在围裙上揩了几下，忙不迭地走出来。

秦雪岚打量了女儿一眼："你怎么胖了？北京的东西是不是比

家里的好吃哦？”

“我没胖，”顾新橙争辩道，“衣服太厚了！”

“哪里胖了？”顾承望把车钥匙搁到桌上，然后坐下来说，“我还嫌她太瘦呢。”

顾承望在税务部门工作，秦雪岚是当地中学的语文老师。

她家不是什么大富大贵的家庭，却也称得上安稳和睦。

现在寒门难出贵子。和其他群体相比，公务员和教师家庭相对好一些，他们更重视对孩子的教育，顾新橙就是典型的例子。

秦雪岚忙活了一桌子菜，菜都是顾新橙爱吃的。

她给顾新橙拿了一只大闸蟹，又端了一小碟醋，里面有些细细的姜丝：“你舅舅送的，阳澄湖的，蟹黄可多了。”

顾新橙看着这只被五花大绑的螃蟹问：“冬天还有大闸蟹啊？”

秦雪岚说：“怎么没有了？这儿又不是北京，吃螃蟹还得挑季节。”

顾新橙剥着螃蟹，秦雪岚问道：“最近学习怎么样啊？有没有跟不上的？”

顾新橙说：“妈，我都大四了。”

言下之意，大四的课业很轻松，她不用问这种话。

“你不是参加那个什么金融分析师的考试了吗，什么时候出成绩啊？”

“快了。”

“有没有把握？”

“没问题。”

“真的假的哦？八九千的报名费呢，可别糟蹋了。”秦雪岚嘀咕着。

“你还担心她的学习啊？她长那么大什么时候让你烦过神？”顾承望往女儿碗里夹了一块糖醋排骨，“毕业论文写了吗？”

顾新橙答道：“我已经在写了。”

“要和老师多沟通，”顾承望说，“我看新闻上说现在严卡大学毕业论文，防止有人浑水摸鱼。”

“我知道。”顾新橙应了一句。

顾新橙的学业向来不让父母操心，于是秦雪岚又问：“最近有没有什么情况啊？”

顾新橙装傻：“什么情况？”

顾承望自斟自酌一杯：“还能是什么情况？你妈想问问你有没有谈对象呗。”

秦雪岚把嗓音拔高一度，骂道：“明明是你想问，我才问的，你看你爸这人——”

顾新橙想到傅棠舟，剥螃蟹的手慢了下来。

她没有勇气把他介绍给父母，要是让爸妈知道这事儿，还不知道他们会说什么呢。

更何况……傅棠舟似乎没打算和她的家人产生交集，哪怕只是提上一句。

顾新橙摇了摇头：“没有。”

秦雪岚用筷子戳戳顾承望：“我都说了，她要有情况早就跟我们说了，不说就是没有。”

“哎呀，”顾承望说，“我还不是担心她在外头被人骗嘛！”

“橙橙啊，你过年也就二十一。谈恋爱这事儿呢，有就有，没有咱也不着急。”

“妈，我没着急。”

“我家闺女长得漂漂亮亮，不怕嫁不出去。”

嫁不出去这种事她还真没想过。

只不过，她能不能嫁给自己想嫁的那个人，难说。

“唉，当初你怎么就和小江分了呢？那孩子我看着挺好啊。”秦雪岚叹了一口气，“我前天在商场遇见他的妈妈了，我都不知道跟人家怎么说话。”

“不说不就好了。”顾新橙答得很敷衍。

“他的妈妈说，小江现在也单着呢。”秦雪岚说道，“橙橙啊，你看你一人在北京，我跟你爸也照顾不到你。小江这人知根知底的，有个照应不挺好的？”

顾新橙不高兴了："妈，能不能别提他了？"

顾承望："你妈这人废话多，你又不是不知道。"

秦雪岚瞪了顾承望一眼。

一顿饭吃下来，顾家夫妇没有盘问出什么有效信息。

闺女大了，有心事也很少和父母说，所以他们才不放心又问东问西的。

吃完午饭，顾承望在客厅看新闻，秦雪岚去厨房收拾碗筷，顾新橙回屋睡觉。

她的房间不算大，但布置得挺温馨。被褥枕头是新换的，浮着淡淡的皂角香气，床头还摆了一只玩具熊。

靠窗的地方有一架雅马哈钢琴，用酒红色的天鹅绒罩布盖着。黑白琴键被擦拭得干干净净，琴音刚被调试过，音色很正。

顾新橙躺在床上，漫无目的地刷着手机。

唉，不知道傅棠舟在做什么，他会不会想她呢？

这个新年顾新橙过得同往常一样，初一到初三走走亲戚，初四初五同学朋友聚会。

顾新橙和江司辰分手之后，他们共同的同学圈也变得敏感起来。聚会时大家要刻意分开两人，不能让他们出现在同一个场合，以免尴尬。

顾新橙的姐妹们骂江司辰是个孬种。他和女朋友吵架以后拍拍屁股就出国交换了，根本不顾顾新橙的感受。

江司辰的兄弟们说顾新橙无情无义，江司辰痴心一片地等着她回心转意，结果她扭头就把人家踹了。

公说公有理，婆说婆有理。

但这些同学还不至于因为他俩闹掰了就站队表态，划清界限，该维系的同学关系还得要维系，只不过当着他俩的面得多加注意罢了。

顾新橙想，如果哪天她和傅棠舟分手了，肯定不会那么麻烦。

他俩的圈子没有重叠，分就分得干干净净，不留后患。

终于熬到初六，顾新橙踏上了返程的飞机。

傅棠舟不太在意二十七岁这种不上不下的小生日，碰巧今年赶上过年，就顺道和朋友聚聚，地点定在北京西郊的一家温泉度假中心。

顾新橙问傅棠舟要不要准备什么，他说："你人来就行。"

司机到机场接顾新橙，把行李送回学校之后，车子一路向西驶去。

鸽子灰色的天空让人分不清云翳和雾霾，阳光刺不破云层。

前几天北京下了大雪，道路上的积雪被清理到一侧，变成奇形怪状的雪堆。

顾新橙靠着窗，望着灰蒙蒙的城市。广播里说气温持续回升，北京的冬天即将过去。

只是她没想到，她和傅棠舟也即将成为过去式。

车子像游鱼一般在公路上穿行，越往城外开，车流越稀少。

车子不知拐了多少弯，绕了多少道，一簇辉煌的灯火在如墨的夜色中浮现，宛若一座孤岛。

车子在度假中心的大堂门口稳稳当当地停下，戴着白手套的车童躬身替顾新橙打开车门。

下车后，顾新橙微微仰首。冷月当空，露重霜浓，北风拂过她藻丝般的长发。

泊车员把车开到不远处挺显眼的一个位置。能停在公共场合让别人观看的一般都是豪车，这是上档次的酒店不成文的规定。

这度假中心修得颇有几分江南园林的韵致。楼宇之间以古色古香的廊桥连接，山水亭阁星罗棋布。

司机带顾新橙进楼。她从没有暖气的南方过来，帽子、围巾、毛衣、羽绒服，身上一件不少，现在热得厉害。

顾新橙问："有哪些人？"

司机回话："我不清楚。"

傅棠舟有三个司机，这个司机让他最放心，原因是这个司机话少。

当他的司机，开车技术是其次，最重要的是管好嘴巴，什么该说什么不该说，心里边儿得门儿清。

厚重的包间大门被推开，入目的是宽阔的会客厅。正对着大门的落地窗外有一个汤池，汤池周围的灌木丛里散着未消融的雪块，像洁白的浮沫一般。

成套的皮质沙发围着一张茶几，茶壶周围有几个青花瓷杯，茶水被饮了一半，却不见人影。

司机说："顾小姐，就是这儿。"

他掩上门离开，只留下顾新橙一人，里头那个屋里隐隐约约有讲话声。她并不着急过去，而是先进了洗手间。

人穿得一多，就会显得臃肿，她现在裹得像一个小面包。她拿下帽子，一圈一圈地摘下围巾，又脱下羽绒服，露出里面的乳白色兔毛针织衫。

顾新橙在镜子前仔仔细细地打量自己，这里光线不错，浅咖色的眼影映出星星点点的光，细细的眼线勾勒出一丝风情。

她从包里掏出一只口红，对着镜子一边涂抹一边思考。过了一个年，她应该没长胖吧？

收拾完毕，她才讪讪地推开偏厅的门。

里面有男男女女十来个人，他们围着一张麻将桌，隔壁房间有人在打桌球。香雾缭绕、沸反盈天。

顾新橙的到来没有引起他们的注意，仿佛她是误打误撞地闯入了一场浮华盛宴。

她的视线在室内飞扫一圈，一眼就瞧见傅棠舟端坐在麻将桌正北朝南的位置上。几日未见，他额角的碎发稍长，身形依旧挺拔如松，肩宽背阔。

真正在打麻将的只有四个人，剩下的人或站或坐地围着麻将桌看戏。几个花枝招展的女人勾着男人的背，往他们的口中送葡萄，一笑百媚生。

他们间或聊上几句，谈笑的姿态随意恣肆。

"施一泽今儿怎么没来？"

"出了点儿事儿，忙着呢。"

"他不是给那谁送了套海外别墅吗，挂家里的公司账上的？"

“就前段时间被查的那个？”

“嚯，真是倒八辈子霉了。碍不碍事儿？”

“嘿，谁知道，应该没事儿吧。”

顾新橙听不懂，也不好奇。人影幢幢间，她瞧见了坐在正对着门的方向的林云飞。他手里捏着一张麻将，摩挲很久，还是打了出去。

牌刚落地，傅棠舟就把牌一撂：“和了。”

他的牌是清一色的一气贯通。

林云飞大惊小怪：“你怎么又和了？”

傅棠舟不搭腔，径直把牌推入麻将机。

说话间，林云飞瞧见了伫立在门口的顾新橙，于是笑着招手说：“顾妹妹，你来了怎么也不吱声儿？等你好久了。”

输牌一点儿都不影响他的心情。

他这么一打招呼，几个女人也扭头看向她。

傅棠舟瞥见她，神色波澜不惊，轻声说道：“过来。”

旁人一听，纷纷避让出一条道。有人想给顾新橙添一张椅子，傅棠舟却用手叩了叩桌子，对坐在他下家的女人说：“你下去。”

那个女人长得挺漂亮，大波浪长媚眼，唇色艳丽如火。她嗲着嗓音撒娇道：“人家还没玩够。”

坐在傅棠舟对面的男人却不客气地说：“让你下来就下来，别磨磨蹭蹭的。”

顾新橙从来没有碰见过这种场面，见那女人不情不愿，便说道：“你们打吧，我不太会。”

傅棠舟扫了那女人一眼，眼神冰冷而锋利。

那女人一愣，乖乖下桌。

她把挂在椅子上的香奈儿BOY手袋拿下来，坐到一侧的沙发上，然后从包里取出一支细长的女士香烟，点烟的手微微发颤。

顾新橙挪上了麻将桌，这椅子被人焐得挺暖和，她坐着却不太自在，只挨了一点点椅子边，背挺得笔直。

傅棠舟问：“吃过饭了吗？”

她摇头。她不爱吃飞机餐，虽然肚子空空，但并不太饿。

傅棠舟吩咐一句："让酒店送点儿吃的来。"

不知他是对谁说的，这指令却精准地传达到了酒店后厨。

麻将机洗好牌，桌上整整齐齐地出现四条牌山。顾新橙抓着牌，心底直犯嘀咕。

原来傅棠舟庆祝生日的方式是打麻将，还挺接地气呢——如果不是在这种地方的话。

牌过三巡，顾新橙摸到一张七万。她把牌一翻："我和了。"

林云飞惊讶："这么快？"

顾新橙说："起手牌不错。"

林云飞站起来弓着腰检查她的牌，还真是。

林云飞笑着对傅棠舟说："你说顾妹妹手气好，真不假。"

傅棠舟轻挑眉峰，握住顾新橙的手背说："看来今晚能赢不少。"

这姿态意外地亲昵、暧昧。

顾新橙莫名有点儿发怵，他们玩麻将还玩钱的吗？

万一她输了，岂不意味着也得赔很多？

她问："多少钱一把啊？"

林云飞冲她竖了一根手指头。

顾新橙不敢猜这到底是一百还是一千，或者更多。她怕说错话，显得自己没见过世面。

她只是小声说了一句："聚众赌博是犯法的。"

话音一落，林云飞哈哈大笑："傅哥，顾妹妹可太有趣了。"

傅棠舟嘴角勾起一个极细微的弧度："输了不会让你掏钱的。"

林云飞啧啧称道："赢了归你，输了归他，有傅哥兜底就是好啊。"

顾新橙腼腆地一笑，心湖荡开一丝甜。

她的牌技着实不错，上场以后赢了好多把，其中一把大牌更是差点儿把林云飞给击飞。

林云飞心塞道："你不是说你不会打吗？"

她赢得太多，有点儿不好意思，只好实话实说："以前有一点点小研究。"

傅棠舟接过她的话茬儿："她在大学的麻将社待过。"

周围人一听，纷纷好奇地问：“哟，什么大学啊？还有麻将社呢。”

顾新橙没吭声。今天这场子虽是私人的局，但那些被男人带过来的女人却叫她心里不太舒坦。顾新橙不知道她们的底，她们也以揣度的眼光打量着顾新橙。

林云飞笑着说：“顾妹妹是 A 大的，真正的学霸！”

他的语气中透露着自豪，好像上 A 大的人是他。

一听说 A 大的名字，那几个女人神色微怔，倒抽一口凉气。

“A 大的学生还打麻将呢？”

“学校越好风气越开放啊。”

“A 大的怎么也——”话说到一半就被掐断了，那几个女人相视一笑，露出意味深长的笑容，或多或少有些讽刺。

顾新橙的掌心冒出虚汗，脑子混沌一片。

林云飞对麻将社还挺感兴趣，他问：“你们麻将社的人是天天凑在一块儿打麻将吗？”

顾新橙说：“不全是，也得搞研究。”

他们甚至还会利用人工智能和机器学习技术，研究麻将 AI（人工智能）如何与人对战。

坐在顾新橙手边的另一个男人问：“你们麻将社是不是女生比较多？”

顾新橙答得挺认真：“我们研究的是日麻，规则复杂，内容硬核，男生更感兴趣。”

那男人又问她一句：“你还在上学吗？”

顾新橙这才看清他的眼神，嘲弄、轻佻，又有点儿调侃。

她忽然觉得自己很傻——人家感兴趣的不是麻将社，而是里面的女生。

一种难以言状的羞耻感爬上顾新橙的心头。

在傅棠舟的朋友的眼里，也许她和那些被带来的女人毫无二致。

顾新橙没回答他。她的胸口似乎堵着什么东西，压得她喘不过气来。

这时，傅棠舟漫不经心地说道：“她还没毕业呢。”

他慵懒地靠在椅背上，趁着大家说话的工夫点了一支烟。口吻是很随意的，却带着一丝不易察觉的炫耀。

顾新橙隔着青色的薄烟看着傅棠舟，眼神闪烁。

她还没毕业。

分明是再寻常不过的几个字眼，却像尖刀一样刺痛了她。

相比于那些女人，顾新橙明显更高级。她长得漂亮不说，学历也高，还很年轻。

可惜的是，从某种意义上说，她和那些女人没两样。

她的荣光成为他证明自己身为男人的实力和魅力的一种象征。她从来没有像现在这般唾弃过自己。

为什么？为什么会这样呢？

红男绿女，衣香鬓影。酒杯碰撞在一起，顾新橙听见的是破碎的声音。

她终究是这场浮华盛宴的局外人。她既做不到像傅棠舟一样高高在上、游刃有余，也做不到像那些女人一样放下身段、自甘堕落。

旁人的嬉笑怒骂顾新橙已不在意，她满脑子都是傅棠舟说的那一句轻飘飘的话。

她仿佛只是他傍身的一件物品，别人夸赞她聪明漂亮，实际上却是在恭维傅棠舟——她这样还没毕业的女大学生心甘情愿地跟着他，他多有面子。

而坐于上位的他显然很享受这种追捧。

顾新橙攥紧手指，指甲掐进掌心的嫩肉里。她究竟算他的什么呢？女朋友吗？

在他所在的圈子里，女朋友这样的身份是不够庄重的。外人之所以恣意揣度调戏她，是因为傅棠舟根本没把她当回事儿。

否则怎么会这样呢？

往日里琐碎的矛盾一幕幕地在顾新橙脑中闪过。

他说，她是他带给朋友的酒吧开业礼物；他见到重要的生意伙伴时会下意识地松开她；他平日里对她不上心，密不透风的心墙更是从未对她敞开过。

一切的一切，她现在想来，都是他不爱她的证据。

对于接下来的牌局，顾新橙已毫无兴致。她克制住想逃跑的冲动，机械般地摸牌打牌，好似没有感情的麻将AI。最开始赢来的筹码被她输得干干净净。

她又点了傅棠舟一炮，把那张五条搁到了他的面前。

她茫然地望了一眼桌上的牌，傅棠舟开局就打光了手里的万和筒，所有人都知道他在等一张条。

她毫不畏惧地把最危险的一张五条打了出去，分明就是心思不在牌局上。

傅棠舟把手中的烟浸入半盏酒里，然后问顾新橙："饿不饿？吃点儿东西。"

酒店已经送来了餐食，其中有一道醪糟小汤圆，是她喜欢的甜品。

"我不饿。"

"多少吃点儿，离晚上还有一阵子。"

他的暗示再明白不过，今晚她是要陪他睡觉的。

顾新橙重复一遍："我不饿。"

她的声音依旧不大，却比刚刚高了一度。

周围人愣神。他们从没见过哪个女人敢当着那么多人的面让傅棠舟难堪——哪怕只是拒绝他点的食物。

傅棠舟轻抿薄唇，下颌线绷紧，眼神晦暗不明。他说："不吃就撤了，放这儿碍事儿。"

他的语调不带任何情绪，话却是相当不客气。

顾新橙望着他漠然的脸，好像在看一个陌生人。他的眼神和刚刚他让那女人下麻将桌时毫无二致。

原来，不过如此。

男人是很在意面子的生物。只因她那一句"我不饿"小小地拂了他的面子，傅棠舟便当着外人的面给她脸色看，以挣回他的面子。

他对她的感情竟抵不过他在人前的面子，多么可笑。

顾新橙说："我累了，想回去。"

林云飞这会儿出来打圆场。他说："傅哥，顾妹妹长途奔波，这会儿肯定累了，让她去歇着吧。”

傅棠舟冷漠地瞥她一眼，不冷不热地说：“我送她回去。”

他直起身，拉着顾新橙的手往屋外走。顾新橙踉跄着跟在他的身后，留下一屋子呆若木鸡的人。

两个人穿过游廊，梅树的枝丫上积着雪，三两朵花零星地开着。

顾新橙一眼认出这不是来时的路，于是奋力挣脱傅棠舟的手：“你要带我去哪儿？”

傅棠舟说：“回房间。”

刚刚只是他和朋友聚会的场子，晚上他不住那儿，而是选了个僻静的雅处。

顾新橙说：“我不去。我要回学校。”

他往前踏了一步，逼近她。她贴着冰冷的立柱，用幽凉的眼神直勾勾地看着他。

傅棠舟的喉结滚了一下，语气却软了三分：“这么晚了，别回去了。”

顾新橙转过头，手指绞着针织衫的下摆。刚刚出来得太匆忙，她连外套都没拿。这会儿夜间气温骤降至冰点，冷飕飕的。

“回学校有事儿？”傅棠舟倒是会给自己找台阶下，“过了今晚，明天就送你回去，行吗？”

这地方除了这个度假中心，附近荒无人烟，不光没有公共交通，出租车都打不到。就算任性，顾新橙也不能拿自己的安危开玩笑。

他搂着她的肩膀说：“进屋，别冻着。”

顾新橙耸了下肩膀，躲开他的手。

傅棠舟只当她是闹脾气。平日里温驯的小奶猫忽然在人前亮了一下小爪子，也不知是受了什么刺激。

他推开房门，顾新橙跟进去。门刚被掩上，傅棠舟就拦腰抱住了她。

他用下巴抵上她的发旋，将她拥入怀中，同她讲道理：“那么多人在，别不给我面子。”

顾新橙的睫毛一颤，眼底的光芒碎裂了。

面子。

嘀，她什么时候不给他面子了？

之前他带她去酒吧玩，一句话就把她打发走了。

今天她打扮得漂漂亮亮地来见他，生怕给他丢人。

结果呢，他当着那么多人的面羞辱她，难道她就不要面子吗？

傅棠舟又说：“今天我生日，别闹不开心。”

顾新橙垂下眼睛，没吱声。她僵着的身子软了软，傅棠舟以为哄好了她，便在她额上印了一吻，然后说：“乖，在这儿等我。”

看来他还得回去陪那些人。

顾新橙没挽留他，也没让他早点儿回来。

她只说了一句：“你走吧。”

最好走了就别回来。

傅棠舟真的走了。

门被关上的那一刹那，顾新橙怔住了，然后她头也不回地就往房间里走去了。

她站在落地窗前望着院落里的景致，一弯新月挂在枝头，碎落的星辰好似银屑一般，一闪一闪。她发现原来在北京也可以看到星星。

她伫立良久，星光照亮她冷漠的面孔——她让今晚的月色都暗淡了三分。

她的睫毛微微下垂，一滴晶亮的光芒落入脚下的地毯里，再也寻不见踪迹。

顾新橙用指腹轻轻擦过下眼睑，转身去了浴室。

这里是温泉度假中心，豪华套房里有内置的温泉池。浴室大得惊人，正中间是一个圆形的池子，用白色的花岗岩砌成。池边有两只白玉似的小石狮，石狮口中源源不断地喷涌着温泉水，池中烟雾袅袅、水汽蒸腾。

顾新橙拢着浴巾踏进池中。池水的温度刚刚好，足以洗去一身风尘。

她看了一眼手机屏幕，现在是十点半，他的生日很快就要过去了。

可她还没来得及对他说一句“生日快乐”。

傅棠舟回到场子里时，一圈人正玩得火热。他往麻将桌旁一坐：“继续。”

林云飞问：“顾妹妹呢？”

“在休息。”语气甚是轻松，看样子他是把人给哄好了。

林云飞突然想起什么来，拍案说道：“哎呀，之前顾妹妹帮了我一个忙，我还没来得及谢她呢。”

傅棠舟摁下自动掷骰子的按钮：“下次。”

林云飞坐下来，嘟囔一句：“上次你就把我给‘鸽’了。”

傅棠舟看到酒店送来的东西原封不动地摆在那儿，已经凉了。

他吩咐道：“让酒店再做一份，送到我屋里去。”

打了两圈麻将，傅棠舟赢了不少，兴致却不大高。

他想到刚刚顾新橙看他的眼神中有些许淡淡的失落——她现在一个人在房间里等他。

顾新橙常常等他。他平时应酬挺多，回家并不早。每次进了家门，他都会在家里走上一圈，看看她人在哪儿。

家太大，也就这一点不好。他像是一个猫主人，回到家的第一件事便是寻找自己的爱宠。

有时她会趴在客厅里写作业，认真的模样像极了一个小学生。

有时她会在阳台的躺椅上看书，偶尔困了，就把书页打开着摊在胸口上，睡得像一只小猫。

还有的时候，她会在浴室洗澡。纤秾合度的曼妙身姿隐在薄薄的水雾里，好似一枝婷婷的水仙。

想到这里，傅棠舟莫名有点儿渴。他端了茶杯，轻啜一口茶水，却解不了心头的滋味。

傅棠舟放下茶杯：“今儿就到这儿，散了吧。”

林云飞：“这才打几把啊？我还没赢回来呢。”

傅棠舟：“打到天亮，你得输得底儿掉。”

林云飞笑嘻嘻地说：“傅哥，你要是想顾妹妹了就回去呗，我们继续玩。”

傅棠舟扫他一眼，没说话，站起来拿了外套就走。

出了偏厅，他瞧见客厅的沙发上有几样顾新橙的东西，于是顺道捎上，一并带走了。

傅棠舟一路吹着冷风回到房间，偌大的室内空荡荡的，不见人影。浴室的灯亮着，他走了过去。

首先入目的便是顾新橙羊脂玉般的后背，藻丝似的长发被盘起。

她坐在氤氲的温泉水中，任由水流冲刷她雪白的肌肤，水滴沿着她的脖子向下滚动，落到微凸的锁骨上。她正在闭目养神，并未发现他回来。

傅棠舟默不作声地下到池中，顾新橙睁开眼，睫毛上凝聚着细小的水珠。

明晃晃的灯光之下，她的眼眸是浅浅的茶色，像极了蜂蜜糖浆。

荡漾的水波一下又一下地拍击池壁，犹如潮水一般起起落落。

溢出的池水洇湿地板，她咬着唇，一个音节都不发出来。

她的声音是极为动人的，像是三月的丝丝细雨，这种时候又像温暾的泉水般包围着他——这是一种听觉享受。

不知是不是这间浴室太过空旷，今天太安静了。

一池波光摇曳的温泉水趋于平静。

她泡在温暖的池水里，却宛若生了寒症，身子像落叶一般簌簌地颤抖着。月牙色的脸庞浮满潮红，眼尾湿红一片。

顾新橙死死咬着牙，宁可独自承受，也要守住最后的倔强。

然而这换不回他的仁慈，她发出断断续续的呜咽声，像是在低泣。

冰冷的月色下，院子里的梅花寂静地盛开，然后花瓣一片一片地凋零，北风一吹，打着卷儿地向下坠落。

零落成泥，碾碎成土，唯有香如故。

傅棠舟拿了一块干燥的大浴巾把顾新橙裹好抱了出去。

她像只可怜的幼猫，缩在他的怀里瑟瑟发抖。

有人摁响门铃，是酒店的服务员推着餐车前来送餐。

精致的骨瓷碟里有各类餐点，冰桶里还镇着一瓶红葡萄酒。

“饿了吧？”傅棠舟走到窗前的桌旁坐了下来，“我陪你吃点儿东西。”

他并不吃饭，只在高脚杯里浅浅地倒了些红酒。

他又变得矜持沉稳起来，仿佛刚刚施加在她身上的那一切都不曾发生过。

顾新橙侧着身子躺在床上，一动也不动。她疼得厉害，脸色惨白如纸。

他望了望窗外那一弯新月，冷悠悠地说：“还要我喂你？”

她撑着身子坐起来，拉扯到痛处，嘫了一声。

她望着在灯影下静坐的男人。浴袍在他胸前勾出一个 V 字，肌肉线条在这个 V 字中逐渐收窄，最后隐入松松系着的腰带里。

酒杯在他手中轻摇慢晃，紫红色的酒液在杯中滚了一圈才滑入喉中。

傅棠舟就是这样一个男人，时冷时热、若即若离。他像是一阵风，她抓不住也摸不着。

他宠溺的样子，暴戾的样子，她都见识过。

分明今晚他们闹得很不愉快，他却可以这样平静地坐在窗前品一杯红酒。

可是顾新橙做不到，她在他的面前单纯得像一个孩子。

他给她一个巴掌又喂她一根胡萝卜，她就是这么好哄。反正最后屈服的人都是她，谁让她才是爱得更深的那一个？

只不过今晚他比任何一次都要疯狂，理智荡然无存。

顾新橙光着脚踩上地毯，一步一步地挪到桌前。

她刚要坐到傅棠舟对面的椅子上，却被他一把拉住手腕，跌进了他的怀里。

傅棠舟抱着她，用手扶着她的腰，柔声问道：“刚刚我弄疼你了？”

被他这么一提，顾新橙委屈得眼底直泛泪花。

他用指腹擦掉她的眼泪，然后哄她说：“你乖一点儿，就不会这样了。”

是啊，他对她好的前提是她得乖。

今晚她遭受这些，全是她的错，都怪她不好，怪她不在人前给他面子，怪她不肯在欢好之时取悦他。

谁让她不肯乖乖的?

顾新橙大部分时间是乖巧懂事的，可这不代表她对那些事可以无动于衷。

是人就会有喜怒哀乐，即使是一只宠物，也会有不乖的时候。

傅棠舟端来一碟红枣糕，拿了一块送到她的嘴边。

你看，他对她好的时候真的会亲自喂她吃饭。

就像人对待一只宠物，心情好的话可以帮它顺一整天的毛；可万一心情不好，就一脚踢开，理都不理它。

顾新橙愣了三秒才张开嘴咬了一小口。

分明是绵软甜蜜的红枣糕，可不知为何，她吃到口中只觉得干硬苦涩。

“好吃吗？”傅棠舟问。

她僵硬地点点头。

“好吃就行。”傅棠舟将红枣糕放回碟中。

他用指尖轻轻拨弄着她裸肩上的湿发：“一会儿把头发吹干，别冻着。”

他温柔得像是好男友。

顾新橙眷恋着的就是这么一点儿温柔。

可现在，她发现他的温柔全是假象，镜花水月一般。

顾新橙用冰凉的手指抚上他的前胸。他的心脏扑通扑通地跳跃着，鲜活而热烈。

然而他这个人确确实实没有心。

傅棠舟抓住她的手：“今晚早点儿睡。”

他多么体贴入微，又多么冷淡薄情。

顾新橙坐在窗边一小口一小口地吃着饭。她不记得吃了些什么，也不知道吃了多少，只知道吃下去就对了。

等到她再上床时，傅棠舟已经盖好被子在床的一侧睡着了。

顾新橙坐在床边看着他。他闭着眼睛，浓密的睫毛覆着下眼睑，

鼻梁很高，嘴唇很薄。

傅棠舟喜欢一个人睡觉，并不喜欢被人打搅，而顾新橙喜欢被抱着睡。好在傅棠舟不会跟她计较这点儿事儿，每次她想要被抱着睡时，他都会抱着她入眠。

只不过每天早上醒来的时候，两人总是相安无事，谁也不挨着谁。

今晚顾新橙不想被抱着了。她自己上了床，裹了被子，离他远远的。

不知怎的，她忽然想起春晚小品里的一句话，没心没肺的人睡眠质量都高。

顾新橙在床上翻来覆去，睡也睡不着。她望着天花板，那里黑黢黢的一片，什么都看不见。

她拿出手机看时间，已经凌晨了。微信有未读消息，她打开一看，是爸爸发来的。

顾承望：到学校了吧？好好准备毕业论文，学习不要懈怠，实习也要加油，在外面好好照顾自己。女儿，你是爸爸和妈妈的骄傲。

文字消息下面是一笔转账，不多，六千六百块，甚至还不够在这样的酒店睡一晚。

顾新橙猜测，这应该是爸爸在妈妈的眼皮子底下好不容易攒出来的私房钱。

在她父母的设想中，她此时此刻应该在宿舍里，躺在狭小的木板床上，而不是在荒郊野岭的度假中心，睡在柔软的双人床上，旁边还有一个男人。

望着这条消息，顾新橙积压了一整晚的情绪终于爆发了。

谁不是爸爸妈妈心爱的孩子呢？为什么她要被身旁的男人这样糟践？

她缩在被子里，泣不成声。

泪水模糊了眼眶，顾新橙始终不愿接受那笔转账。

她欺骗了最爱她的爸爸妈妈，早早离开家只是为了来见傅棠舟。

如果爸爸妈妈知道她跟傅棠舟这样的男人在一起，会不会对她很失望？

他分明不爱她啊。

顾新橙哭了好一阵子，被子都被洇湿了。最后她强忍着泪水，给爸爸回了一条消息。

顾新橙：知道了，爸爸。学校发奖学金了，实习也有工资，我不缺钱。

她好不容易克制住流泪的冲动，关上手机准备睡觉。

这时，傅棠舟的手机振了一下。荧荧的屏幕在黑夜里发亮，她无法忽视。

那手机就在触手可及的地方，她拿过来，打算摁灭屏幕。

谁知顾新橙却在屏幕上看到一个名字，窦婕。就是这个人发来的微信。

这个姓并不常见，偏巧顾新橙在傅棠舟和他妈通话的时候听到过。

他妈妈说："你窦叔叔有个侄女。"

他妈妈还说："全北京还有几个姓窦的？"

顾新橙无法忽视这个姓窦的女人给傅棠舟发的消息。

看一眼吧，就看一眼，她保证，绝不多看。

她突然很想知道傅棠舟这些天趁她不在的时候都做了些什么。他能不能给她一个痛快，让她不要在这段无望的感情里继续煎熬？

顾新橙知道傅棠舟的手机密码，他告诉过她，可是她从来都没看过他的手机。她觉得这代表着一种不信任。他也从未看过她的手机，似乎对她放心得很。

她颤抖着输入六位数的密码，手机一下子打开了。她戳开他的微信，窦婕的消息排在第一位。

窦婕：棠舟哥，沈阿姨跟我说今天是你的生日。现在才给你发祝福，会不会太晚了？

窦婕：棠舟哥，我给你准备了生日礼物，过两天能出来吃个饭吗？我给你呀。

窦婕：棠舟哥，你睡了吗？

顾新橙还想往上翻消息，但傅棠舟忽然翻了个身。她一惊，立刻把手机摁灭，放回原位。

她不知道傅棠舟和那个女人之间发生了什么，光这三条消息就足以让顾新橙从头凉到脚，如坠冰窖。

棠舟哥，叫得可真亲热啊。她从来都没那么叫过他。

顾新橙清楚地记得那一天傅棠舟送她回学校时把她压在车里狠狠地吻，然后告诉她：“别多想。”

现在看来，是她想多了吗？

傅棠舟打算和那个女人交往吗？那自己又算什么呢？他一边和家里介绍的女孩聊天，甚至约会；一边把顾新橙带出来见朋友，和顾新橙睡觉。

顾新橙原本以为自己的身份已经很难堪了，没想到还可以更不堪。

她从不清不楚的小女友沦为了不三不四的小情人，难以言状的羞辱。

她抱着膝盖坐在夜色里，望着睡得正熟的傅棠舟，忽地冷笑起来。

笑了一会儿，她又把头埋进膝盖里哭了起来，就这样，直到天明。

第二天一早，傅棠舟醒来的时候下意识地伸手去摸床的另一边。

被窝是空的，还很凉。他不记得昨晚有没有搂着顾新橙睡觉，可现在她的确不在床上。

他从床上坐起来，叫了一声：“新橙。”

他像是在唤一只小宠物，然而今天这只小宠物却没有现身。

傅棠舟拿出手机，想打个电话给顾新橙，却见微信里有一串未读消息。

窦婕：棠舟哥，早啊。

窦婕：昨晚你是不是睡得早没看见我的消息呀？不好意思，我昨天才知道你的生日，送祝福送得太晚了。

剩下还有几条消息傅棠舟根本懒得看。

难怪他妈要介绍这女孩给他认识，唠唠叨叨个没完，看来是想再给他找个妈。

一个妈已经够烦了，再来一个，他的脑子得炸了。

这么一想，他发现还是顾新橙好。她安安静静的，从不打扰他。只是他不知道她一大早去哪儿了。

傅棠舟拨通她的电话，手机却在枕头底下响了。既然没带手机，人应该就在附近活动，不用担心。

这么想着，傅棠舟下了床，有条不紊地换衣洗漱。

他走进浴室，一室狼藉，温泉池边溅出一地水渍。昨晚他有点儿失了分寸，一会儿还得哄哄她。

傅棠舟一出门就瞧见顾新橙坐在游廊尽头的亭子里。

一头长发并未打理，松松散散地搭在肩头，好似墨色的浮云。她的脸白得发光，却没有一丝血色。

她只穿了一件乳白色的针织衫，雪纺的长裙落在椅上，眼神飘忽地望着亭外的一枝蜡梅。

楚楚可怜，他蓦地想起这个词。

傅棠舟抬头看了一眼天空，乌云密布。

这个季节竟是要下雨了，也是难得一见。

顾新橙数着那朵蜡梅的花瓣。

一瓣、两瓣、三瓣……

她默默地计着数，像是在印证着什么。

忽地，肩头落下柔软的重量。

顾新橙一回头，瞧见了傅棠舟。他拿了一件外套给她披上："别冻着。"

她轻轻颤了一下，并没有拒绝他的好意。

傅棠舟在她的身边坐下，手自然而然地搭上她的腰。他问："在这儿做什么？"

"没做什么。"

他把她搂进怀里，用手掌揉了揉她蓬松的发："你像只小狮子。"

顾新橙垂下眼睛，藏住眼底的脆弱。她说："昨天我有两句话忘了跟你说。"

"什么？"

“生日快乐。”语调温温柔柔，只是带了一点点沙哑，却意外地戳中傅棠舟的心脏。

“我当是什么重要的话，也值得特地拿来说，”他扬起一抹淡笑，凑得更近了，然后在她的耳边问，“另一句是什么？”

湿热的气息在这个寒冷的清晨显得格外暧昧。

顾新橙抬头，怔怔地看着他：“我们分手吧。”

她到底是没有白跟过他，竟把他的本事也偷学了个七七八八——她说这句话的时候没有任何表情，甚至连语调都不带一丝情绪。

傅棠舟望着她的眼睛，这才注意到她的眼底布满血丝，周围一圈还微微发肿。

她这是……哭了一夜？

听到她说分手，傅棠舟波澜不惊。可是看到她的眼睛，他内心似乎并不能做到表面这般淡定。

小家伙受伤了，想从他的身边逃跑。

又或者她想寻求他的关注和安慰。他觉得是后者。

“顾新橙，你记得你以前和我说过什么吗？”

她摇头，说过的话太多，谁会记得？

“你说会一直陪着我，”傅棠舟提醒她，“这才一年。”

“是啊，才一年。”她的嘴角荡开一丝苦笑。

都说男人薄情，可女人对自己情浓之时许下的海誓山盟还不是说反悔就反悔？现在她想反悔了。

“傅棠舟，”顾新橙吐出一口白雾，然后问他，“你有没有刮过奖券？”

他静静地听她继续往下说。

“其实我这人运气并不好，从来没有撞过大运。”顾新橙说，“小时候，学校的小卖部卖一种干脆面，里面会放一张奖券。每次刮奖，我刮到的都是‘谢谢惠顾’，连纪念奖都没有中过。”

“后来刮得多了，每次我只要一看到‘谢’字，就会停下来。”她笑了笑，“因为我知道把后面的字再刮出来也没意义了。”

明知道会是一场空，她为什么还要继续呢？

是啊，聪颖如她，只要看到“谢”字，就知道该收手了。

为什么她在感情里却这样犹豫呢？即使她把一切都赌上，最终也只是一场幻梦罢了。

傅棠舟深潭似的眼睛里映着她的影子，无比清晰。他说：“这就是你想了一晚的结果？”

顾新橙粲然一笑：“不然呢？还有别的结果吗？”

这一笑竟满含孤独与苍凉。

她拉了一下他的袖子：“能不能请你帮我最后一个忙？”

傅棠舟的眼底闪过一丝暗光，他说道：“什么？”

“把我送回学校，我一个人回不去。”

如果可以，她昨天半夜就走了，而不是等到现在。

傅棠舟沉默片刻：“好。”

顾新橙靠在车窗边，长长的公路上车流不断。

今天是初七，出城的人陆陆续续返回，空了整整一周的北京城即将开始热闹起来。

天空阴沉沉的，车开到海淀时，一场雨悄然而至。春雷滚滚，雨点拍打在透明的车窗上，凝聚成水珠，缓缓滚落。

据说没有一场雨可以覆盖整个北京，果真如此。

春雨贵如油，北京的春雨恐怕是贵如金。

一路上，傅棠舟开着车，两个人并没有说话。只不过经过几个繁忙的路口时，他多摁了几下喇叭。

顾新橙看到他用口型隐隐骂了一句：“傻 ×。”

他说的是旁边那条车道上的司机。

她的视线重新落到窗外，后视镜里映着她的脸——苍白、清瘦，竟多了一丝弱柳扶风的风韵。

车子驶入熟悉的那条街道，她说：“停那边就行了。”

傅棠舟问：“你带伞了吗？”

她摇头，他从车里找出一把伞递给她。

她不要：“借了伞还得还。”

言下之意，她不想再见到他。

“送你。”他说。

伞即散。他倒挺会送东西，真应景。

顾新橙没接伞。到了地方，她打开安全带准备下车。

她连一个告别吻都不愿给他。

傅棠舟目不转睛地看着前方的路况，忽然开口问了一句：“顾新橙，你想清楚了？”

她没有回答他。她想得再清楚不过了。

傅棠舟说：“现在后悔还有余地。”

顾新橙哦了一声。

“下车以后，就别再来找我了。”

“放心，我以后一定不会再出现。也请你不要来找我。”

傅棠舟闻言，嘴角勾起一丝嘲讽的笑。

他似乎是笑她太过自信，或者说，笑她根本不懂他这个人。

他曾告诉她，他不是会惦记前女友的人。

顾新橙甩开车门冒雨下了车。雨丝贴着脸，冰冷得如同刀刃一样。

她迎着雨绕开三三两两的行人，往学校的方向走去。

傅棠舟端坐在车中看着她狼狈的身影，直到那身影隐入一片烟雨之中，再也看不见。

他嗤笑一声，一踩油门，扬长而去。

第三章
千金买醉

傅棠舟在二十七岁这一年收到了一份前所未有的生日礼物——分手。

车内的暖气吹得他有些烦躁，他降下车窗，冷风夹着雨丝灌入车内。一并传进来的还有街边某间蛋糕店播放的音乐：“分手快乐，祝你快乐，你可以找到更好的……”

他面无表情地升起车窗，油门踩到底，车轮碾过积水的柏油马路，水花一路飞溅。

夜晚，三里屯，零下七度酒吧。

这里一如既往地热闹，舞池里灯光闪耀、人声鼎沸。

调酒师在吧台调制着一长排的鸡尾酒，冰块滚落杯中，气泡咕嘟咕嘟地升腾，酒液五颜六色，引来一阵欢呼。

男男女女在这里推杯换盏、打情骂俏。这儿是个纵情撒欢儿的好地方。

一切喧嚣似乎都与角落里的某个男人无关。

他独自一人坐在卡座里一杯接一杯地喝酒，仿佛是另一个世界里的人。

晃动的灯光偶尔扫到此处，他平静的脸上寻不到半分情绪。

几个花枝招展的女人在一旁观察他很久了，终于有一个穿银色包臀裙的女人端着酒杯踩着高跟鞋走过来。

“帅哥，一个人？”她拉开椅子，眼影的金色亮片光彩熠熠，“要不要我陪你喝上一杯？”

她将酒杯放到桌上，磕碰出清脆的声音。

男人抬起眼，冷漠地从她身上一扫而过。她怔了下，红唇勾起一抹笑意。

他长了一张英俊的脸，高眉骨、深眼窝。唯有一双眼睛阴沉沉的，像极了外面的天空。

她方才注意到他，是因为他腕上的表——低调的款式，惊人的价位。

她猜测这男人非富即贵，没想到他这个人比他的腕表更极品。

她坐上椅子的时候微微佝偻着，将鬈发随意地拨到身后，胸部一阵晃动。

不经意的小举动吸引了男人的注意。他一哂，移开眼睛。

都是成年人了，有什么不懂呢？来酒吧的人要么是寻欢作乐，要么是千金买醉。

他没出声赶她走，说明有戏。

男人拿起摆在桌面上的烟盒，倒出一根烟，叼入嘴角。

大拇指啪地挑开打火匣，他拢着火点烟，火光映出他棱角分明的侧脸。

懒散的动作里带着一股莫名的颓废劲儿，令人移不开眼。

她勾了勾嘴角——今夜这酒吧是来对了。

“学生？”他问，磁性低回的嗓音比杯中的酒更醇厚。

“我看上去有那么小？”她抿着唇笑。

男人缓缓吐出一口白烟，在水晶烟灰缸里弹了一下烟灰，不冷

不热地说："不小。"

他的眼神在烟雾中变得迷离，也不知他说的是她的年龄，还是别的什么。

她试探着说："喜欢学生的话，我也不是不行……"

他嗤笑，烟雾被吸进肺里。他咳嗽了两声，哑着嗓说："我觉得不行。"

这话听上去像是他在和她开玩笑，于是她的胆子更大了些。

她悄悄将一条腿伸直，光裸的小腿挨上他的西裤，有一下没一下地蹭。

男人抽烟抽得更凶了,猩红的一点儿光在泛白的烟雾中反复闪烁。

他吸完最后一口，将烟头整个摁灭在烟灰缸里，然后不动声色地移开腿，嗓音骤冷，从喉间蹦出一个音节："滚。"

这话说得相当不留情面。她还想争取一下，却被他冰冷的眼神吓退了。

她悻悻地端了酒杯，狼狈地离开，临走时还在纳闷儿，自己究竟是哪里没能入他的眼？

傅棠舟从鼻尖发出一声冷哼，又点了一支烟，然后拿起空了一半的酒瓶往杯子里倒。

一人自斟自酌之时，耳边忽然响起一个聒噪的声音："傅哥，你过来怎么也不提前招呼一声？"

他一抬眼，果然是林云飞这小子。

林云飞正在东张西望，看了一圈，无果。

"傅哥，今儿个怎么没瞧见你带顾妹妹来？"林云飞问，"昨儿个不还跟你在一块儿吗？"

灯光酒影里，傅棠舟漫不经心地抖落烟灰，冷嘲道："过两天就带她来。"

语调四平八稳、毫无破绽。

"顾妹妹今儿又有事儿啊？"林云飞并未怀疑他的话。

傅棠舟嗯了一声，然后拿来一只玻璃杯，推到林云飞面前："陪我喝两杯。"

他不动声色地将关于顾新橙的话题掩了过去。

林云飞连忙推阻："傅哥，你别害我。我可是做生意的人。"

傅棠舟闻言一嗤："你还真把这当个正经生意了？"

林云飞坐了下来，从傅棠舟的烟盒里顺了一支烟夹到耳后："你别说，我发现这做生意还挺有意思的。"

林云飞滔滔不绝地念叨他的生意经，说到酒水管理时，不禁夸道："顾妹妹做事儿真细致，她给我搞的那表啊，一目了然。"

傅棠舟不咸不淡地评论了一句："都是些小儿科的东西。"

"切，你觉得小儿科，我觉得是个宝。"林云飞沾沾自喜道，"自打这么一搞，我这儿的酒水就再也没有糊涂账了。"

"你小子以前上学不好好念书，现在知道懂得少了？"

"傅哥，你太抬举我了。"林云飞毫不夸张地说，"我岂止是懂得少，我简直就是脑袋空空啊。"

傅棠舟："……"

林云飞想到什么，忽然又说："傅哥，我打算去报个 NBA（美国职业篮球联赛）的班上上。"

傅棠舟瞥他一眼，纠正说："是 MBA（工商管理硕士）。"

林云飞哈哈大笑，连声说："对对对，MBA。"

"那种班也就骗骗你们这些人，"傅棠舟用指尖夹着烟，慢条斯理道，"一去上课，班里做什么的都有。开网店的、做微商的、卖红酒的——"

"你少看不起卖红酒的，"林云飞大言不惭，"我不也是卖酒的吗？"

傅棠舟不理会他的话，继续说："那些人都是去结交人脉的，学不到什么东西。回头你也会变成他们的人脉。"

林云飞不屑："你少来，那么贵的课，要是真没用，哪个傻子会去？"

傅棠舟淡淡地道："你啊。"

林云飞不信邪，掏出手机搜索好半天："我就报 A 大的 MBA，还打算咨询一下顾妹妹。这就是他们学院开的，上课的还是她的老师。"

他一口一个顾妹妹，亲热得很。傅棠舟垂下眼，敛去眼底冷峻的神色。

“傅哥，回头你帮我问问顾妹妹，这课值不值得上？”林云飞说，“一年十万块，我也不能花冤枉钱啊。”

傅棠舟沉默片刻，将烟头摁灭，没有搭腔。

话题忽然断了，林云飞恍然察觉出一丝不对劲儿。他问：“傅哥，你今晚一人跑我酒吧来干吗？”

傅棠舟端酒杯的手一顿：“约了人。”

“人呢？”

“家里有事儿，没来成。”

“什么人啊？这个人连我傅哥都敢‘放鸽子’，不想混了？”

“你话忒多。”

林云飞识相地中止话题，非常狗腿地提出建议：“傅哥，你要不要上去坐坐？看你一人在这儿，怪可怜的。”

得，这酒是没法一块儿喝了。

傅棠舟捞起外套：“我这就走了。”

“慢走，我就不送了。下次一定要把顾妹妹带来啊！”林云飞说。

傅棠舟头也不回地离开了。

林云飞继续抱着手机琢磨：“这课到底去不去上呢？”

傅棠舟回到家时，已是深夜十一点。

玄关的感应灯亮了，一束光线从吊顶打下。他站在这束光里环视四周，没有一个人影。

好久没动静，感应灯熄灭了。这下彻底万籁俱寂，一切都隐入黑暗之中。

正对着他的落地窗外，月色皎皎、车流如织。

顾新橙常在这儿看窗外的景致，辉煌的灯光映入她的眼底，像是跳动的火焰。

猎猎的夜风卷起薄纱窗帘，轻纱与月光共舞，缠绵难分。直到这阵风抽离，窗帘渐渐停摆，这里依旧空荡荡的一片。

傅棠舟习惯性地绕着全屋走上一圈，每走到一处，便打开一处的灯，偌大的室内灯火如昼。

顾新橙本可能在这房中的任何一处，可现在她却不在任何一处。

她真的没有回来。

傅棠舟回到会客厅，坐到沙发上。

他想再抽一支烟，一摸口袋，空空如也——他今天已经抽完了一整包烟。

他的烟瘾并不大，一天也就抽上两三支。忙的时候，他好几天不沾也是有的。

不知为何，今天他特别想抽烟，烟草过肺的感觉又麻又涩，真刺激。

他想起今夜在酒吧前来搭讪的那个女人，嗤笑一声。

他用手掌撑着皮质沙发，那里立刻塌陷下去一小块。这绵柔的触感像极了顾新橙，却没有她的肌肤细腻。

她这个人温柔得不带一点儿锋芒。

傅棠舟向后仰，头靠上沙发。晶亮的流苏灯在头顶招摇，明晃晃的，很刺眼。

曾经，也是这个姿势，他就这么坐在这里把顾新橙抱了上来。

傅棠舟突然有些燥热起来。他掏出手机看了一眼，没有任何电话，也没有任何信息。

他想，罢了，不如睡觉。

他去卫生间洗漱，对着镜子刷牙时，拿了一只蓝色的牙杯。

而盥洗台的另一侧有一只粉色的牙杯，它们是一对。

果然是小孩买的东西，幼稚——这杯子他居然用到了今天？

洗漱完毕，傅棠舟躺上床。今夜喝了不少酒，他却没有困意。

他看了一眼身旁的枕头，想起无数个被惊动的夜晚。

顾新橙往他的怀里钻，毛茸茸的脑袋贴着他的胸口，像只小猫一样。

他本是习惯独睡的人，竟不觉得恼。

想到这里，他蓦地自嘲。

一到夜里，心思就多了。

这一觉傅棠舟睡得并不安稳，第二天他醒得很早。

他下意识地摸了摸身旁的被窝，空荡荡、冰凉，什么也没有。

他一看时间，才五点半。他把手机摁灭，打算再睡一会儿，可翻来覆去也睡不着。

他从床上坐起来，又望了一眼身旁的枕头。那枕头圆鼓鼓的，没有人睡过。

在跑步机上跑了十千米后，他洗了个澡，去衣帽间换了一套新定做的西装，然后开始挑领带。

他找了几条，总觉得不满意，于是往下拉了几个抽屉，忽然瞧见有几件不属于他的女式衣物。它们被叠得整整齐齐，颜色都很清淡，顾新橙并不爱特别花哨的图样。

傅棠舟找到一条深蓝色的领带，对着镜子一丝不苟地打理好，找回工作的状态。

今天是节后开工的第一天，于秘书在八点五十分的时候准时到达了国贸某高档写字楼的顶层，升幂资本承包了这一整层楼。

他刚迈出电梯便听见有员工说：“傅总来了。”

他一惊。身为秘书，他到得比老板迟，实乃大忌。

傅棠舟大多数时间不在公司。

升幂资本主要做的是风险投资，有太多人脉资源需要他亲自打理。

像傅棠舟这样含着金汤匙出生的人，本可以高枕无忧地做个游手好闲的主儿，他却偏要自立门户出来单干。

短短几年，他就把升幂资本从名不见经传的小投资公司做成今天的规模，这绝非背靠大树好乘凉，而是要有真本领的。

于秘书飞快地回到办公室，只见桌上有一个红包，上面写着“开工大吉”。他一看厚度，绝对是良心红包。

傅棠舟对下属和员工挺大方，与之对应的是严苛的要求。员工在工作上一有不慎，便会招来不留情面地批评教育。

他是地地道道的北京人，训话时偶尔用京腔挖苦他们几句，比直接指着鼻子骂还难听。

于秘书屏气凝神地推开了隔壁总裁办公室的门。

这里窗明几净，造型别致的罗汉松盆景郁郁葱葱。

硕大的玻璃鱼缸中只养了一条金龙鱼。鱼在晃动的水草间游来游去，鳞片隐隐泛着金光。

傅棠舟站在落地窗前，俯瞰整个国贸 CBD。

这里高级写字楼和星级酒店林立，各行各业的精英络绎不绝，行人如蝼蚁，车辆如游鱼。

人高高在上地站在这儿，会有一种掌控全局的自信——只不过，不是谁都能站在这个位置上的。

傅棠舟对于这个位置向来游刃有余、胸有成竹。

男人应当做一番丰功伟业，征战商场，而不是囿于小情小爱。于秘书坚信，金钱和地位带给傅棠舟的快感远远大于女人。

傅棠舟相当注重维护投资者关系以及政府关系，对男女关系并不太上心。

一个人的精力是有限的，身边有个不爱惹是生非又乖巧懂事的女人最省心，比如说顾小姐。

虽说顾小姐只是学生，但聪明伶俐又懂事，难怪傅总一直让她陪着。

于秘书挺直腰背，正色道："傅总，您来了。"

傅棠舟转身坐上办公椅，顺手整了下袖扣，悠悠地说道："你来得挺早啊。"

于秘书不敢说话了。公司九点钟才正式上班，谁知道傅总今天会过来，还来得那么早？

"年前我看过 BP（商业计划书）的那个项目怎么样了？"

"对方致电，说想请您亲自过去考察。"

"具体位置？"

"在成都。"

"安排一下。"

"傅总，您打算哪天走？"

“越早越好。”

“那我现在通知对方，再让助理给您订机票。”

于秘书掩门离开后，傅棠舟的手机响了，是一个重要的投资人打来的电话，而不是她。

他接通电话，短短十分钟就搞定了一笔千万级的投资。

挂电话后，他的手指在屏幕上游移片刻，点开了微信图标。

他要出差，得走一周。以前他临行前会发个消息告诉顾新橙，现在……他顿了两秒，将手机屏幕摁灭。

当晚，傅棠舟乘坐飞机前往成都。

他坐的是头等舱，空姐半蹲着身子靠在他的腿边，笑靥如花：“先生，您想吃点儿什么？”

挺漂亮·空姐，就是胸前的扣子开了一颗。

傅棠舟冷笑一声，没再多看。

天底下恐怕也就顾新橙会在他的面前把胸捂得严严实实。

这家游戏创业公司下了血本，用最高规格接待傅棠舟，一路豪车接送，让他住成都凯悦，挺会投其所好。

傅棠舟走进富丽堂皇的酒店大厅，被人迎上电梯。

他第一次带顾新橙出去住酒店时，去的是柏悦酒店——在他购置的公寓楼下。

她跟他进了电梯，门一关，他俯身去吻她的唇。

她看到电梯间的摄像头，小声问：“不会被看到吗？”

傅棠舟说：“会。”

“那怎么办？”

“看见就看见呗。”

顾新橙身子一僵，死活都不给他亲了。

谁能想到他后来把她带回了楼上的公寓，还让她住了下来？

她真是昏了头了。

来成都的人，必须吃上一顿地道的四川火锅。这家的青海牦牛肉是一绝，人们在北京很难吃到。

望着这一桌子的菜，傅棠舟忽然想到了顾新橙。

她食量小，每次跟他出去吃饭，她只吃一点点就放下筷子说饱了。

他也不知道她现在在吃什么，食堂吗？

想到这里，他有点儿想笑。宁可放弃山珍海味去吃食堂，她脾气还挺倔。

对方带傅棠舟去繁育基地看大熊猫。熊猫幼崽圆滚滚的，憨态可掬，像一个个糯米团子。

顾新橙喜欢小动物，国宝熊猫尤甚。她有段时间是 iPanda 熊猫频道的忠实粉丝，两个人还一起去北京动物园看过熊猫。

他随手拍了两张照片，打开微信。看到两个人互发的消息停留在好几天前，他立刻清醒，果断退出了微信。

一周的时间过得飞快，傅棠舟回到北京，家中依旧空无一人，房间里的每一样陈设都原封不动。

房门的指纹锁他还替她保留着，可整整一周顾新橙都没有回来过，哪怕一次。

傅棠舟坐上沙发，几次三番地点进微信又退出。

她没有联系他，也没有回家。

顾新橙真的打算跟他分手？还是说，她在等他主动找她？

点开对话框那一刻，他不知道该和她说些什么。

他的目光落在沙发前的矮几上，那里摆了一小盆仙人掌，瘦瘦弱弱的一小棵，还没巴掌大。这盆仙人掌一直无人问津，居然还没死吗？

这是顾新橙拿回来的东西，他从不养这种低级植物。

傅棠舟：你的东西还在我这儿，你不来拿我就扔了。

他把消息发出去的同一时间，对话框前冒出了一个红色的感叹号，系统提示也随之而来。

消息已发出，但被对方拒收了。

嗬，长本事了，她都敢拉黑他了？

第二天一早，于秘书刚到公司就接到了召集各部门主管开会的通知。

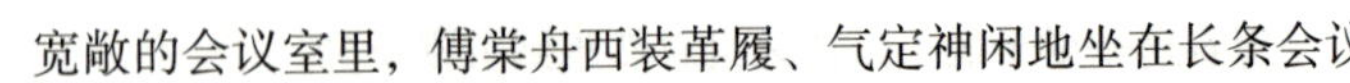

宽敞的会议室里，傅棠舟西装革履、气定神闲地坐在长条会议

桌的最前端。

各部门主管匆忙赶到，抢占后排位置，生怕迟一秒就得坐到他的旁边。

傅棠舟的椅子转来转去、转来转去，于秘书的一颗心也荡来荡去、荡来荡去——能在会议桌前左右旋转的人只有老板。

傅棠舟看上去神态自若。可于秘书知道，临时开会绝对没好事儿，不知今天又有谁要遭殃。

傅棠舟抬手看了一眼腕表："人都到齐了？"

于秘书答："都齐了。"

傅棠舟扫过会议桌旁一溜儿的主管。他们个个儿面色凝重、如临大敌。

他随手一指右首边的方经理："瑞卡那边现在是什么情况？"

方经理在心中祈祷好半天，没想到还是被傅棠舟 cue（问）到，心里很苦。

他坐直身子，毕恭毕敬地答："隆鑫不肯退，C 轮还想追加一笔投资。"

"追加……"傅棠舟冷笑，"也得看能不能活到 C 轮。"

"我们和创始人谈过好几次——"

"合着这几个月，你们拿着工资在我这儿度假呢？"

方经理额上冒了些虚汗："我委婉地提醒过他好几次。"

傅棠舟问："有多委婉？"

方经理像是挨了一记闷棍："隐隐约约有提过……"

傅棠舟投资瑞卡，不光是看中投资回报，更重要的是想借这次投资来了解目前生鲜市场的行情和商业模式。

然而，升幂资本向来和隆鑫不和。隆鑫几次三番地截和了傅棠舟看中的项目，打乱了他的投资计划，这已是风投圈内尽人皆知的事儿了。

投资机构之间的矛盾并不是能被投资项目的管理团队掌控的，这种事情处理不好，后期会成为巨大的隐患。

傅棠舟用手指敲了敲办公桌："直接撤资。"

方经理惊讶："撤资？这项目我们跟了一年，市场前景也好，真要让给隆鑫？"

最关键的是这项目做不成，他这儿就损了一单。

"现在退出，及时止损。上次有个业务范围差不多的创业公司，叫什么来着？"

既然他们已经了解了商业运作模式，想要复制就不是难题。

"幸海。"方经理说。

"晚点儿单独跟我汇报。"

方经理长舒了一口气，傅棠舟没有刻意刁难，已是不幸中的万幸。

现在创业市场萧条，竞争激烈，东边不亮西边亮，有权威投资机构背书相当重要。

升幂资本一撤资，其他投资机构可能也会闻风而动，到时候瑞卡能不能挨到C轮融资真是一个未知数。

创业，想法只是万里长征的第一步。

升幂资本有非常专业的管理咨询团队，这要是全撤了，恐怕瑞卡后面的路就难走了。

傅棠舟又点了几个经理，听他们汇报了项目进展。虽说只是日常汇报，他们也免不了被冷嘲热讽几句。

与会人员默默在心底得出统一的结论，傅总今天心情不好，这是拿他们开涮呢——偏偏他说的还都是他们的痛点，让人无力反驳。

会议进行了一个小时，傅棠舟瞥了一眼手表，挥散众人："今天就到这儿。于修，你留下。"

众人如释重负，忙不迭地撤出会议室。

于秘书站得笔直："傅总，您有什么事儿？"

傅棠舟把玩着一支钢笔，幽幽开口："你带手机了吗？"

于秘书一愣，忙说："带了。"

他没懂这是什么操作，但老板的话就是天大的指示，不得不从。

他把自己的手机解锁，双手奉上。

傅棠舟飞快地拨了一串号码，要点拨通按键时，指尖忽然顿住。他说："你来打。"

“打什么？”

“打电话。”

“打给谁？”

傅棠舟沉默了几秒，终于还是说出口：“顾新橙，让她来我家拿东西。”

他说得云淡风轻，仿佛只是一件无关紧要的事儿。

于秘书是在大老板身边伺候的人，哪能这点儿事儿都看不明白？

傅总和顾小姐掰了。

于秘书想不通。顾小姐乖巧懂事，从不给傅总添麻烦。她到底做错了什么让傅总要跟她分手？

不过，能在傅棠舟身边待一年，她也算是功德圆满。

傅棠舟说：“开免提。”

于秘书点头，拨通电话，柔柔软软的女声传来：“喂？”

于秘书拿出了职业素养：“顾小姐，您好。我是于修。”

那边的人顿了几秒，这才问：“有什么事儿吗？”

于秘书冷面无情道：“傅总让我通知您，把您留在他家的东西都搬走。”

顾新橙说得挺干脆：“你让他扔了吧。”

于秘书看着傅棠舟，等他的指示。

他拔掉钢笔帽，在纸上写下两个字：“没空。”

于秘书点头：“傅总没空处理这种小事。”

见她不表态，傅棠舟又在纸上写了三个字：“门禁卡。”

“傅总还说，让您把大楼的门禁卡还回来。”

“我会给他寄过去。”

于秘书望了望傅棠舟，等待下一步的指示。

傅棠舟又写了四个字：“亲自过来。”

他还用笔特地在“亲自”上面圈了好几下。

于秘书比了个手势，表示 get（明白）了。

他嗓音冷硬、狐假虎威地说：“顾小姐，请您务必亲自来一趟，把东西收拾干净。傅总工作很忙，您就不要给他添麻烦了。”

顾新橙沉默几秒：“他什么时候不在家？我过去一趟。”

傅棠舟写道：“今天下午。”

于秘书：“今天下午傅总不在。”

顾新橙：“知道了。”

说完，她就把电话给挂了。

电话里出现一阵忙音，于秘书愣了会儿神。

他总觉得哪里不对劲儿，却又说不上来——傅总干吗绕十八个弯儿地通知顾小姐去他家呢？

这疑惑只能压在心底，不能问出口，这是他作为秘书的职业操守。

傅棠舟将钢笔帽合上：“你可以走了。”

于秘书想起一件要事：“傅总，下午您约了临源的彭总。”

“改天。”

“上次就推了，这次再推……”

“明晚帮我订个席，请他过来。”

“是。”

于秘书刚要走出会议室，傅棠舟忽然又叫住他。

“傅总，您还有事儿？”

傅棠舟用指尖摩挲着细长的钢笔笔身，又把椅子转了转，这才说道：“刚才的事儿——”

他点到为止。

于秘书心领神会：“傅总，您放心。”

他不是会八卦老板私生活的人。只不过傅棠舟以前从未跟他叮嘱过这些，今天特地知会一声，不知是什么意思。

于秘书离开后，傅棠舟站起来，解开衬衫最上方的两粒扣子。

这屋里的暖气是不是太足了？闷得人透不过气来。

一周前，顾新橙淋了一场冷雨，回学校之后就病倒了。

室长冯薇因为实习提前回校，发现顾新橙缩在被窝里抖得厉害。她摸了摸顾新橙的额头，热得烫人。

冯薇说：“橙子，你发烧了。要不要扶你去校医院看看？”

顾新橙咳嗽了两声："我吃过退烧药了。"

本该是软绵绵的嗓音，这会儿却像是含了一把沙在嗓子里。她的眼睛通红，肿得像核桃一样。

"橙子，你病成这样，你男朋友不管你吗？"

"我没有男朋友。"语气冷冰冰的，毫无感情。

冯薇懂了，原来是分手了。难怪眼睛肿成这样，她应该是哭了挺久。

冯薇说："分就分了，你这么好看，还怕找不到下一个？"

顾新橙没搭腔，似乎对于"找下一个"并没有什么兴趣。

她需要一段时间治疗伤口，才能从这段感情的阴影中走出来。她爱得太深，即使能从泥潭里拔出来，也得脱层皮。

冯薇笑笑，安慰她说："我没谈过恋爱，不懂你们，可我看网上说，失恋的疼痛等级大约和牙疼差不多。你想想以前牙疼的时候，这才多大点儿事儿，想开点儿啊。"

顾新橙苦笑，这比牙疼可要疼多了。

有冯薇在宿舍，顾新橙不至于孤立无援。冯薇会给她端茶倒水，还会从食堂给她带饭。然而，室友再好，也有照顾不了她的时候。

冯薇白天得出去上班，这段时间顾新橙只能一个人躺在宿舍里。

有一次她烧得口干舌燥，想去开水间倒热水。她从床上爬下来，脚底一打滑，差点儿栽下去。

那一瞬间，顾新橙忽然懂得了爸妈的话："有个人照应你挺好的。"

父母最大的心愿就是有个人能代替他们照顾自己的孩子，毕竟他们只能陪孩子走完前半生。后半生的路要是一个人走，该有多孤独啊。

顾新橙垂下眼，傅棠舟这样的人是不会照顾好她的。

他向来只管他自己的感受，施与她的怜爱不过是一时兴起、大发慈悲罢了。这么想想，他的确不值得。

这场烧将顾新橙脑子里的水彻底烧干了。

傅棠舟果然像他说过的那样，不会惦记前女友。当然，她也不

希望他惦记。

她把他所有的联系方式都拉黑了，完成了分手的最终仪式。

他们从此春秋两不沾，风月不相关，这是最好的结果。

一周之后，顾新橙着手找新的实习工作，等待面试电话时，意外接到了傅棠舟秘书的电话。他通知她去银泰中心搬东西。

顾新橙本不想去，可想到自己有几件衣物还在衣橱里，这种东西扔了怕被有心人偷走，留下又怕被他瞧见——她不想让他和她的私人物品再有瓜葛。

她想挑傅棠舟不在家时回一趟银泰中心，顺便把门禁卡也一并还了。

她一推门，却见到傅棠舟的皮鞋就在玄关处。他站在落地窗前，身子笔直，宽肩窄臀，衬得包裹在西裤里的两条长腿格外引人注目。

“你来了。”他平稳的语调没有任何波动，仿佛只是在陈述一件事实。

“我拿了东西就走。”顾新橙绕开客厅，直奔衣帽间。她拉开抽屉，那里什么都没有。

“傅棠舟，我的东西呢？”

“什么东西？”

“我放在这个柜子里的东西。”

“没看见。”

傅棠舟指了指柜子旁边的几个袋子：“这是你的。”

那些袋子上印的是路易威登和香奈儿，还夹带了两个爱马仕。

“这不是我的。”

“送你的。”

“我不要。”

“之前就买了，一直没给你。东西放这儿碍事儿。”

“你送给别人吧。”

“送给谁？”

“你的下一任。”

傅棠舟看了她一眼，神情没有丝毫破绽。他用一贯冷硬的口吻说："到时候都过时了，得买新的。"

偌大的衣帽间里空气一瞬间凝滞。

顾新橙的嘴角挂了一丝嘲讽的笑，是真的嘲讽。

怕过时了，拿不出手，所以他才送给她？

"那你扔了吧，反正你也不缺这点儿钱。"她说。

傅棠舟看着她。时隔一周，她瘦了一点儿，圆润的下巴瘦成一个窄尖儿。

眼睛还是很漂亮，精神不错，她像是变了一个人。

她到底哪里变了呢？傅棠舟说不上来。

顾新橙拉开另外几个柜子，找来找去也没瞧见自己的衣物。

罢了，不找了，她全当是被狗叼走了。

她又去浴室拿走了她的牙杯和牙刷。

剩下一些女性洗化用品，大多是傅棠舟让人给她买的，她不拿走，把那些都丢进了垃圾桶。

原来她在他的家中留下的痕迹少得可怜，她临走时连个打包的纸箱都用不上。

她把门禁卡搁到玄关的置物架上："门禁卡在这儿。"

她转身就走，不带一丝留恋，手腕却被拽住。她顿了下脚步，不解地望向傅棠舟。

他的眸色沉沉，不露情绪，给人一种难以言述的压抑感。

即使是分手了，她还是看不透他这个人。

不过，无所谓了，她当初的日思夜想、猜来猜去又有什么意义呢？

一个男人如果真的爱你，是不会让你胡思乱想的。

她在他的身边时，胡思乱想的东西汇总到一起，能写出一部缠绵悱恻、啼笑皆非的小说来。

顾新橙扭了一下胳膊，想挣脱他。

傅棠舟说："东西拿着。"

他说的是那堆奢侈品手提袋。

“傅棠舟，我不需要那些包。”

“我更不需要。”

顾新橙自顾自地笑了一下，那笑意却带了几分令人心疼的自嘲：“你送我的包，我背出去，人家会以为是假的。”

傅棠舟微微蹙眉：“楼下买的。”

银泰中心楼下便是北京知名的奢侈品商场，国际大牌的专柜应有尽有。

傅棠舟是那里的常客，买来的东西自然是正品。他没有小气到送前女友假包的地步，这简直是自掉身价。

顾新橙一根一根地拨开他的手指，摇了摇头：“你不懂。”

像她这样家境普通的学生背不起这些包。难道要她背着爱马仕包去挤地铁，或是骑共享单车？她自己都嫌丢人。

这种奢侈品是为锦衣玉食的人准备的，对她而言真的太奢侈了。

这个社会真残酷。

傅棠舟这样的人即使穿上九块九包邮的淘宝T恤衫，别人都会猜测这是哪家小众的设计师品牌——虽然他的衣柜里从来都是大牌云集，便宜货入不了他的眼。

而她即使背着专柜正品爱马仕包，别人也只会嘲笑她虚荣，买个假包装点门面。

真真假假、假假真真，不过是傍身的物品罢了，人家看的是你这个人真正的价值。

挺好，她没有白跟过他，他教她参破了许许多多进入社会后才能懂得的道理。

顾新橙就那么走了，只留下一张门禁卡。他好不容易把她叫回来，这里竟没有任何东西值得她在这儿多待一阵子。

门禁卡也还了，这下她彻底没法儿回来了——门被锁死还不够，他甚至还往锁眼里浇了一道水泥。

下午的阳光金灿灿的一片，日轮闪耀着一圈光，对面大楼的玻璃幕墙泛着银光。

房间可真空啊。

傅棠舟坐到沙发上，摸出一根烟，眼神瞥过桌上的那盆仙人掌——她忘了拿，估摸着是不好带走，也不知这仙人掌能活到哪天。

他在前面的杂物盒里找打火机，却见一个纤小的玻璃瓶折射出一道亮光，里面躺着一个白色的小固体。

傅棠舟眸光微动。他将这个瓶子拾了起来。

瓶子里面有一颗牙，准确地说，是一颗智齿。

这是顾新橙送给他的，如果让傅棠舟盘点这辈子收到的奇怪礼物，这颗智齿绝对排在第一名。

他记得顾新橙拔完牙后对他说："医生说我的牙很好看，值得收藏纪念。"

"有多好看？"

"你看。"

她将这个小玻璃瓶塞到他的手里。这颗牙周身洁白，牙冠牙根俱全，漂亮得能当教科书的例图。

她长了一口整洁的好牙，唯独生了一颗不乖的智齿。

她解释说："医生说，这颗牙是藏在肉里的，从来没有见过这个世界。"

所以医生切开肉，将这颗牙连根拔起。然后，顾新橙送给了他，希望他能珍惜——据说牙齿是人全身上下最坚硬的部分，这是她的一小块骨头。

上帝看亚当寂寞，取了他的一根骨头，把它变成了夏娃。

而她将自己的一小块骨头送给了他。

傅棠舟记得，顾新橙之前牙疼的时候，夜里捂着脸在床上疼得翻来覆去。她跟他抱怨："牙疼得睡不着。"

"那怎么办？"

"我也不知道。"

看她这副可怜兮兮的模样，傅棠舟把她抱到怀里哄，仿佛这样就能缓解她的疼痛。

她也真的就在他的怀里睡着了——牙疼居然抱一抱就能好。

后来拔完了牙，顾新橙还是捂着脸。

傅棠舟问："还疼啊？"

顾新橙摇摇头，却故意避开不让他瞧。傅棠舟非要瞧，她说："脸肿了，丑。你不准看。"

原来她是不肯让他瞧见她不漂亮的那一面。

她的半边脸肿得像个小馒头，傅棠舟笑着说："不丑，挺可爱。"

有些事儿总在不经意间发生，可事后人们每每想起，都像是埋了一颗智齿，隐隐作痛。

傅棠舟将这个小玻璃瓶拿到靠近太阳的方向，反复地看。

人的智齿萌发于青涩与成熟的交替期，或许没什么东西比这更珍贵了。

可惜，再珍贵的东西也只是她遗弃的一部分而已。

傅棠舟靠在沙发上，想起她刚跟着他那会儿，无论他对她做什么，她都很羞涩腼腆。

她也不是没谈过恋爱的小屁孩，怎么就那么容易脸红呢？她越爱脸红，他就越喜欢逗她，非得把她逗恼了，他才肯罢休。

傅棠舟记得那是一个周末的午后，阳光正好，就像今天一样。

他靠在这个沙发上看球赛，目光一直追随着绿茵场上的那只足球。

而顾新橙像只猫一样地坐在地毯上，卧在他的腿边陪着他看。可惜，她对球赛实在提不起什么兴趣，看到一半时竟然迷迷糊糊地睡着了。

她挨着他，头靠着他的大腿，柔软的长发拢在一侧，露出洁白的后颈，以及耳朵上的那颗浅咖色小痣。

她的睫毛非常漂亮，一根一根的，在阳光下缀着一点点金色的光。

傅棠舟觉得球赛没意思了。

他一下又一下地抚着她的发，就像主人爱抚枕在膝上的猫咪一样。

她菱花般的唇微微翕动，蹭过他的裤子。他微微一哂，坏心眼

地捉弄着她。

她睫毛轻颤，从浅浅的睡梦中醒来，眨了眨眼，柔声问他：“我刚刚睡着了吗？”

他嗯了一声，并没有停止恶作剧。

顾新橙闪躲着，却被他一把捏住后颈。

剩下的事，他不能再回忆。

傅棠舟将这个小玻璃瓶收了起来。他看见那些奢侈品袋原封不动地立在墙角，不禁嗤笑——他竟挑了个最没用的方式。

顾新橙从来都不稀罕这些东西，甚至没有主动向他索要过任何一件礼物。她跟他一场，也不知图的是什么。

他拿出手机，打开微信，再度点开她的头像。

她不是爱发朋友圈的人，但偶尔也会发那么一两条动态，抱怨一下学习和考试。

可现在，她的朋友圈干干净净，比她的脸还干净。

顾新橙没有删掉朋友圈，只是把他拉黑了而已。

多么可笑，曾经那么眷恋他的一个人，竟然说走就走，头都没回。

傅棠舟在沙发上坐了一阵子，觉得挺没劲，一个人在家还能做些什么？罢了，不如去喝酒。

一醉方休，一醉解千愁。

第四章
人面桃花

本科的最后一个学期在一场春雨后如期而至。

草坪枯黄了整整一个冬天，此刻隐隐透出些勃发的绿意。银杏树光秃秃的枝丫抽了新芽，像绿色的绒花。

顾新橙的目光落在窗外的树梢上。三两只雨燕旁若无人地栖在那里，歪着脑袋梳理着羽毛。

“你的逻辑不错，不过……”周化川教授的声音将她从思绪中拉回。他戴着眼镜，坐在办公桌前帮她看毕业论文的选题。

“周教授，您说。”顾新橙躬下腰，聆听教诲。

“选题对本科生而言有点儿大，”周教授用钢笔在纸上圈了几道，“就这些数据，你打算从哪儿拿？”

顾新橙瞧了瞧：“我之前搜集资料的时候，特地去图书馆用万得试着找了找。”

她的嗓音细细柔柔的，像雨前龙井一样，沁人心脾。

顾新橙翻找片刻，从随身携带的《投资学》课本里抽出几页纸，递到周教授面前："没有直接的数据，但我找了几个替代数据，应该可以用一些方法计算出来，您看是不是这样？"

周教授拧着的眉间露出一抹惊诧之色，显然这个女学生是有备而来——不像其他大四学生，他们好多人目前对毕业论文选题还是一头雾水。

周教授不动声色地说："我看看。"

顾新橙忐忑不安地立在一边。她在本科四年学了不少东西，可终究只是打了一个专业基础。

她虽然找出了这些数据，但是具体的计算方法还得请导师指点。这些数据究竟能不能用，她并不确定。

周教授认真地看着她搜集来的几组数据，顾新橙用指尖不经意地抠着《投资学》封面上那行微凸的字。

她低下头，恍然记起傅棠舟曾经饶有兴致地翻看过这本书。

当时顾新橙以为他对她的课程感兴趣，有点儿卖乖地问他："是不是还挺难的？"

傅棠舟笑了笑，把书合上，用淡淡的语气说："工作又用不上。"

顾新橙不服气地问他："怎么用不上了？"

"我说我用不上，没说你。"

他做的是风险投资，却说自己用不上《投资学》书本里的知识，也是蹊跷。

后来顾新橙才明白，像傅棠舟这种高高在上的决策者，真不用把书本知识掌握得面面俱到，这些细枝末节的东西下面的人都给他弄好了。

而顾新橙将来要是去工作，还得指望这些专业知识吃饭——没错，她就是"下面的人"。

忽然，周教授的手机响了。他接通电话，一边和人说话，一边帮她在纸上写备注。

"哦，这样啊。没事没事，去吧。我找别的学生就成。"

周教授挂了电话，将手机搁回去。他瞥了一眼顾新橙，漫不经心地解释说："我的一个助教怀孕了，跟我请假。"

他慢悠悠地在纸上写写画画，似乎有些遗憾："学术做得好好的，她突然要回归家庭，可惜啊。有时候真不是导师不愿意带女学生，而是各种琐碎的事儿，以及不可控因素太多。"

顾新橙一时不懂周教授为何跟她说这些，只能默默跟腔："这也是没办法的事儿。"

"你呀，趁年轻多做些正事儿。你本校保研了，是吧？"

"嗯。"

"有中意的导师吗？"

"学校说要等入学再选导师。"

周教授的脸上露出温和的笑容。他问她："你看看我怎么样？"

顾新橙受宠若惊，忙说："您要是愿意指导我，是我的荣幸。"

"那就这么定了。"

周教授指导了顾新橙一上午，最后嘱咐她："好好写，争取拿个优秀毕业论文。"

望着纸上条理清晰的思路图，顾新橙心底生出不少期待。她脆生生地应了一句："是。"

她收拾东西要走时，周教授叫住她："你大四忙不忙？"

"我要写论文和实习，应该不算忙。"

"你找的哪家公司实习？"

"还在看。"

她拿到了两个 offer（录取通知书）。其中一家信托公司跟她说，两周内她决定要去的话给他们打电话就成，他们替她保留着位置。

只不过，顾新橙觉得可以再看看，说不定会有更好的机会。

"你要是有空，周末来给我当助教，学院每个月发三千补助。"周教授说，"你平时帮我做做事儿，能学不少东西，不比你去实习差。过阵子我给你介绍个好的实习机会。"

顾新橙愣了下："我能当助教吗？"

她没记错的话，研究生或者博士生才有资格当助教。这是个好差事，每年申请的学生都要抢破脑袋。

周教授："我说你能你就能。"

他好像比她自己还有信心。

事实上，周教授说的是给学院为企业高管举办的培训项目当助教。

这只是一个职业培训，对学员没有任何考核，所以真不需要助教有什么特别的资质。

教务科的人告诉顾新橙，学员来上课的时候她在教室里待着就行，她也可以做自己的事情。授课老师有指示，她就照着做，比如给大家发发资料、组织组织活动。简单来说，她就是一个小班长。

每月轻轻松松就能挣三千，还能免费聆听价值十万的企业家课程，这简直是天上掉馅饼的好事。

开学不久后，A 大高管研修课程一期拉开帷幕。

顾新橙背着包来到经管学院的小礼堂。今天她穿了灰色的西装套裙。长发被梳起来，扎成了马尾，露出干净洁白的后颈，整个人看上去利落了不少。

她在前排找了个位置坐下，从包里拿出一张签到表，放到一旁的空桌上："请大家过来签到。"

学员们纷纷赶来排队签到。

这些人看着在三十岁以上，长得就像成功人士，却有一个例外。

顾新橙在攒动的人头中看到一撮熟悉又扎眼的黄毛。

"黄毛"显然也注意到了她。他激动地冲她招招手，大喊一声："顾妹——"

她神色一凛，他立刻吞下后面的字。

她瞥过签到表上的名单，瞧见了林云飞的大名——他报了班。

当初林云飞缠着让她做酒水盘点表，加过她的微信。

前段时间，林云飞发微信问她 MBA 的课程值不值得上，她回了几句，然后林云飞就没了下文，谁知他真来了。

顾新橙曾以为她和傅棠舟的圈子没有重叠，分手会分得干干净净，不留后患，没想到朋友圈里竟有一条漏网之鱼。

林云飞狗腿似的跑过来："你怎么在这儿？"

"我是助教。"

“这也太巧了，”林云飞哈哈大笑，“你说你，大周末的，天气这么好，怎么不去和傅哥约会？”

林云飞口中蹦出的那个名字刺了顾新橙一下。

果然，分手以后，他还是一根埋在她心底的刺。

她真正爱过，就不可能无动于衷。

但她相信，过一段时间就会忘掉他，就像忘掉江司辰一样。

顾新橙没有回林云飞的话。在公共场合，她不愿谈论私人感情问题。

林云飞签完到，指了指她旁边的空位问：“我能坐在你的旁边吗？”

没等顾新橙答应，他就一屁股坐了下来。

“你们学院这礼堂可真不错，大楼修得也好看，特气派。不愧是A大，一看就高端大气上档次。”

“嗯。”

“给我们上课这老师水平怎么样啊？他讲得太高深的话我怕我听不懂。”

“哦。”

“听说你们学校的食堂天南海北什么吃的都有。我看网上说，有个食堂的鲅鱼饺子味道不错，在哪儿啊？”

“啊？”

林云飞口若悬河、滔滔不绝。

不论顾新橙是什么反应，他都能自顾自地聊下去，仿佛只是给自己找一个听众。

时间到了九点，周教授来了。

他是经管学院高管培训项目的负责人，理应在开班仪式上致辞。

林云飞终于闭了嘴。顾新橙松了口气，还好他没有再提傅棠舟。

周教授致辞时，说了不少场面话、客套话，和给学生上课时判若两人。

大抵是因为这课程的社交属性更多。台下来的不少是公司高管，都是社会上有头有脸的人物，不是愣头青的学生。

周教授讲话时，唯一一句和顾新橙有关的是：“这位是咱们班级的助教，顾新橙，大家有任何事情都可以找她。”

顾新橙抚平裙子，从座位上站起来，转过身冲大家鞠了一躬。

注意到她的人不多，有几个人交头接耳说了几句，不知在谈论什么。

开班仪式结束后，顾新橙建了一个微信群，把班上三十多个学员都拉了进来。

看了这些学员的朋友圈，她发现各行各业的人都有，个个儿都是社会精英——不是精英也掏不起一年十万的学费。

加上这些人的微信后，顾新橙的朋友圈变得“高大上”起来。

她忽然意识到，这是周教授给她的一个机会。

普通学生哪有机会结识那么多社会精英呢？可是，能不能把这些人变成她可以利用的人脉资源，需要看她自己的造化。

今天下午上的课程名叫竞争战略与商业模式创新。

有些人听得津津有味，甚至能和授课老师互动。

有些人嘛……顾新橙瞥了林云飞一眼。他听得云里雾里，索性趴下来睡觉了——到底是富二代，十万学费一点儿不心疼。

下课铃响后，林云飞迷迷瞪瞪地睁开了眼睛。

下课了？吃饭吃饭！

他忽然想起顾新橙，环顾四周，却没瞧见她的人影。

顾妹妹去哪儿了？

林云飞出了经管楼，去停车场找车。

他按了下车钥匙，车锁却没开。

钥匙失灵了？他拉了下车门，真打不开了。

啧，这下咋办？

他拿出手机，忽地想起什么，给傅棠舟发了消息。

林云飞：傅哥，我车坏了。人在 A 大，刚下课。你找个人来接我呗，晚上去我那儿喝酒啊！

“你知道些什么？”

僻静的茶室内，两个男士相对而坐。

滚烫的茶水被注入茶盅中。几片茶叶舒展开来，沉入杯底。

香炉里焚着紫檀，香烟缭绕、芬芳扑鼻。

“上周刚成立的蓝海基金，据说有百亿的资金规模。”

“对外号称百亿，能有二十个亿就不错了。”

“泰扬、弘创、中城——”

“说几个我没见过的。”

没头没尾的谈话被桌面上的手机的振动声打断。

傅棠舟瞥了眼手机屏幕，是林云飞。

他本不想搭理他，可见对方也在处理信息，傅棠舟便滑开屏幕扫了一眼。

林云飞：傅哥，我车坏了。人在A大，刚下课。你找个人来接我呗，晚上去我那儿喝酒啊！

看见A大的一瞬间，傅棠舟怔了一秒。

他轻嗤，这小子真跑去上课了？

于是他默不作声地摁灭屏幕：“我有点儿事儿，下次约。”

看上去，对方手里并没有对他有价值的信息。

资管新规落地后，资本市场悄然经历着一场寒冬。

主要出资方都在勒紧裤腰带过日子，各大母基金亦是捉襟见肘。

这个市场就那么大，谁都想分一杯羹，从本质上说，所有投资机构都是竞争对手。升幂资本这种规模的投资机构，日子稍微好过点儿，但寻找、打探、接触各类投资人依旧是不可掉以轻心的一环。

这家茶室位于海淀。傅棠舟取了车，想着顺道跑一趟，把那小子捎上。

他把车开上路后，周围的景致越发眼熟起来，某些回忆不经意间浮上心头。

一年之间，傅棠舟在这条路上奔波过多次。有时候是去接她，有时候是去送她。

他从未想过有一天会以这样的方式再度去A大接人——他接的人却不是她。

他的方向感很好。北京城那么大，有那么多条路，只要他走过一次，便能记得一清二楚。

对于A大校园里的路，他也了如指掌。曾经有那么几次，他会把车开进校园等她。

顾新橙这个女孩挺奇怪。他每次来楼下接她时，她都不高兴，说什么被人家看见影响不好。

傅棠舟问："有什么影响不好的？"

她又不肯说，意外地固执。

她那点儿谨小慎微的心思傅棠舟也不是不能理解，可他觉得没必要避讳。

她并不随便，反而挺爱惜自己的羽毛。

他想想也觉得可笑。不知道她当初哪儿来的勇气，就这么跟他走了，也不怕他是个坏人。

A大的校门在夜色中逐渐清晰。今天是周末，学生们三五成群地结伴走出校园，一路欢声笑语。傅棠舟将车开进学校。路过女生宿舍楼下时，他下意识地松了些油门，向车窗外瞥去。

这里向来是校园情侣的宝地，尤其到了晚上，格外热闹。

昏黄的灯光下，好多小情侣在这里卿卿我我、难舍难分。

他看了一圈，并没有发现那个身影。

他蓦地自嘲一下，升上了车窗。他有点儿失望，又有点儿安心。

他再往前开，一个不大的停车场映入眼帘，傅棠舟的眸色暗了暗。

去年十二月初，他特地送顾新橙去考CFA，考完还带她去吃了饭。

她说考得不错，可那顿饭没吃多少，似乎心情不太好，临走的时候连例行的告别吻都忘了。

这可能和他接的那个电话有关。

他妈这人就这样，只要不顺着她的心意来，一定会唠唠叨叨说个没完。

他要是不答应，她能从天黑说到天亮。

那些话听听就得了，怎么能当真呢？她果然是小孩。

后来那个叫窦婕的女孩主动加他微信。他不能驳人家面子，起码看在窦叔叔的面子上就不能。

至于别的，傅棠舟没想太多——这种事情勉强不来，也没人能勉强得了他。

他现在想想，也不知道顾新橙 CFA 考试通过了没。

罢了，不想了，关他什么事儿？

林云飞说他在 A 大经管楼，好像就是顾新橙所在的那个学院。

傅棠舟没看导航，将车拐向下一个路口。

经管楼下有一个大型停车场，里面不乏各类豪车。

这个学院称得上是整个 A 大最功利的学院，怎么会教出顾新橙这样的人呢？

上次他给她买的那堆东西，她一样都不要。她就那么走了，走得义无反顾。

有那么一瞬间，傅棠舟觉得女人虚荣一点儿并不是坏事。起码他不缺钱，那些女人不会像顾新橙一样擅作主张离开他。

他在停车场找了个空位停车。停好后，他降下车窗通风，慢悠悠地点了一支烟，才给林云飞发了消息。

说来，他最近烟抽得有点儿多。这样不好，可他就是没法儿控制。他也想戒掉，可就是戒不掉。

傅棠舟：我到了，你人呢？

放下手机的一瞬间，傅棠舟从车窗里瞥见几个人从经管楼的大门里走出来。

依他来看，他们应当是一些来这儿上课的公司的管理层人员。

有时候，光是看一个人说话走路，就能读出很多信息。

比如说，顾新橙一张口就会暴露她来自南方。

她一直坚信自己讲的是标准普通话。可她不知道，她偶尔会前后鼻音不分，把“明天”说成“民天”，把“晴天”说成“秦天”。

傅棠舟没提醒过她，她那点儿南方口音在他听来挺可爱的。

想到这里，他弹了弹烟灰，又抽了一口烟。

今天来 A 大并不是一个正确的决定，这些天他一直在工作，以为已经忘了她，没想到毫无防备地又被抓了一道。

他决定不去想了。

傅棠舟再次抬起眼时，在那堆高管中意外地发现了一抹俏丽的身影。

她走起路来和那些人明显不同,让人一看就知道是个年轻的女孩。

她把长发梳起来，扎成马尾辫，灰色的西装套裙下是笔直纤细的腿。

那双腿他再熟悉不过了。

除了顾新橙，不可能是别人。

他曾在夜里无数次听她叫他的名字。

那声音像小猫爪儿似的踩在心头。

傅棠舟目不转睛地看着她。

她和那些人在说话。突然，她眼睛一弯，笑了起来，眼睛像小月亮一样。

天色已暗，可他还是能看见她的肌肤白得赛过雪花。

她以前也经常对着他笑，可是后来……傅棠舟揉了下眉心，感觉很久没见她开心地笑过了。

她跟他在一块儿过得不愉快吗?

她和那群人告别后继续往前走，碰上了一个男生。

那个人穿着白衬衫，身材高大挺拔。两个人不知说了什么，肩并肩地往前走。

他是来接她的吗?

忽然，她手里抱着的纸张滑落到地上。

她想蹲下身去捡，那个男生已经先她一步弯腰捡了起来。他把东西递给她的时候，两个人的手还有意无意地碰到了一起。

两个人有说有笑地走了。傅棠舟默默地坐在车里，一动不动。

少男少女谈笑风生的画面太过美好，美好到刺痛了他的眼睛。

傅棠舟的情绪倏然翻涌起来，握着方向盘的手默默收紧。

她竟然和别的男人一起走，还对着那个男人笑？她已经不在乎他了吗？这才多久，她就忘得一干二净了？

“傅哥，你怎么把车停这儿了？”林云飞聒噪的声音响起，“害我找了好半天！”

他嘟嘟哝哝地拉开后车门坐进去，下意识地往前座一看，发现是空的，便问道：“傅哥，你怎么没叫顾妹妹一块儿来啊？”

傅棠舟掐了烟，面无表情地说：“你有事儿？”

林云飞说：“我没事儿啊。我想着你亲自来 A 大一趟，怎么也得带人去吃个饭吧？顾妹妹今天工作了一天，多辛苦啊，你也不知道心疼心疼人家。”

傅棠舟：“……”

傅棠舟再次看了眼车窗外面，那里空空荡荡，一个人影都没有。

傅棠舟默不作声地发动了汽车，把车往校外开：“我给你捎到哪儿？”

林云飞说：“我回我酒吧啊。”

“你的车怎么了？”

“我哪儿知道？钥匙坏了，回头我让人来瞧瞧。”

傅棠舟开着车，林云飞的嘴巴一刻也闲不下来：“傅哥，你说今儿个是不是巧了？我来上课，顾妹妹居然是我们班级的助教！”

“她往教室里一站，我看班里有些男的眼睛都直了，一直盯着她瞧。”林云飞啧啧说道，“傅哥，你可得把顾妹妹看紧了。”

“唉，你说你也是，大周末的，不带顾妹妹出去约会，让人家在学校当什么助教啊？！”林云飞惋惜道，“简直就是暴殄天物。”

“别乱用成语。”

傅棠舟踩着油门一路开到 A 大门口。

林云飞四下看了看：“傅哥，再开就出去了。你真不叫上顾妹妹一起啊？我还寻思着咱们仨一块儿去吃个饭呢！我知道朝外大街有家新开的餐厅挺不错的，一会儿就去那儿，我请。”

傅棠舟不减车速，交了停车费，开出了校门。

林云飞越来越纳闷：“哎，傅哥，你今儿怎么回事儿？你怎么不吭声？”

“算了算了，我还是亲自发消息问问顾妹妹要不要跟我们一起——”

话还没有说完，傅棠舟一个急刹车就停了下来，林云飞差点儿在后座上栽倒。

“傅哥，你这车怎么开——”

“你下去。”

“下去干吗？”

林云飞丈二和尚摸不着头脑，真打开车门下去了。

看到车门被关上，傅棠舟瞥他一眼，冷冷地说道：“你自己回去吧。”

然后他就一踩油门，扬长而去，留下了呆若木鸡的林云飞。

今夜月色不错。浑圆饱满的月亮像一盏小橘灯一样悬挂在苍蓝的穹顶之上。经管楼下种了几丛翠竹，清风一吹，飒飒作响。

顾新橙和班上的几位学员道别后，独自一人抱着东西往宿舍的方向走。

今天她本打算在教室里写毕业论文，可听老师讲了一会儿课便入了迷。

本科课堂上主要教的是理论知识，而这类课堂讲的是商业案例和实践应用，难怪有人愿意花十万元来学习。

可惜林云飞不懂得珍惜，在这么好的课上睡大觉，真是暴殄天物。想到这里，顾新橙莫名地牵了下嘴角——像是小孩偷吃了糖果一样。

晚风轻抚她的发丝，马尾辫随着脚步一摇一晃。她往前走了两步，意外地瞧见路边站着个熟人。

这个人是她的学长，季成然。

他穿了一件白衬衫，右肩斜挎一只黑色书包，衣角松松地塞在牛仔裤里。他戴着耳机，好像在和人聊微信语音。

季成然注意到她，扯了耳机，主动打招呼：“哎，是你啊。”

“社长，你来我们学院做什么？”

“我过来找人。你去哪儿？”

"我回宿舍。"

"咱俩顺路。"

季成然是信息学院的研究生，比顾新橙高一级，两个人是在麻将社相识的。

说起来，A大以前并没有麻将社，校方禁止设立棋牌游戏类社团。

等到季成然上大学时，他把麻将包装成了一种"高大上"的博弈艺术，甚至扬言要带领社员研究麻将AI。

他用这套说辞把社团中心的老师唬得一愣一愣的，最后老师竟然就给正式立项了。

后来，身为四川人的季成然坦言，他们家有搓麻的"优良传统"。上大学以后他不能光明正大地打麻将，太憋屈了，所以才想了这么个招儿。

麻将社在季成然的带领下越办越好，吸引不少A大学子加入了搓麻阵营，比如顾新橙。

两人许久未见，正好一路叙叙旧。

"你周六还来上自习啊？最近是不是忙着写论文？"

"我给我们学院的老师当助教。这边周末有课，我得过来。"

"本科生也能当助教啊？"

"是给那些公司高管开的课，要求没那么严的。"

季成然打趣道："不愧是经管学院，丰富多彩啊。哪像我们信息学院，连发际线都没有。"

这话诙谐幽默，逗得顾新橙笑起来，结果她的手一抖，几张纸就这么滑到了地上。

她今天穿的是西装裙，蹲身不太方便。好在季成然手疾眼快，弯下腰替她捡了起来。

他把纸递给顾新橙的时候，她的手不小心蹭到了他的手。

两个人心照不宣地无视了这个小意外，继续向前走。

"你们经管学院开的课我能去旁听吗？"

"你怎么突然对我们学院的课感兴趣了？"

"我跟几个朋友打算创业，我们都是搞技术的，别的不太懂，想来取取经。”

“你想创业？”顾新橙好奇。以季成然的能力，在北京找个起薪几十万的工作轻轻松松。

“去公司当上班族没什么意思，说到底还是给人打工。”季成然说，“趁年轻，拼一把。不行我再回去当上班族呗，又不是找不到工作。”

他倒是看得挺开的，心态不错。

“哦，”顾新橙说，“高管的课应该不行，你可以去旁听本科生的课。”

那课一年十万，免费去听的福利恐怕只能给顾新橙一个人。

别的人要是再过去，交了钱的学员心里肯定不舒坦。

“本科的课偏理论，实用性不高。”

“其实，你们团队可以找个懂行的。”顾新橙说，“术业有专攻，一边搞技术一边做管理，精力分散，未必是好事。”

“你说得挺有道理。”

说着说着，顾新橙已经到了宿舍楼下。她冲季成然摆了摆手：“我先回去了。”

“行，下次有机会喊你一块儿搓麻。”季成然说。

周六晚上，女生宿舍楼下站着不少男生。他们整齐划一地低头看着手机，一看就知道在等女朋友下楼。

有些人无聊地开了第二盘游戏——他们对于这种等待早已司空见惯。

顾新橙转身进楼，上了电梯，回到宿舍。

一推门，她嘭的一声撞到了门口某位室友敞开的衣柜门。

她一瞧，竟然是孟令冬。

顾新橙夜不归宿是最近一年才频繁发生的，而孟令冬这个人大学期间基本没住过宿舍。

孟令冬是北京本地人，家境不错。高考那年家里给她弄了个艺术加分，她就进了 A 大。

她和顾新橙不是一种漂亮。如果顾新橙是水仙，那孟令冬铁定是招摇的玫瑰——还得是野玫瑰。

大学期间，孟令冬的男友像韭菜一样换了一茬又一茬。

她这人有种北京妞儿的洒脱劲儿，对这事儿看得相当开。顾新橙却会为了一个男人牵肠挂肚。

“哎哟，我挡着道儿了。”孟令冬从衣柜那儿探出个脑袋，“你回来啦，小橙子。”

“你周六怎么来学校了？”

“我找衣服呢，”孟令冬在衣柜里翻来覆去地找，口中还喃喃自语，“我明明记得我搁这儿的呀，怎么找不见了？”

顾新橙瞥了一眼她的衣柜，乱七八糟的一堆，春夏秋冬什么款式都有，这能找到也是奇了怪了。

“算了算了，不找了。”孟令冬瘫坐在椅子上，“累死姐姐我了。”

顾新橙绕开她的椅子往里面走。

孟令冬问：“小橙子，你周六不陪男朋友啊？”

顾新橙一滞，立刻说：“我没有男朋友。”

孟令冬见顾新橙面无表情，意识到自己戳了人家痛处，便道：“哎，要我说啊，那些狗男人，早踹了早解脱。放弃一棵歪脖子树，你收获的可是整片森林啊。”

顾新橙：“……”

这天也是没法儿聊了。

“小橙子，你明晚有空吗？”

“怎么了？”

“带你出去玩呀。你这人一谈恋爱就把我们这些姐妹忘了，现在好不容易解脱，还不得出去庆祝一下？”

大一大二那阵子，顾新橙周末经常和室友一块儿出去聚餐，还会去北京各大景点打卡。

孟令冬作为土生土长的北京人，在这事儿上格外热情，每次都摆出一副“姐姐带你们去浪”的样子。

到了大三大四，大家各自为前程忙活，玩乐的心思收了不少。

顾新橙和傅棠舟在一起后，她一有空就得去陪傅棠舟，寝室活

动就再也举办不起来了。

孟令冬："你不说话我就当你答应了啊。"

顾新橙："……"

被室友那么一说，顾新橙的心底平添一丝愧疚，所以她没有拒绝——毕竟孟令冬以前对她还挺照顾的。

"我明晚开车来接你，打扮漂亮点儿。"

"去哪儿玩啊？"

"跟着我就行，我还能把你卖了呀？"

确实，孟令冬不能。

第二天一早，顾新橙又去了经管学院，开始了当助教的一天。

今天林云飞没来，签到表上他那一栏是空的。第一天他睡了半天，第二天直接翘课，有钱果然任性。

事实上，并不是林云飞不想来。

昨晚他被傅棠舟丢在半道上，好不容易回到家，越想越纳闷。

他白天睡得太多，晚上没睡好，早上一睁眼已经十点了。他想起车还在A大，也就懒得去了，索性裹着被子继续睡了。

难道他要坐地铁去上课？甭逗了。

一天结束，顾新橙满载而归。她去浴室洗了个澡，顺便化了个妆，换上一条素色的连衣裙。

晚上七点，孟令冬开着她的小宝马准时到了楼下。她啧啧地打量了顾新橙一圈，摇摇头说："你穿得也太良家妇女了，一看就很好骗。"

顾新橙看了看孟令冬，吊带夹克小皮裙，潮得不行。

孟令冬配合着车内的音乐哼着小调，一路畅通无阻地把车开到了三里屯。下了车，她用食指转着车钥匙："走吧，夜店小精灵。"

顾新橙叹了口气，早知道是这儿就不来了。她对夜场真是半点儿兴趣没有。

孟令冬一把挽住她的胳膊："你呀你，别天天光想着学习，得学会社交才行，跟姐姐去练练胆子。"

顾新橙承认，在这种场合她确实容易怯场。于是她浅浅一笑，跟着孟令冬走了进去。

孟令冬走到哪儿都是一副容光焕发、信心十足的模样，说到底，环境对一个人的影响是方方面面的。

比如傅棠舟那个圈子里的人，她说不出哪里不一样，可一看就知道他们不是普通人。

光怪陆离的灯光游动着掠过舞台，高凳上坐了个抱着吉他的女歌手。她正在唱一曲民谣，一副烟嗓像极了北京三月的风沙。

这里清净不少，是个谈事情的好地儿。在灯光照不见的地方，一场商业酒局悄无声息地进行着。

“傅总，最近你们新投的那个项目怎么样啊？”

傅棠舟用指尖夹了根烟，笑着说：“什么怎么样，不就那样儿？”

这笑意只浮在脸上，并不达眼底。他这话说了等于没说，问话的人不禁揣摩一番。

含含糊糊的说辞，进可攻，退可守，话语权被牢牢掌握在他的手里，让人探不出底来。

傅棠舟捞过已经见底的酒杯，酒局上的一个年轻人立刻站起来，双手捧着酒瓶替他满上。

这时，他身边挨过来一个人，这个人的声音甜得发腻：“哥哥，聊两句？”

傅棠舟一抬眼，只见稚气的脸上化着不符合年龄的浓艳妆容，粗眼线亮眼影，假睫毛厚重得能扇风。

他在烟灰缸里弹了弹烟灰，淡淡地说：“出来玩？”

“是呀。”她挨得更近了，手顺势攀上他的胳膊。

傅棠舟笑道：“作业写完了吗就出来玩？”

她撒娇：“哥哥，你说谁呢？”

傅棠舟把胳膊收回去，语气冷冰冰的：“说的就是你。”

她神色陡变，蓦地站了起来：“你耍我？”

他嗤笑一声，并未搭理她。

“瞧傅总把人家小妹妹逗的。”桌上的另一个男子招了招手，将那女孩唤了过来。

被遮挡的视野终于开阔了。他吸了一口烟，在青色的薄烟中微微眯了下眼——脸上的笑容顿时消失了。

正对面的卡座上有一个穿着打扮明显与这酒吧格格不入的姑娘，她的面前搁了一杯酒。

周围有五六个面相不善的男人正在起哄。

“喝一杯嘛，来酒吧玩的人哪儿有不喝酒的？”

“咱们都喝两杯了，才让你喝一杯，这买卖不亏！”

“就是就是，你不喝我不喝，那么多酒往哪儿搁？”

顾新橙被这些人闹得心里发慌。

孟令冬带她来这边的卡座，屁股还没坐热，一通电话就打了进来。这儿虽然是清吧，她却听不清楚对面在说什么。于是她指了指手机，对顾新橙说：“我出去接个电话，马上回来。”

孟令冬前脚一走，后脚就有一堆男人过来搭讪。

这些人个个儿都是在夜场里混的老手，顾新橙一个涉世未深的小姑娘哪里应付得来？她被尴尬地夹在中央，走都走不掉。

正当顾新橙左右为难之时，一个熟悉的男声响起：“这么热闹，玩什么呢？”

那几个男人扭头一瞧，看见了一个身材颀长的男人。他穿了一件浅色的衬衫，扣子开了一颗。领口处有特殊的纹样，在酒吧昏暗的光线下泛着极淡的金色——金贵之气挡都挡不住。

他神情平淡，周身却笼着寒意，眼底漆黑一片。

然而，谁不是这场子的常客呢？

那几个男人并不怕他。

傅棠舟扫了一眼桌面，瞧见有骰子，便问：“谁跟我玩一把？”

其中一个男人说：“谁要跟你玩？我们要和妹妹玩。”

傅棠舟冷冷地一笑，瞥了一眼顾新橙。

她的头埋得很低，长发遮住了侧脸，看不清神情。

傅棠舟的语气甚是慵懒：“我赢了，你们把这桌子让给我。我输了，

你们今晚的费用我买单。”

仿佛他对这场游戏已是胜券在握。

那几人交换了一下眼神，默许了。

傅棠舟在顾新橙的身边坐下，不动声色地拨开那些男人。

双方各五个骰子，玩的是吹牛。傅棠舟摇了一下便扣到桌上，打开一道缝儿，只看了一眼：“两个一。”

对方看了自己的骰盅，挺有自信地往上报：“三个三。”

傅棠舟又瞥了一眼，思忖片刻，报出三个五。

对方继续往上加：“四个三。”

傅棠舟：“四个五。”

对方有点儿心虚，猜测着他手里的骰子，思索片刻：“开。”

一打开，傅棠舟这里是一、三、五、五、五。

他扫过这些人，目光带着令人胆怯的压迫感。对方知道他会玩，不好惹，于是迅速地撤了，拥挤的卡座瞬间只剩下傅棠舟和顾新橙两个人。

傅棠舟许久没有这样近距离地看她了。她的头发比之前短了一些，人还是一如既往地漂亮。她低垂着一双星眸，似乎不想搭理他。

顾新橙不是爱来场子里玩的人，现在却出现在这里。一想到那些男人起哄逼着她喝酒，傅棠舟放在桌子底下的手就默默地攥紧了。

如果不是他碰见她，她今晚打算怎么收场呢？她在他的身边时，他何曾让她沾过一滴酒呢？

傅棠舟：“这儿不是你该来的地方。”

他这话说得不带半分情绪。

顾新橙不吱声，拿了手包就要走。傅棠舟拉住她的胳膊：“这儿没什么好人，我送你回去。”

顾新橙顿了一下脚步，微微扭过头。她的眼睛一点点向上抬，一双波光荡漾的眼里满是挑衅和不屑。

她的唇边勾起一丝嘲意。她说出口的话比他还要薄凉三分：“你是好人？”

那一瞬间，酒吧的灯光直射过来，刺得傅棠舟心潮翻滚。一颗

心脏从万尺高空摔下。

一曲终了，女歌手抱着吉他从高凳上走下来，酒吧四座响起稀稀拉拉的喝彩声。

无人注意到，某个角落的卡座上正在上演一幕椎心泣血的戏码。

顾新橙望着眼前的男人。他没怎么变，依旧拥有一副温柔的皮囊。可一旦见识过那副皮囊下的真相，她又怎会再次陷入旋涡呢？

他说，这儿不是她该来的地方。曾经，他不也带她来过这种地方吗？他甚至出尔反尔地将她推开，让她一个人回去——他甚至连她那晚没有回家都不知道。

这时，不远处传来一个女声：“小橙子，你站这儿干吗呢？”

孟令冬回来了。

顾新橙垂下眼，把手臂往回抽。傅棠舟的手紧了紧，最后还是松开了。

她不吭声，他则把手插进口袋。两个人装作互不相识的模样。

孟令冬挤到两个人中间，打量了傅棠舟一眼，揶揄道：“哟，帅哥，想追我姐们儿的人可多了去了。你呀，往后捎捎。”

傅棠舟沉默地扬起下巴，眸中是睥睨的神色，似乎并不把她的话放在心上。

孟令冬想拉着顾新橙回卡座，顾新橙却拽了一下孟令冬夹克的下摆，小声地说：“走了。”

她不想继续待在这个地方——她不想和傅棠舟在同一个密闭空间里。

孟令冬挽着顾新橙的手大摇大摆地离开了。

走出去一段路，她才压低声音和顾新橙说：“我跟你说呀，你可得离这种男人远点儿。别看他长得人模狗样，就是来酒吧钓妹子的。”

顾新橙轻轻地嗯了一声。

孟令冬又说：“像你这样儿的，可玩不过他。”

顾新橙忍不住问了句：“我是哪样儿的？”

孟令冬替她理了理裙子的肩带：“一看就很好骗啊。”

顾新橙："……"

出了酒吧大门，便是喧闹的街道。

孟令冬叹了口气，有些惋惜地说："不过刚刚那男的真的挺帅的，白睡一顿也赚够本了。"

顾新橙的脸莫名地燥热，她和那个男人不知道睡过多少次了。

孟令冬见顾新橙脸红，又调戏了她一句："哟，成年人，害羞什么？我跟你说啊……"

她四下望了望，招了招手，让顾新橙把耳朵凑过来，这才意味深长地评价了一句："他的鼻子挺高的。"

顾新橙愣了一秒，懂了。

她又羞又臊，轻轻推了孟令冬一把，嗔怪道："你这人怎么这样……"

孟令冬躬身捂着肚子，笑得花枝乱颤。然后，她拉着顾新橙的手说："行了，今晚不去酒吧，咱俩逛街去！"

两个女孩愈走愈远，渐渐消失在茫茫人海中。

傅棠舟心不在焉地靠在酒吧临街的窗边，手里的烟即将燃尽。

沸沸扬扬的酒吧，冷冷清清的夜晚。

他抖了抖烟灰，索性将烟丢进了酒杯里。

一场酒局散尽，此时已是凌晨。街道依旧灯火辉煌，红男绿女招摇过市。

傅棠舟上了车，靠在后座上揉捏眉心。

曾经，一个深秋的夜里，顾新橙在这里对他撒娇，说她冷。他将她拥入怀中，那一小团温热挨在他的胸口上，暖心暖肺。

今晚喝得真有点儿多，他承认，他有点儿醉了。

司机问："傅总，送您回家？"

傅棠舟闭着眼不言语，司机心领神会地开车上路。

他到家之后，把灯一打开，满室寂静。

这屋子真是越来越不能住人了，傅棠舟索性关了灯，眼不见心不烦。

他连澡也懒得洗了，直接扯了领带脱了外衣就上床。分明酒精有麻醉神经的作用，深夜里的傅棠舟却格外清醒，清醒到每一次心跳都像被攥在手心里一样。

黑夜之中，他撑着手臂坐起来，打开灯，翻身去床头柜里找东西。

他在找一瓶用了一半的香水，Byredo Palermo，西西里橘园。

这是他曾经送给顾新橙的礼物，现在被她丢进了垃圾桶里。

那次他去香港出差，本打算给客户挑一件礼物，却意外地路过一个香水柜台。

柜姐满脸堆笑地为他服务："先生，有什么可以帮到您的？"

"随便看看。"

"您打算送给什么人呢？"

他没回答，只是拿了一瓶香水在鼻尖轻嗅。

柜姐试探着问："女朋友吗？"

他放下香水瓶，微微颔首。

"她多大年纪？"

"二十。"

柜姐从展示台上挑了几款香水，然后对他说："这几款都不错，适合二十岁的年轻女孩子。"

柜姐在试纸上喷洒香水，挨个儿递给他试香，他当时就被西西里橘园的香气吸引了。

苦橙叶的青涩混着柑橘的甜香，很像顾新橙这个人。巧的是，她的名字中就带了一个"橙"字。

这份礼物被送到顾新橙的手上时，她一点点地拆开，露出惊讶的神色。

她将香水捧在掌心，左看右看。

他问："喜欢吗？"

她点了点头。

他揉揉她的头发："没试试就知道喜欢？"

她笑了笑："你送的我都喜欢。"

相当好哄的一个小姑娘，送她一瓶香水就可以笑得很开心。

后来，她身上的香水味没有再变过，一直是这一款。

每次他的鼻尖只要捕捉到一缕淡淡的柑橘香气，他就知道是她过来了。

分手以后，她连他送她的香水也不要了。

今天他在酒吧再见到她时，她身上只有一点点沐浴后的香气，是极淡的薰衣草味。

香水瓶盖被打开，他对着空气喷了一下，乍一闻，浓烈得刺鼻，散开后，意外地清甜。

傅棠舟关了灯，心里稍稍舒坦了些，仿佛这是缓解疼痛的解药。

朦朦胧胧之间，他的思绪回到了一年多以前他和顾新橙第一次见面的时候。

北京的初秋，天空澄净无云。银杏叶泛着点儿黄，在微风里招着手。街道上悬挂着红灯笼。举国喜迎国庆佳节。

傅棠舟去参加一场婚礼，是一个不近不远的亲戚家的女儿要出嫁。两家的关系不是特别亲密，所以傅家只有他一人出席。

沈毓清说："你们小时候见过的。"

傅棠舟仔细回想，也没能想起是哪一位。

这位亲戚家的女儿名叫龚雪，正在A大读书。

傅棠舟是在国外上的学，而他的亲朋好友的家里有不少孩子就在北京读大学。名校对家境优越的人而言，想上总有法子能上的。

据说龚雪是去年在瑞士滑雪时和她的丈夫邂逅的，之后两个人迅速坠入爱河。二人门当户对、金童玉女，简直就是天赐良缘。

有钱人在婚姻这件事上爱走三个极端：一个是结婚特别早，一个是结婚特别迟，还有一个是结婚特别多。

龚雪就属于结婚特别早的那一类人，一到法定年龄就和丈夫领了证。

两家人喜气洋洋地为这对新人举办了一场"世纪婚礼"，以庆祝两个百亿家庭的结合。

即使两个人的结合是出于真爱，这场婚礼的社交属性依旧很强。请帖发了上千份，宾客来了几百人。

傅棠舟对参加婚礼这种事并没有什么兴趣。他对婚姻向来看得很淡——好好的人，非要被张结婚证绑起来，多可笑？

他一直认为自己会是结婚特别迟的那种人。估计等到了三四十岁，实在没法儿拖了，他才会找个女人结婚。

至于一辈子不结婚，他也是想过的。可惜沈毓清不答应，跟他要死要活的，仿佛没有婚姻的人生就一定是有缺憾的。

傅棠舟说："妈，您甭这样，回头我给您抱一孙子回家不就成了？"

沈毓清说："你少在外头给我胡来，你以为什么女人都能给你生孩子的吗？你答应，我还不答应呢。"

看看，女人就是麻烦。她明明就是想要一孙子，却又不准他生。

当然，他也不想生。他不是喜欢小孩的人，觉得孩子总吵吵嚷嚷的，挺闹心的。

婚礼在北京一家五星级酒店的室外草坪上举行，宾客乌压压地一片。大家欢聚一堂，见证这对新人迈入婚姻的坟墓——不，婚姻的殿堂。

两人宣读誓词、交换戒指、接吻、拥抱，就这样许下了一生的诺言，结为终生伴侣——也有可能是几年，甚至几个月。

傅棠舟一个人坐在角落里，冷眼旁观着这场"世纪婚礼"。

他手中把玩着一只金属打火机，咔嚓一下打亮火焰，接着又啪地合上盖子，反反复复、百无聊赖。

人声鼎沸之间，他眼角的余光里闯入了一只粉色的小蝴蝶。准确地说，是一个穿着粉色露肩纱裙的小姑娘——这是伴娘的装扮。

不知何时，她悄无声息地坐到了他的身边。她长得挺漂亮，看起来温温柔柔的。

她的眼睛格外好看，睫毛向上卷翘。扇形的双眼皮不宽不窄，好似一柄桃花扇徐徐展开，有种难得的古典雅韵。

一对肩膀洁白似雪、纤薄如玉。蝴蝶骨上落着细细的一条链子，链子上坠着银色的十字架。

她始终用左手捂着前胸，傅棠舟以为她不舒服。谁知两个人对视时，她悄悄往另一侧挪了下身子，挡住了自己。原来是她怕被人瞧见自己并不算明显的胸线。

这只落单的小蝴蝶扇了扇翅膀，就这么安静地停驻在他的身侧。

薄纱的裙摆仿佛一阵粉色烟雾一般迷了他的眼。他嗤笑一声，觉得甚是有趣。

因为她的到来，这场婚礼不再沉闷。傅棠舟放下手中的打火机，斜挑着眉梢，嘴角似笑非笑。他稍微挪了下身子，挨过去问："你怎么不过去？"

他扬了扬下巴，示意远处那几个跟她身着类似款式的纱裙的女孩。她们有说有笑的，而她显然应当跟她们在一处。

她的睫毛颤了颤。她有意躲开一点儿距离，并未回答他。

见她不肯说话，傅棠舟又问："你是新娘的朋友？"

她点了点头，却也纠正了一句："同学。"

他说："巧了，我也是。"

她皱了下眉头，思索一番后问道："你是哪个学院的？"

他故意卖关子："你猜？"

她将他上上下下打量一遍，挑了几个听上去就不缺钱的学院往外报。

他摇头："不是。"

她猜不出，想追问他，这时有个西装革履的男人拨开人群走过来。

"傅总，您怎么坐在这儿？"他热络地招呼着，"过去喝两杯？"

傅棠舟淡淡地说道："下午有事儿。"

言下之意是他不能喝酒，那个人只好恭维一两句后就讪讪地离开了。

傅棠舟回过头，见她一脸愣怔的模样，于是问："怎么了？"

她有点儿恼："你骗我。"

"我哪儿骗你了？"

"我听见人家叫你傅总。"

傅棠舟点了点头，继续逗她："姓傅名总，不行？"

她思忖一秒，嘟哝一句："哪有人这么起名的……"

他见她羞恼的模样，唇边勾起一抹笑意。

不谙世事的小姑娘连看人都看不准，却也是难得地漂亮可爱。

"顾新橙，你怎么在这儿？找你好半天了！"另一个伴娘突然跑了过来对她说，"我们还等你玩游戏呢。"

顾新橙用手指扯着洁白的桌布，半晌没说话，看样子并不愿跟她的小伙伴过去。

傅棠舟说："我找她有点儿事儿。"

对方一见傅棠舟这副架势，大约猜到是主人家请来的贵客，便撤了。

简简单单一句话就能把人打发走，他向来有这样的能力。

"你们玩什么游戏？"

"做下蹲。"

刚刚闹伴娘，大家起哄，让一个伴郎抱着她做下蹲，原因是她的体重最轻。

她这条裙子的领口是一道深V，她怕做下蹲时不经意间走光，所以不肯。

其他人知道她害羞，故意闹她。可她不禁闹，就偷偷跑了出来，打算随便找个角落的位置待着，等他们闹完再回去。

她没想到人直接找过来了，他也算是替她解了围。

傅棠舟问："你叫什么名字？"

他刚刚听到了，却还是想再问一次。

她答："顾新橙。"

他摊开掌心："写给我瞧瞧。"

她伸出食指，忽然想到什么，又收了回去，然后说："新旧的新，橙子的橙。"

“橙”发成了前鼻音，她却毫无察觉。

傅棠舟暗忖：这小姑娘戒心还挺重。她刻意避免肢体接触，却也落落大方地告知了她的名字。

而她对于他的名字不感兴趣，并没有问。

“年纪轻轻，怎么想不开来当伴娘？”

“当伴娘怎么了？”

“当伴娘，以后容易嫁不出去。”

顾新橙被他惹恼了，怼了他一句：“你才嫁不出去。”

话说出口，方知不对劲儿，她也懒得再多骂一句，直接提着裙子跑了。他看着她的背影，暗笑这小姑娘还真是不禁逗。

对他而言，要到她的联系方式并不困难。当天晚上他就加上了她的微信。

他俩的圈子没有重叠，龚雪只是他久未谋面的远房亲戚，顾新橙和龚雪是同校不同院的朋友，关系不算特别亲密。

据说这个学期两个人选了同一门校选课，被老师随机分到了同一个小组，这才认识的。恰好龚雪要结婚，需要几个年龄相仿的伴娘，便邀请她来参加婚礼。

顾新橙在微信上话不多。傅棠舟问她什么，她都很少回答。她并不乐意同他这样的社会人士打交道。

这场小小的婚礼风波之后，两个人理应再无交集。之后的某一天，傅棠舟到 A 大附近的某 KTV 会所找一个朋友。这地方学生和附近的上班族来得多，他挺少来。

他们正在包间里谈着事儿，门忽然被推开，一个女孩探出半个脑袋来，跟他四目相对。

居然是顾新橙。

她见到他时有点儿蒙，连忙缩回脑袋看了看门上的号码，然后说：“不好意思，走错地方了。”

她离开后，傅棠舟莫名有点儿心痒。他跟朋友说：“我出去一趟。”

顾新橙一个人在走廊里兜兜转转了好久，还是摸不清方向。

恰巧一个电话打了进来，她冷着嗓音说：“你不要拿别人的手机打给我了。”

挂电话之后，她的心情明显不佳。她靠着墙慢慢蹲下去，把头埋进胳膊里，肩膀轻轻颤抖着，像是在哭。

傅棠舟走过去叫了她一声。她抬起半湿的眼睛看着他，眼底一片湿润，竟让他的心头突然一软。

他没问她发生了什么事儿，却也心知肚明。

顾新橙不想以这副模样回去找同学，也不想一人孤零零地离开。他把她带回包间，她一个人坐在沙发的角落里偷偷擦着眼泪。她梨花带雨的模样不禁让人猜测，究竟是哪个男人那么狠心，让她哭成这样？

他给她要了一个果盘。她一片水果也不肯动，更不敢喝他点来的饮料。

她明明都跟他过来了，却还是对他严防死守，戒心很重。他长得像坏人吗？

傅棠舟坐到她的身边，手里拿了一支话筒：“你喜欢听谁唱歌？”

“你会唱歌？”

“我不会。”

“那你问这个做什么？”

傅棠舟轻笑，并不回答。手指在点歌机上来来回回地滑着，他似笑非笑地说了一句：“我找人唱给你听。”

“你找谁？”

傅棠舟指了指屏幕说：“自己挑一个。”

顾新橙看向屏幕上的那一页歌星名单，当场愣住。

“只要在北京的，我都能给你找来。”这些在外人的眼里高高在上的明星对他来说则是呼之即来，挥之即去。

顾新橙被吓坏了。她立刻说：“我不要。”

“真不要？”

她果断地摇了摇头。

“那你别哭了。”他给她递了一张纸巾。她犹豫片刻，接了过去，擦了擦眼泪。

之后她真不哭了。

那天晚上，傅棠舟亲自把她送回了学校。

他试着约她出来吃饭，她答应了。他带她去了北京口碑最好的餐厅。

一来二去，两个人熟悉了不少，她渐渐愿意同他多讲几句话了。

“你们那儿考 A 大挺难的。”

“还好。”

“你平时是不是都考你们班第一？”

“不是，我只考第二。”

“第一呢？”

她顿了下，这才说：“是我同学。”

语气有点儿生硬，一下子就泄露了她的小秘密。

她同那位第一之间似乎有点儿不那么方便让人知道的过去。傅棠舟不追问，下次也没有再提这件事。

“你呢？”

“我？”

“嗯，你在哪里上的学？”

“美国。”

餐后，傅棠舟要了一只橙子。

那只圆滚滚的橙子被他压在桌面上，在他的掌心下翻滚了好几圈。他用修长的手指一点儿一点儿剥去它的橘色外皮，又细细地挑去内里的白丝，露出多汁的橙色果肉。

他尝了一瓣，挺甜的。

他又递了一瓣到她的唇边：“你尝尝。”

顾新橙愣怔一秒，张开嘴咬了下去，软糯的嘴唇蹭到他的手指，他也不避讳。

年轻女孩对于他这样的男人几乎没有任何抵抗力。顾新橙是高傲的，可也难以招架他几次三番的撩拨。她看他的眼神越来越温柔。

她的眼睛像是一泓清冽的泉水，渐渐映出他的身影。

那一年的平安夜，他跟她说他有点儿醉了。

顾新橙摇摆了一阵，然后问他："我们是什么关系？"

傅棠舟笑着反问："你觉得我们是什么关系？"

他喜欢一姑娘，想对她好，哪里有什么不对？

成年人之间还需要那些海誓山盟吗？

那一晚，他得偿所愿。

意乱情迷之间，顾新橙搂着他的脖子撒娇地问："傅棠舟，你爱不爱我呀？"

他吻着她凝脂似的肌肤："你呢？"

她郑重地点了点头。

他将她一寸寸拥入怀中，在她的耳边说："这就够了。"

她有点儿痒，却又耐不住性子地问他："我们会一直在一起的吧？"

他笑笑："你想陪我多久？"

她说："我想一直陪着你。"

海誓山盟果然都是骗人的。她在床上说的话，真是一个字也不可信。

顾新橙没有兑现她的承诺。

她还是走了。

第五章

因缘际会

校园里的玉兰花在枝头绽开了，香气缥缈、赏心悦目。

一队系着红领巾的小学生在老师的带领下参观A大校园，稚气的脸蛋朝气十足，像叽叽喳喳的小麻雀一样。

顾新橙背着包绕开几个乱跑的小朋友，从玉兰树旁经过。

到了经管楼，她径直去了周教授的办公室。

推门进去后，她看到里面有两个研究生学长学姐正在让周教授看论文初稿。

“文献综述部分就这么点儿啊？不是让你多看几个吗？国内国外都得有。”

“你这里的逻辑没理顺。我上次跟你说过了，你是不是忘记改了？”

“这个地方太笼统了，你是研究生，不是本科生，论文能这么写吗？”

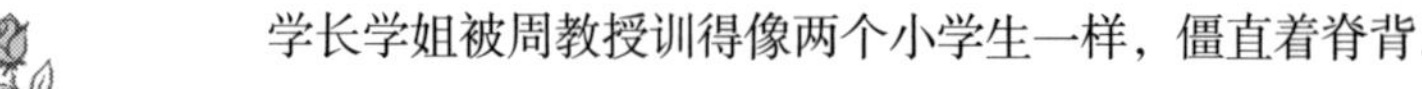

学长学姐被周教授训得像两个小学生一样，僵直着脊背。

室内压抑的气氛让顾新橙跟着紧张起来——也不知道一会儿周

教授看了她的初稿会说什么。

大约一刻钟后，两位学长学姐终于结束了漫长的煎熬。两个人交换了一个眼神，忙不迭地拿起东西就走，一刻都不愿停留。

周教授拿起瓷杯喝了一大口水，啪地放到桌上。他瞥见顾新橙，顺了一口气，这才说道："你的拿来给我看看。"

顾新橙把自己的稿子递了过去，周教授的目光像探照灯一般审视着她的论文。她顿时觉得如坐针毡、芒刺在背。

她的视线漫无目的地游离着。突然，她瞧见玻璃陈列柜里有一排俄罗斯套娃，它们的笑容略显吊诡——据说这是俄罗斯的经济学专家来 A 大访问时送给周教授的。

不知过了多久，周教授说："你的这个初稿——"

顾新橙的一颗心提到了嗓子眼儿。他翻回到最前面的一页，继续说："该写的点基本上都写出来了，有几个地方可以细化一下，锦上添花。"

她松了一口气，看样子……周教授对她的初稿还算满意？

周教授拿了一支钢笔，在她的某一条目录前画了个大括号："就这里，可以再展开一下，分成三个小点。"

她耐心地听周教授讲解。教授不愧是教授，看问题一针见血，思考角度也比她更全面。经他这么一分析，整个论文框架更加完整了。

周教授给她写着备注，若无其事地问了一句："最近助教当得怎么样？"

"挺好的。"

"有没有什么心得？"

她一板一眼地答："课程设置得很合理，方方面面都囊括了。我看学员普遍都很满意。"

除了个别人，比如林云飞。他一个开酒吧的来上这种课程，实在是难为他了。

企业领导者必须有宏观的格局，才能一直走在商业前沿。

这次的课程涉及人工智能、互联网大数据、生命科学、医疗健康、现代农业等多个领域，全是未来经济发展的风向标。

活到老学到老，这是真理。这些人即使已经跻身商界名流，依

旧愿意斥巨资来校园里进修学习。

这一点让顾新橙很佩服，或许这就是别人优秀的原因吧。

她又说："哦，对了。毛教授讲得特别好，他上课的风格也很受学员欢迎。"

周教授状似无意地问："你听他上课了？"

"听了。"

"他都讲什么了？"

"人工智能和智能制造。"

顾新橙从包里拿出笔记本。她上课有写笔记的习惯。

周教授惊讶："你还做笔记了？"

顾新橙微赧："他的课的内容比较新颖。我以前接触得不太多，怕听不懂。"

她把笔记本一摊开，上面密密麻麻地记了不少专业词汇，包括数据挖掘、深度学习、机器智能、自然语言处理等。

周教授扫了一眼笔记本，再次拿起茶杯，揾了揾杯盖，然后慢悠悠地说："下个月北京有个 AI 行业峰会，我是演讲嘉宾，你帮我写个稿子。"

"啊？"顾新橙略窘，"我不知道该怎么写。"

周教授笑笑，然后放下茶杯，随手抽了一张空白的纸："我给你列个提纲，你照着写。"

他的思路非常流畅，主题鲜明，不到五分钟，一份演讲稿的雏形就拟好了。他扣上笔帽说："写好了你拿给我看看。"

望着这份演讲稿提纲，顾新橙并不觉得这是一项负担，反而生出些热血沸腾的感觉来。

"我会好好写的，争取过两天就拿给您看。"

"去忙吧。"

顾新橙向周教授表示了感谢，然后收拾好东西兴冲冲地走了。

周教授看着她的背影会心一笑，继续专注地工作起来。

国贸 CBD，升幂资本，总裁办公室。

啪！一沓资料被摔到了桌上："这是谁拿的？"

傅棠舟掷地有声的责问震得鱼缸里的水都要抖上三抖，金龙鱼摆着尾巴藏进了珊瑚丛里。

他很少发那么大的火，被问责的陈经理快把脑袋缩到衣领里了。

今天有投资人过来想了解一下升幂资本手头目前看好的某个 AI 公司的项目，谁知被送到投资人手里的竟然是另一家公司的资料。

这些资料对外是保密的，如果被别人看到，鬼知道会捅出多大的娄子。

好在投资人在会议桌上只翻开看了一眼，然后笑了笑，默不作声地搁到一边去，没有再动。

陈经理直冒冷汗，声音发颤："我让 intern（实习生）拿的。"

傅棠舟幽幽地说道："你心挺大的啊。"

冷冷的语气，让人听了心底发毛。

陈经理不敢说话了。

讲道理，他确实是该检查一下再递给投资人的，可谁能想到实习生竟然连拿资料这种小事也会出错？

他见傅棠舟的椅子转来转去，一颗心七上八下："我现在就让 intern 走人。"

看来他是想把这个锅彻底扣在实习生的头上了。

傅棠舟冷笑："你呢？"

陈经理："……"

傅棠舟："年终奖别想了。"

薄暮渐起，傅棠舟踏着夕阳的余晖出了办公室。

外面乱糟糟的一片。实习生觉得委屈，那资料不是她亲手拿的，而是别的同事找给她的。

总之，谁也不无辜，倒霉的却只有她一个——被开除的话，她这几个月相当于白干，连实习证明都开不了。

傅棠舟面无表情地踏入电梯。他没有闲心去关注一个实习生的悲惨遭遇。

这些人干的这些事儿，真是能把他活活气死。

他回到家，推开门，空空荡荡的一片，唯有月光洒落窗前。

得，心情一不好，他哪儿哪儿都不顺心。

傅棠舟以前很少带着工作上的火气回家，纵然在外面遇到傻 × 无数，再大的火气都能被顾新橙的温柔似水吞没。

一个人的夜晚，除了工作，他还有什么事儿可做呢？

他去了书房，下面的人给他整理了新的资料。

作为风投行业的领军者，他必须时刻关注最新的经济风向，投资最具成长力的行业，这样才能立于不败之地。

他坐上椅子，打开电脑，桌面上有一个 Excel 表格文件。这不是他的，而是顾新橙做的。

有一次他回到家看到顾新橙正在他的电脑前伏案工作。她穿了一件长袖衬衫，下摆被扎进卡其色的短裙里，腰肢盈盈一握。

她目不转睛地盯着发着亮光的电脑屏幕，往表格里一个一个地粘贴数据。

傅棠舟去抱她，她却说今天的活儿没干完。

她那时只是一个实习生而已，工作态度却是谨慎又谨慎，和今天他的公司里那个实习生完全不同。

可他并没有把顾新橙的工作当回事儿，一个实习生能有什么重要的活儿要干？

他直接把她从椅子上提了起来。她扭捏得很，一直念叨着："我的活儿没干完，别这样。"

他却不管，搂着她哄道："干不完明天再干。"

后来她一直干活干到凌晨十二点半才上床休息。

他现在想想，那时确实不应该。

傅棠舟觉得心底烦躁。他索性关了电脑，揉了揉太阳穴，仰头靠在椅背上。

顾新橙走过图书馆前低矮的灌木丛，脚边有一只褐色的小东西跳了两下，她的心头一抖。

她定睛一瞧，原来是只小麻雀，它正在捡地上的草籽吃。

顾新橙惊魂甫定，抚了下胸口，暗道自己大惊小怪。北京这种地方哪儿来的蟾蜍呢？

她不知道自己为何对蛙类生物有这么大的恐惧，以至于一只麻

雀都能吓她一跳——因为颜色和大小确实很相像，它还会跳。

最近没有什么重要的考试，图书馆里人流量不大，空位挺多。

今天天气不错，一道道阳光从图书馆的玻璃窗外斜斜射入，照得人心头暖洋洋的。

这里安静极了，只有翻动书页、敲打键盘和笔在纸上书写发出的沙沙的声音。偶有几个学生交头接耳，也都掩着嘴压低声音。

顾新橙穿着小白鞋踩在橡胶地板上，巨大的书架衬得她娇小玲珑。

她仰起头，目光在一排排书脊上扫过，终于发现了她要找的那本《人工智能发展报告》。

只可惜书在最上面一排，以她的个头儿踮起脚也够不到。

顾新橙想去找图书管理员帮忙，谁知一转身就遇见一个熟人——季成然正靠在书架边翻书。

“社长。”顾新橙小声叫他。

季成然抬起眼，见是顾新橙，便将手里的书塞回了书架：“你怎么在这儿？”

“我来找资料，写东西要用。”

“你们学院写论文还要看这些书？”

这里摆着的全是和人工智能相关的书籍，来找书的是清一色的男生。

“不是论文，是帮我的导师写演讲稿。”

“挺能的呀，你要找什么书，我帮你看看。”

顾新橙指了指上面那本书：“我已经找到了。”

季成然替她把那本书拿了下来，顺口问了一句：“你们导师还做这种演讲？”

顾新橙把书抱在胸前：“他下个月要去参加北京的一个AI行业峰会。”

“是不是在会议中心开的那个？”

“我不知道在哪儿开。”

“肯定是了，我们学院也有教授要过去。”

顾新橙听了这话，面露难色。

这么重要的峰会演讲稿让她来写，能行吗？

“你们教授说没说要带你一起过去啊？”

顾新橙摇了摇头，周教授确实没说过。

“有机会能去看看挺好的，演讲嘉宾全是 AI 行业的大佬，能学不少东西。”

“你也去吗？”

“想去，没法儿去啊。咱们学院的教授只带博士生过去。”

顾新橙想到什么，又问了一句：“社长，你平时研究这个挺多，能不能帮我一个小忙？”

季成然说：“什么忙？”

顾新橙从包里拿出周教授给的提纲：“这是我的导师的演讲提纲，有些涉及 AI 专业的东西，我不太确定。”

季成然饶有兴趣地看了一会儿，然后问：“这个应该还是侧重于商业分析吧？”

“嗯，不过对行业技术一窍不通是没法儿写的。”

顾新橙实习时做过软件行业研究，知道有些软件行业研究员是学软件出身，而非经济金融。这说明想把某个行业看透彻，不了解技术和业务是不行的。

“这样，你有什么技术上不懂的，可以在微信上问我。”季成然说，“我尽量帮你解答。”

顾新橙向季成然道了谢，抱着参考书去一旁的学习区找了个靠窗的空位坐了下来。

窗外，阳光明媚。

顾新橙拿出电脑，打开文档，输入演讲标题全球人工智能发展现状与市场趋势，聚精会神地开始工作。她的腰挺得笔直，被阳光照亮的侧脸格外美好。

附近有几个男生拿书挡着脸，用眼角的余光偷偷观察着她。然后一张小字条被递了过来，是一个男生跟她要微信号。

她看了一眼，将字条夹进书里，没有再管。

她暂时没有心情开始下一段感情，人的精力是有限的。她现在只想好好学习、好好工作。

她好久没有这样充实过了，找回状态的感觉真好。

“傅总，下个月北京有一场 AI 行业峰会，主办方邀请您当演讲嘉宾。”

于秘书把主办方的邀请函连同几份文件一起递了过去，接着说：“这是姜经理送来的资料。”

傅棠舟端坐在宽大的办公桌后，把东西接了过去。

他没看邀请函，而是先看了资料。纸页被他翻得哗哗作响，他的眉头也越拧越紧。

于秘书心里没个底儿，叫苦不迭。

年后，傅总的脾气一直不太妙，可到底哪里不妙，于秘书说不上来。

他只觉得每次靠近傅总时，傅总周身散发的气场都逼得人喘不过气来，还带着一种凛然的寒意。

以往傅总脸色一变，他就能猜出傅总的心思。但这次不行，他左思右想也不明白。

傅棠舟将纸页压在桌上：“把他叫过来。”

于秘书：“是。”

看来姜经理今天要倒霉了。

几分钟后，姜经理匆忙赶到。他惴惴不安地问：“傅总，您找我有什么事儿？”

“你自己心里没点儿数儿？”傅棠舟的语气冷峻，“这么长时间就找了这俩项目，你逗我玩呢？”

姜经理推了下架在鼻子上的眼镜，试图替自己辩解：“这两个项目前景挺好，都是您想要的人工智能方向的，而且——”

傅棠舟打断他的话：“人工智能 PPT？”

姜经理不敢说话了。

显然，傅棠舟的经验很丰富，他一眼就看破了这两个项目最大的缺陷——想法很好，产品和业务暂时没有，只有一个漂亮的 PPT，简称 PPT 创业公司。

傅棠舟说：“你当我这儿是幼儿园呢？我没工夫教小孩。”

言下之意，对于这种纸上谈兵的公司，他根本没有耐心去扶植。

傅棠舟做的是风投，所以很少投种子轮、天使轮的项目。他大多是从 A 轮开始的。

一个公司有没有潜力，在最前期是很难判断的。有不少创业者浑水摸鱼，拿着 PPT 出去骗投资人的钱。

创业这条路堪称九死一生。一百家创业公司，能有一家活下来就不错了，还有九家半死不活，剩下的九十家早就死在路上了。

所以，傅棠舟的投资策略是等到 A 轮商业模式初现苗头后再进行投资。这样既能避免入场过早造成损失，也能避免入场过迟，落后一步。

姜经理："其实还有几家公司我们正在接洽……"

傅棠舟瞥他一眼，用手叩了叩办公桌："下个月。"

下个月再拿不到好的项目，姜经理就可以卷铺盖走人了。

姜经理走后，傅棠舟靠在办公椅上，松了下领带。

一个个的天天往他的枪口上撞，真是活得不耐烦了。

他拿过桌上那份邀请函，打开看一眼，拨通了于秘书的座机："下个月的 AI 峰会我过去，替我安排好。"

"周教授，演讲稿我已经写好了，您看看。"

顾新橙来办公室的次数多了，不再拘谨。

周教授戴上眼镜，开始看演讲稿。

楼下不远处有个篮球场在举行比赛，欢呼声震天响。她主动走过去将窗户关上，只留了一小道缝儿通风。

周教授的手机响了，他一边看稿子一边接电话。

"什么时候啊？"

"今年下半年啊？不行，我有事儿，不在国内。"

"我得去挺久的，你这事儿啊，等明年再说吧。"

挂电话后，周教授把顾新橙的演讲稿放到桌上，然后问："你这稿子都参考了什么书啊？"

顾新橙罗列了最近从图书馆找来的几本书，又说："我还从知网上下了几篇论文。"

“你看得懂？”

“一开始不太懂，正好我认识信院的一个师兄，就咨询了他。”

“挺好，”周教授满意地点点头，“你下个月月底有空吗？”

“您有事儿找我吗？”

“主办方和我很熟，说缺场务，跟我借俩学生去干活儿。”

周教授以询问的眼神看着她，她的心情激动起来。

连季成然这种本专业的学生都没机会去的行业大会，她竟然可以跟过去？

周教授愿意给她这么好的机会，她当然要去了！

顾新橙立刻说：“有空！”

周教授笑了笑：“那到时候你收拾下行李跟我过去，会议要开两天，还挺忙的。”

顾新橙脆生生地应了一声：“知道了！”

一阵风刮过，宿舍晾衣架上的薄荷绿连衣裙的裙摆好似水草在舞动。

瓷砖地面上，一只浅蓝的行李箱被摊开，顾新橙半蹲着身子往箱子里放叠好的睡衣。

五一小长假即将来临，大学低年级的学生纷纷结伴翘课，去天南海北逛。

大四的学生却人心惶惶，因为交毕业论文的截止时间就在四月底。今年 A 大本科生毕业论文的查重率上限从往年的百分之十直线下降至百分之五。

经管学院的院领导特地开会强调，为了保证大家的毕业论文能安全过关，建议查重率不要超过百分之三。

时间紧任务重，就连孟令冬这种大四基本没来过学校的人也老老实实地待在宿舍里修改论文。

她松开鼠标，捏了捏后颈：“小橙子，你要跟谁去旅游？”

顾新橙把干净的毛巾卷起来：“我要和周教授去开会。”

“你论文都写完了？”

“写完了。”

“你查重率多少？”

“百分之一。”

孟令冬愤愤地想比中指，最后还是忍住了。

她抱怨道：“就是因为你们这种学霸存在，才导致了攀比查重率这种不良风气的产生。”

现在大四的学生一见面，打招呼问的都是：“你论文查重率多少啊？”

数字越低越光荣，显然顾新橙是站在鄙视链顶端的那一类学生。

“行了，别废话。你快改吧，再不改真赶不上 DDL（截止日期）了。”冯薇端来刚洗好的草莓。

孟令冬从她的盆里捏了一颗草莓丢进嘴里，继续和论文做斗争。

冯薇一屁股坐在椅子上：“橙子，你周末不回来了啊？”

顾新橙说：“要开两天会，今天我就得走。”

他们周五下午开始布置会场，活儿比较多，主办方特地在会议中心给工作人员订了房间。

冯薇感慨一句：“真好。”

顾新橙恍惚间意识到，这是她和他分手后第一次外宿。

以前她外宿频繁，冯薇看她的眼神都变得有点儿微妙。现在冯薇却很艳羡。

会议中心坐落于五环边，毗邻奥运村。绿树掩映间，建筑的轮廓在日光里逐渐清晰。这里的建筑布局错落有致，青山绿水、环境优雅。与其说是会场，这里更像是度假中心。

顾新橙曾经来过一次，是去年十二月初她考 CFA 的时候。当时是傅棠舟开车送她来的，一晃半年了，时间过得真快。

她把行李送到房间里，然后来到会场。

灯光明亮、兵荒马乱。主办方的会场负责人名叫张明宇，他正在支使工作人员搬矿泉水箱。

角落里摆满凌乱的包装袋和塑料泡沫，会议所需的各类物资像小山一样被堆放起来。会场的正前方在架设 LED 大屏幕，一个个大黑箱被叠得和人一样高。

座席区被划分成三块儿：VIP 区、A 区和 B 区。

VIP 区坐的都是重量级嘉宾，A 区坐的是各公司单位的与会人员，B 区则分配给媒体和其他人等。

只有 VIP 区和 A 区的人有名牌，B 区原则上可以随便坐——当然，位置也是最靠后的。

顾新橙的任务是对照座次表将嘉宾名牌放到桌上去。她扫了一眼座次表，意外地在 VIP 区看到一个名字。

傅棠舟。

他也来吗？

顾新橙望着那三个字，愣怔了好几秒。

他的名牌被放在 VIP 区第一排靠中间的位置。除了高级别的政府官员，他的位置堪称最好。而他的右首边是周化川教授的名牌。

“快点儿，一会儿还有别的事儿，”张明宇的声音传来，“座次表有问题吗？”

顾新橙摇头：“没问题。”

在这种地方和傅棠舟再度产生交集是顾新橙始料未及的。

清晨，第一缕阳光刺破云层。云影浮动着飘过会议中心的建筑外墙，整个圆形建筑沐浴在晨曦里。

红色条幅迎风摆动，一条红毯通向会场内部，红毯两侧摆着彩色花篮，黑衣保镖背着手站在门口。他们个个儿西装革履，戴着耳麦，挂着工作牌，时刻注意着周围的动向，偶尔对着耳麦低语几句，维持着整个会场的秩序。

空旷的停车场逐渐变得热闹起来，一辆黑色迈巴赫缓缓停到停车场中央，副驾驶室的车门被推开，一个穿着正式的年轻男子下了车。

傅棠舟的秘书于修。

他往后一步，躬身打开后车门，毕恭毕敬地对里面的人说：“傅总，到了。”

阳光从洞开的车门外直射入车内，在男人的脸上洒落一道光。

傅棠舟正闭目养神，膝上放着平板电脑。屏幕亮着，上面是一份演讲稿。他缓缓睁开眼睛，剑眉星目、分外英气。他瞥了一眼机械

腕表，将平板电脑放到一侧。

他面无表情地从车上下来。灰色西装挺括，裁剪合身，衬得他高大又挺拔。黑色皮鞋踏上红毯，一路向前。

傅棠舟不是第一次来这儿，时隔半年，心境却完全不同。

一行人大步流星地走进玻璃门，于修小声提醒："傅总，先去签到。"

他用手往右侧指引，傅棠舟在同一时间向右边转身。

会议中心内部宽阔明亮，锃光瓦亮的地板映着一道道人影。

周教授在一块中英文的指引牌前研究路线图，后方传来一阵匆匆的脚步声。

他一回头就见到了傅棠舟，于是打了个招呼："棠舟。"

傅棠舟顿住脚步，思索一秒后开口道："周教授，是您。"

周教授笑容满面，与他短暂地握了握手："好久不见，你爸最近身体还好吗？"

傅棠舟礼貌性地点头："挺好。"

"上次我跟他通电话时，他说在海南休假。"

"他已经回北京了。"

于修和其他助理下意识地避开一段距离，跟在两个人身后。

傅棠舟和周教授一边谈话，一边向签到处走去。

"我看了这次的会议议程，对你的演讲主题挺感兴趣。"

"哪里，在周教授的面前班门弄斧罢了。"

"你呀，太谦虚了。"

签到处的红色背景板分外醒目，顾新橙正在那里迎宾。

她今天化了淡妆，唇红齿白、气色不错，穿着一身黑色西服套装，白衬衫纤尘不染，包臀裙恰到好处地勾勒出曲线，并拢的双腿纤细修长。

她在这儿站了快两小时，高跟鞋令她的脚酸痛不已。趁现在没有嘉宾过来，她用手撑着桌子，悄悄松了一秒高跟鞋。

就在这时，前方走来两个人，一位学者装束，一位西装笔挺。

她定睛一看，是周教授和傅棠舟。

顾新橙站直身子叫了一声："周教授，您来了。"

她与傅棠舟四目相接，两人同时移开视线。她没有叫傅棠舟，

好像不认得他一般。

“就在这儿签到，是吧？”周教授亲切地问。

“是的。”顾新橙用双手将笔递给周教授，两支。

周教授分了一支笔给傅棠舟。傅棠舟接过来，在签到簿上签了名。

傅棠舟的签名龙飞凤舞、遒劲有力，笔触里蕴含着张扬的力道。

两个人签完字，周教授对顾新橙介绍说：“这位是升幂资本的傅总。”

接着他又对傅棠舟说：“这是我的学生。”

顾新橙抬起眼看向傅棠舟。他也在看她，可深沉的眼眸里捕捉不到任何情绪，仿佛一泓黑潭。她半身的影子映在他的眼里，格外清晰。

顾新橙微微一笑：“傅总，您好。”

完全是公式化的笑容和口吻，不带任何温度。

傅棠舟微微颔首，并未言语。

“你忙你的，我们先过去。”周教授说。

“周教授，慢走。”顾新橙点头。

周教授侧身：“棠舟，走吧。”

傅棠舟转身便走，脚步没有丝毫迟疑，只留下一个倨傲的背影。

顾新橙松了一口气。两个人形同陌路，真是难得的默契。

不过，他怎么会认识周教授呢？

此时又有嘉宾赶到。她立刻投入到工作中，微笑着把笔递过去：“王总，您好。请这边签到。”

傅棠舟和周教授一同踏入会场，越大牌的嘉宾来得越晚。后方的位置上早已熙熙攘攘，VIP 区的人影却稀稀拉拉。

“棠舟，我俩坐一块儿。”

“巧了。”

周教授让傅棠舟先进，两个人在第一排中间的位置落座。

傅棠舟松开西服的扣子，将桌上的矿泉水瓶拧开，饮了一口水。

会议室的大门向内敞开，他远远一瞥，隐约可以看见顾新橙忙碌的身影。

他莫名地冷笑一声。

嗬，傅总。

跟她叫王总的口气一模一样。

顾新橙第三次看向手机。

已经十点二十了，仍有十来个嘉宾未到。

她默默叹息，原来成功人士也爱迟到。

楼道里人流渐少，偶有几个人经过，步履匆匆地赶向会场。会议室那里传来热烈的掌声，想必演讲已经开始了。

正当她踌躇之时，有人来找她了："这边留一两个人就行，你跟我过来，有别的事儿找你。"

顾新橙点头，跟着他走了。

她一进会场，大厅里灯光璀璨，宾客济济一堂。前排嘉宾正襟危坐，后排的媒体端着长枪短炮，闪光灯不停。

主席台上蓝色的LED屏幕中央有一行苍劲的大字——第三届人工智能技术峰会。下面还有几个稍小的字，写着"中国·北京"。

主讲台上花团锦簇，周教授的声音响彻会场。

他是大会主席致辞之后上台的第一个演讲嘉宾，演讲主题聚焦于人工智能的行业发展，给整个大会开了一个好头。

周教授的演讲已到尾声。顾新橙没有听见，却并不遗憾。

这演讲稿是她写的，周教授只稍微改动了几个细节。好在她没有错过其他嘉宾的精彩演讲。

会场负责人张明宇拿了两支话筒走过来。他指了指右边第一排的空位："你就坐这儿，注意一下嘉宾的演讲顺序。前一个嘉宾上场后，你就去找下一个嘉宾，提醒他准备上场，顺便把话筒给他。等他讲完，你再把话筒拿回来递给下一位。"

主席台上有固定的话筒，但许多演讲嘉宾并不喜欢被束缚。他们演讲时习惯拿着一支话筒在台上走来走去，随性地演讲。

顾新橙点了点头，接过话筒："知道了。"

她拿出座次表和会议议程表挨个儿对照，找到了下一位演讲者的名字和位置。

她看到傅棠舟是第四个上台演讲的人。但第二位演讲者就坐在他的身旁，是市政府某位抓产业转型升级的领导。

不容多想，她拿了话筒走过去。

她远远地就瞧见傅棠舟正襟危坐、神情专注。他时不时和身旁的领导低声交谈几句，可能在讨论演讲内容。

顾新橙目不斜视地从傅棠舟的面前经过。她弓着腰将话筒搁到桌上，小声提醒那位领导：“赵处长，您是下一位演讲嘉宾。”

赵处长的目光在她脸上停留了几秒。他和蔼地笑了笑：“知道了。”

傅棠舟的眼神偷偷地从她这里瞥过，接着便越过她看向主讲台。

“最后，我再次预祝此次大会圆满成功！”

周教授的话音一落，全场爆发出雷鸣般的掌声。

顾新橙回到座位上，拿出主办方发的纸笔，聚精会神地开始听演讲、写笔记。

等到第三位演讲嘉宾上台时，她看了一眼时间，然后拿着话筒去找傅棠舟。

“听说本策生物被升幂拿下了？”

“您消息真灵通。”

“这家公司好多投资机构在抢，我怎么会不清楚？他们公司的抗癌创新药的临床批件已经下来了吧？”

“下半年进入临床试验。”

“你啊你，眼光不错，下手也快，天生就是做投资的料。”

“您说笑了，要学习的地方还有很多。”

傅棠舟正在和周教授客套，眼角的余光瞥见了顾新橙俏丽的身影。一身黑色西服套装衬得她颇有几分职业女性的风范。

周教授冲她点头，她对周教授回以一个微笑。

傅棠舟敛容，正襟危坐。

顾新橙将手中的话筒放到他的桌前，微微弯下身子，郑重其事地说：“傅总，您是下一位演讲嘉宾。”

她的音色依旧温柔，像三月里的和风细雨。可偏偏语调没什么波动，像是广播里一丝不苟的女声。

她一靠近，一阵影影绰绰的花木香气萦绕于他的鼻尖周围。

那香气好似一捧清冷的月光照在雨后的花园里。浅淡的水雾蒸腾，鸢尾和玫瑰随风轻摆。

她换了新的香水，是梵克雅宝的 Moonlight Patch，月光广藿香。

柔顺的长发被别在耳后，小巧的耳垂上点了一颗浅咖色的小痣。雪白的脖颈像天鹅一般，优雅的颈线向下延伸，隐没在衣领间。姣好的身段被衬衣包裹着，显露出引人遐思的曲线。

他曾经见过这衣衫下的风光，她不着寸缕的样子。

可现在，他只能移开眼睛，用手松一下领带，掩饰着微微滚动的喉结。

傅棠舟说："知道了。"

他刻意地用了冷漠的语气，一板一眼，不带温度。

顾新橙走后，周教授说："棠舟啊，上次你爸跟我说，你的终身大事很让他头疼。你现在有女朋友吗？"

傅棠舟顿了顿，然后说："没有。"

周教授笑笑："我知道你很优秀，对另一半的要求也高。但你也不能太挑挑拣拣，把自己耽误了。"

傅棠舟把玩着一支金色钢笔，附和一句："您说得是。"

周教授："依我看啊，你找个像我学生这样的姑娘就不错。漂亮、聪明、懂事，还努力。"

傅棠舟："……"

周教授想到了什么，又说："不过我这学生就算啦。这小孩一门心思地学习、搞事业，暂不考虑这事儿。人家的年纪还小，前途一片光明，你可别祸害人家。"

最后一句话里夹带着一丝自豪，以及淡淡的调侃。

傅棠舟闻言，握着钢笔的手忽然捏紧，指尖用力到泛白。他长久地保持着沉默，显然没有兴趣继续这个话题。

场上第三位嘉宾的演讲即将结束，傅棠舟若无其事地整理衣襟，准备上台演讲。

顾新橙在台下就座，LED 大屏幕上投放着下一位演讲嘉宾的 PPT。

标题是赋予 AI 力量而不是被 AI 压制，主讲人那一栏写着“升幂资本傅棠舟”。

这个主题在今天的一众演讲中脱颖而出，顾新橙猜测，这或许是傅棠舟的哪位秘书给他写的稿子。

一阵雷动的欢呼声中，傅棠舟拿着话筒胸有成竹地迈上舞台，一束白色的追光灯紧随他的脚步。

他系了一条焦茶色领带。灰色西装被灯光一照，隐隐泛着星星点点的亮色。他往舞台上一站，玉树临风、英姿飒爽。

台下有人交头接耳，纷纷称赞他一表人才。

傅棠舟对着话筒喂了一声，测试音效。嗓音浑厚，富有磁性。

全场倏然安静下来，大家的目光聚焦到他的身上，后排年轻的女记者的脸上洋溢着灿烂的笑容。她们看着他的时候眼睛都在发光。

顾新橙的脑子里忽然浮现出孟令冬曾经说过的一个词，人模狗样。

“说来惭愧，今天大会的主题是 AI 技术，场下坐了不少令我钦佩的 AI 领域的专家，大会主办方却邀请我这个门外汉来做主题演讲，实在是关公面前耍大刀——不自量力。”

傅棠舟自谦一番，惹得场下响起一阵笑声，气氛顿时活跃不少。

“我这人没什么特别的喜好，小时候闲着就爱看电影。美国有一位黑人演员，威尔·史密斯，想必大家都听说过。他的代表作之一就是 *I,Robot*，翻译过来叫作《我，机器人》。”傅棠舟拿着话筒继续说，“十几年前这部电影就在阐述一个问题，人工智能是否会背叛人类？今时今日，这个话题随着 AI 技术的发展再次被大家津津乐道。”

他从一部耳熟能详的电影切入了主题。这部电影顾新橙曾经看过，她竟意外地被他的演讲吸引了。

傅棠舟在台上侃侃而谈，灯光打在他的短发上，他的睫毛在眼底投下一道浅浅的阴影。

他并不看演讲稿，完完全全地脱稿演讲。显然，这些内容他早已烂熟于心。

“关于人工智能，我想谈谈它的三个方面：力量、操控和终点。”

大屏幕上出现了三个英文单词：Power，Steering，Destination。

“人工智能技术在近几十年有了飞速的发展。三十年前，机器人或许还不会走路。到了今天，它甚至可以和人对话、交谈，在你无聊的时候为你消乏解闷。不久前，人脸识别还是一项难题。现在，我们不光可以利用AI进行人脸识别，甚至还能利用AI自动生成仿真面貌。”

傅棠舟在台上自如地走来走去，一直在和听众进行眼神交流。

他的视线偶然扫到顾新橙这里，便迅速移开。他仿佛并没有把她当成一个特殊的听众。

“我们该如何利用AI使人类社会更加繁荣，而非被其压制呢？”傅棠舟抛出问题，场下的听众陷入思考中。

他顿了几秒，继续说道：“友善的AI，价值观和人类一致并且愿意和人类并肩作战的AI。”

这个观点让场下的所有人为之一惊。

顾新橙不禁开始记录他接下来说的话。

“AI是一把双刃剑，要利用它，人类需要先克制自身的欲望。越高级的工具，越要小心翼翼地使用，这样AI才会为人类带来一个更美好的未来。

“选择权永远掌握在人类手中，我坚信向善的科技才是有益于人类的科技。否则，科技就会像潘多拉的魔盒一样给人类带来无穷无尽的灾难。一旦失去善意，人类就会像漫无目的的小舟一样驶向自我灭亡。”

这场演讲的主题不是科学技术，而是科技道德。

顾新橙很难想象这是傅棠舟说出来的话——他在她的心目中并不是道德感特别强的人。

想到这里，她冷笑一声。他果然是个道貌岸然的伪君子，漂亮话说得比谁都好听。

傅棠舟的演讲结束了，场下的掌声经久不息，气氛热烈。

顾新橙起身，去台上拿他的话筒。两个人在台上对视一眼，他的眸中似有星光闪耀。

她垂下眼，伸手去接他的话筒。一瞬间，她的手背一热。

傅棠舟用手掌轻轻包住她的手，然后说了一句：“拿好。”

他生怕她连个话筒都拿不稳似的。

下一秒傅棠舟便把手松开了，仿佛二人之间不存在任何不应有的暧昧。

顾新橙的手心泛出些汗。她低着头快速回到座位上，从随身带着的包里取出湿纸巾擦汗。

接下来她还要给其他嘉宾送话筒，手上有汗可不行。

傅棠舟神态自若地回到座席上，周教授立即夸他："讲得真好。"

他浅浅地一笑，眼神下意识地往顾新橙那里飘，谁知竟看到她正在擦手。

手指头一根一根被擦得干干净净，好像她刚刚碰了什么脏东西一样。

傅棠舟："……"

会议厅后方的墙壁上挂了一只造型典雅的摆钟，金色指针悄悄指向罗马数字"Ⅻ"。

今天上午的演讲嘉宾非常热情，本该十二点结束的议程，硬生生被拖到了十二点半。

顾新橙一上午都在聚精会神地聆听演讲。她仿佛是一块海绵，拼命地吸收着新知识。

会议记录纸上密密麻麻地写满了她的笔记和心得，不懂的地方还被标注了出来，她想找机会请教请教演讲嘉宾。

最后一个嘉宾的演讲结束了，掌声分外热烈。

散会之后，大家去餐厅吃自助餐。中午，大会主办方提供商务自助餐，餐券在嘉宾的材料袋中。

由于餐费标准过高，主办方需要节约成本，所以工作人员不能吃自助餐而是吃盒饭。

顾新橙是重量级嘉宾周教授的学生，而且过来干活儿不拿工资，因此享受的待遇比一般的工作人员要好，中午可以去自助餐厅吃饭。

自助餐厅的面积很大，窗明几净。临窗的位置风光不错，可以瞧见波光粼粼的景观湖。

嘉宾们端着餐盘互相攀谈，顺便取餐。他们谈的都是商务合作，

这里显然是一个社交场。

这里提供的食物丰富多样，从海鲜到地方小吃，应有尽有。

顾新橙不爱吃自助餐——她的胃口小，永远吃不回本。

她兜兜转转走了一圈。日料摊位的大叔对她格外热情，吆喝着问她想吃点儿什么。

冒着冷气的冰块上铺了绿色的叶子，上面整齐地码放着切好的各类刺身。

顾新橙挑了几样眼熟的点："我要这个、这个，还有这个。"

大叔一样一样帮她夹到碟中："还要什么？"

这时，顾新橙的耳边响起一个熟悉的男声："吞拿鱼的味道不错。"

她抬头一瞧，果然是傅棠舟。他拿了一个空盘，单手插在西裤口袋里，额角的碎发显得整个人干净利落。这一身贵气十足的打扮让大叔下意识地恭敬起来。

顾新橙环顾四周，见没有旁人，这才确定傅棠舟是在和她说话。

大叔以为他俩是一起的，便往她的碟中又夹了两片吞拿鱼。她不想听从傅棠舟的建议，于是和大叔说："我不要这个，我要那个。"

她指了指另一种刺身。那刺身像银耳一样，白里透粉，还挺漂亮。

大叔刚要给她夹，傅棠舟幽幽开口道："这是象拔蚌。"

顾新橙登时愣住，联想到了什么不太文明的东西，瓷白的脸颊染上了一抹绯红。

大叔问："要不要了？"

顾新橙："不要了。"

大叔说："蘸料自取。"

顾新橙红着脸拿了一小袋芥末酱和酱油，又顺手拿走了一碗松茸汤。她端起盘子就走，找了一个三人的小圆桌，拉开木质椅子坐下。

隔壁桌坐着一位中年男子，也是某个公司的老总，顾新橙早上接待过他。他趁着吃自助餐的间隙和家人视频，他的女儿正咿咿呀呀地叫着"爸爸"。

这温馨的一幕让顾新橙会心一笑，她这才动筷子开始吃饭。

忽然，旁边多了一个餐盘。

"小顾，你一人在这儿吃饭啊？"

周教授在顾新橙的身边坐了下来。

顾新橙说："一会儿还得去会场帮忙，我早点儿吃完早点儿走。"

周教授笑了笑："辛苦了。"

师生俩正说着话，这时又来了一个人："周教授，这儿有人吗？"

顾新橙夹寿司的手一顿。

傅棠舟，他怎么也过来了？

周教授热络地说："没人没人，你坐。"

傅棠舟顺理成章地坐在这个餐桌的最后一个空位上。

三人的小圆桌，两两相邻，顾新橙略感尴尬。

她没有和傅棠舟说话，而是悄悄挪了一下椅子，和他拉开一点儿距离。

周教授提醒了她一声："小顾。"

顾新橙自知躲不过，被迫跟他打招呼："傅总，您好。"

傅棠舟微微颔首："你好。"

三个人各自吃着盘中的食物。顾新橙吃得尤其快，恨不能下一秒就清空餐盘。

周教授："傅总是风投行业的青年才俊。小顾，你学的是金融，有机会可以多和傅总讨教讨教。"

顾新橙讪讪地说道："傅总日理万机，我还是不要打扰人家了。"

傅棠舟："不忙，有空。"

周教授乐呵呵地笑道："棠舟，我这学生不太会说话，你别介意。但她这个人啊，很能干。"

傅棠舟意味深长地说："看得出来，是挺能干。"

顾新橙："……"

周教授继续说："棠舟，这孩子挺上进。你看看你那儿能不能给她个机会去锻炼锻炼。她一直帮我做事儿，都没空去实习。"

顾新橙想起之前周教授说过以后给她介绍实习机会，这……就介绍上了？而且怎么有点儿"拉皮条"的感觉。

傅棠舟佯作思忖状。片刻后，他说："周教授介绍的学生，我当然信得过。想来我这儿，随时都行，我可以手把手地教。"

周教授喜笑颜开："小顾啊，还不谢谢傅总？"

顾新橙愣住了。她犹犹豫豫地说："我想考虑考虑。"

她考虑一下该怎么拒绝这个提议。

周教授："你这孩子太实诚了。你说两句好听的，傅总一高兴，没准手把手教你，这是多少人求都求不来的机会。"

傅棠舟的长眸微斜，眼神里带了几分审视的意味。

顾新橙连忙放下筷子："周教授，您教我的东西让我受益匪浅。我想跟着您再多学点儿东西，等以后有空了再去实习。"

周教授听了这话，心中暖乎乎的。他感慨一句："你这孩子……"

话语里颇有那么几分宠溺。

傅棠舟默默吃着金枪鱼肉，并不发声。

顾新橙夹了一小块针乌贼，想蘸点儿芥末酱，傅棠舟忽然开口说："这个不是这么吃的。"

顾新橙一愣，傅棠舟已将自己的蛋黄酱油碟端到她的面前："蘸这个。"

这碟子是他用过的。

顾新橙被他惹得又羞又恼。她气得想踩傅棠舟一脚，可是在周教授的面前又不敢轻举妄动。

她像只奓了毛的小奶猫一样偷偷瞪了傅棠舟一眼，可他却不以为意。

气氛有些僵。周教授看着两个人的互动，总觉得哪里怪怪的，但又说不出来。

顾新橙怕周教授责怪她拂了傅棠舟的面子，只好不情不愿地把那一块针乌贼在傅棠舟的碟中蘸了一下，吃了下去。

周教授："……"

这下更奇怪了。

周教授清了清嗓子，决定开启下一个话题："小顾，我看你今天上午听得还挺认真，你觉得哪个嘉宾的演讲最精彩啊？"

顾新橙知道这是周教授在考察她有没有认真听讲。她立刻打起精神回答道："我觉得大家讲得都挺好。其中——"

话说到这里，她与傅棠舟对视一眼，他的眼神里似乎有隐隐约约的期待。

顾新橙深吸一口气，继续说道：“其中，王总的演讲让我印象最深刻。”

傅棠舟夹了一个蛋黄寿司，仿佛根本不在意她说的话。

“王总的演讲好在哪儿？”

“王总的中苑科技主攻无人驾驶技术，他讲的 AI 技术在无人车和无人机领域的应用我觉得意义非常深刻。”

顾新橙说得头头是道，不仅将王总的演讲核心提炼出来，末尾还提出了自己的见解和思考。

周教授听着她的回答，频频点头，显然对她今天上午的表现非常满意。

“说得不错，”周教授点评道，“不过，你这孩子怎么没点儿眼力见儿？傅总就在跟前坐着呢，你不说两句？”

他这是在给傅棠舟讨要彩虹屁。

顾新橙的脸色微红，她哎地应了一声。

傅棠舟放下了筷子，摆出一副洗耳恭听的模样。

饭桌上的一“狼”一“狮”盯着她这只小绵羊，顾新橙如坐针毡。她憋了好半天，终于说了一句：“傅总的演讲，很精彩。”

之后便是长久的寂静。

周教授哈哈大笑：“这就没了？”

“周教授，傅总，我吃完了。”顾新橙站了起来，“会场那边还有事情要忙，我先过去了，你们慢聊。”

直到顾新橙走远了，周教授这才说道：“小姑娘害羞了。”

傅棠舟附和地笑了笑，不愿多说。

两个人坐在餐桌旁聊天，于修走了过来。他俯下身说：“傅总，王总想请您过去喝杯茶。”

“哟，是中苑科技的王总？”周教授说，“棠舟，你有事儿就去吧，我不打扰了。”

傅棠舟用洁白的餐巾不慌不忙地擦拭嘴角。半晌，他慢悠悠地说了一句：“现在没空。”

“可是——”于修话还没说完，傅棠舟一记眼刀丢过来。于修立刻心领神会地闭了嘴。

王总肯定惹傅总不高兴了，可究竟因为什么，于修想不通。

唉，都说伴君如伴虎，总裁秘书不好当啊。

日光微微西斜，风荡过树叶，掀起一阵绿浪。

矮丛里的栀子花藏在叶间，一只警惕的白色水鸟在草坪上走走停停。

会议中心人潮涌出。水鸟振了振翅膀，像起航的飞机一般直入云霄。

第一天的会议圆满结束，晚上在宴会厅有鸡尾酒会，又是一个难得的名利场。

顾新橙今晚不去鸡尾酒会。会议一结束，她就和其他工作人员一起吃了简餐，然后回来收拾会场。

九点钟，张明宇赶了过来："酒会那边要结束了，你们几个跟我去盘点酒水。"

顾新橙跟着他去了宴会厅，这里热热闹闹、人声鼎沸。水晶吊灯垂着流苏，西装革履的职业男女托着酒杯在场内三五成群地攀谈着。

每个人的称呼后面必定要加上一个"总"，再不济，也得加个什么"经理"。

傅棠舟被几个中年男人围着。他身姿挺拔，手中的高脚杯里盛着淡金色的香槟酒，手腕处一粒墨色的袖扣在灯光下折射出七彩光芒——这是打磨钻石的工艺。

他品貌非凡，言谈举止之间带着一种游刃有余的气度。

"傅总，上次咱们在深圳刚碰过头，这次在北京又见面了。"

"挺巧。"

"傅总来参加 AI 峰会，是想投资这一块？"

"正好在北京，顺道来看看。"

"上次我在高尔夫球场碰见你的舅舅，他还提起你了。"

"包总好雅兴，还有空打高尔夫。"

傅棠舟的话不多。他只是随便应付一两句，很少透露关键信息。商场上虚与委蛇的这一套，他相当精通。

顾新橙在角落里盘点酒水。耳边隐隐约约传来"傅总"这个称呼，

她远远瞥了一眼。

傅棠舟是这场酒会的焦点所在。他在这些成功人士中间依旧有一种上位者的姿态，颇有几分卓尔不群的气度。

下一秒，顾新橙便移开了目光，专注于自己的事情上。

这场盛大的鸡尾酒会与她的关系并不大。想要和人家社交，她必须得有真本领，或者有资源和对方交换。

现在的人都很现实，这种名利场上的人更是如此。

顾新橙和傅棠舟在一起时，从未和他一起出席过商业活动。今夜见到他的另一面，她心态倒比以前从容多了。

那种因为圈层和身份差距而产生的自卑感荡然无存——因为他们之间已经没有瓜葛了。

傅棠舟瞥了一眼手表，用余光扫过顾新橙所在的角落。他心不在焉地听着这些老总说话，时不时漫不经心地应付几句。

包总注意到傅棠舟在看表，识相地结束话题："傅总，时间不早了。我还有事儿，有空常联系。"

即使他想和傅棠舟攀关系，也不能打扰太久，要明白见好就收的道理。

几位老总撤了以后，傅棠舟想往顾新橙的方向走去。

谁知她清点完一批酒后，直接转身离开了。

他脚步一顿，下意识地扫了一眼手中的酒杯——香槟酒见底了。他将空杯放到长桌上，拿了一杯新的。

这时他的鼻尖周围袭来一阵浓淡适宜的绿茶香氛的气息，一个婉转的女声响起："可以帮我也拿一杯吗？"

在这种社交场合，绅士风度他是必须有的。

他端着两杯酒转过身，面前是一个容貌姣好的女人。

这个女人拥有标准的S形曲线，妆发精致、红唇艳丽。西服套装的款式并不死板，脖子上系了一条橙色的爱马仕丝巾。

这种场合里碰见的女人，他很难说她是想和他谈生意还是想谈点儿别的。

"谢谢傅总。"她从傅棠舟手里接过酒杯。

傅棠舟一哂。他并未搭腔。

“傅总，我听了您今天的演讲。”她有备而来，精准地搭讪，“有一句话让我印象深刻。”

“哪句话？”傅棠舟有意无意地应付着这个女人，目光却越过了她的肩膀——他看见顾新橙正在长桌前清点酒杯。

“友善的AI，价值观和人类一致并且愿意和人类并肩作战的AI。”她抿了一口香槟酒的泡沫，红唇勾着一抹笑，“傅总能有这样的想法，难怪能一手把升幂资本做大。”

傅棠舟微微颔首，眼神朝着她的方向看，却听不清她说的话。

鸡尾酒会效应是指人的一种听力选择能力。

人可以忽略背景杂音或其他对话，将注意力集中到自己想要捕捉的声音上。

而现在，傅棠舟听到的是顾新橙的声音。

她在和王总讲话。

“王总，您今天在演讲中提到中苑科技的无人车即将投入量产，首先会应用在运输领域。我想知道为什么要选择这个领域进行试验呢？”

顾新橙的语气非常诚恳，她真诚地向王总请教她今天没想通的地方。

王总亦被她的提问所吸引。这个女孩不是在和他搭讪，而是真心求教。

他和善地笑了笑，解答了她的问题：“利用无人车送快递是中苑科技的第一步，我们之所以选择在这个领域进行尝试，是因为……”

两个人有来有回地探讨着这个问题，顾新橙疑惑的表情逐渐变得明朗起来。

前来搭讪的女人见傅棠舟频频点头，貌似对她的话表示赞许，心中暗喜。

言语之间，她悄悄自荐枕席：“傅总，有机会我们可以深入交流交流。”

傅棠舟点头，并不言语。

她又开始打听：“傅总，您今晚住哪儿？”

王总离开之后，顾新橙也走了，傅棠舟的注意力终于回到了这场谈话上。

她问他住哪儿，暗示性那么强，他一听便懂了。他现在没心情和她打太极，于是冷冰冰地说：“跟你有关系吗？”

那女人一惊。傅棠舟直接把手中的酒杯搁到桌上，离开了酒会现场。

深夜十一点，月色幽幽、凉风习习。

等宾客走得差不多了，顾新橙才离开宴会厅。她打算去会议中心的便利店买两瓶酸奶，一瓶用来睡前安神，一瓶留着当明天的早餐。

便利店的招牌在夜色中亮着荧光灯，几只小虫子在周围飞来飞去。

收银员坐在收银台后面看着小视频，白炽灯在头顶嗡嗡作响，黑色的玻璃上映出整整齐齐的货架。

顾新橙问收银员：“请问酸奶在哪儿？”

“从这儿走到头，冷藏柜那边。”

“谢谢。”

她径直向冷藏柜的方向走去，最后挑了同一个牌子的两个口味，一个黄桃口味的，一个草莓口味的。

这时，便利店的玻璃门又被推开了，来了一位新顾客。

顾新橙抱着两瓶酸奶，想着来都来了，不如再看看别的。

她绕着货架挨个儿看，谁知走到零食区时，竟发现她的老情人傅棠舟正在货架上拿零食，他手中的蓝色货篮里装了不少东西。

她假装没有看见他，和他擦肩而过时目不斜视。她又逛了两个货架，发现这里没有什么值得买的，索性直接去收银台结账了。

傅棠舟已经在收银台前了，收银员正在一样一样地给他的东西扫条形码。

顾新橙瞄了一眼，心想这买的都是什么啊？果冻、棉花糖、旺仔小馒头……不知道的人还以为他家有个小孩呢。

顾新橙把两瓶酸奶放到收银台上，低头看着手机。

傅棠舟把她的两瓶酸奶拿走，放到自己买的那堆零食里，然后跟收银员说：“一起。”

她听见他的声音，抬头看了一眼，收银员已经在给酸奶扫条形

码了。

收银员放下扫描枪："先生，一共二百五十元。"

傅棠舟出示了手机二维码，付款成功。

东西被收银员一样一样地放进便利袋里，他把两瓶酸奶拿出来递给她。

顾新橙："我给你十五。"

傅棠舟："不用。"

顾新橙心想，给他钱还得把他的微信加回来，没必要。

算了，她就占他十五块钱的小便宜好了。谁让他今天不要脸，摸她手来着？

收银员把东西装好后，傅棠舟面无表情地拎着袋子出门了。

顾新橙在便利店里多待了两分钟才出门。她不想跟他一起走。

估摸着他走远了，她才出门。谁知他站在门口没走，挺拔的身姿在夜色中依旧引人注目。

见她出门，他开口说："我送你回去。"

她连忙推辞："不用。"

他嘘了一声，然后说："你听。"

顾新橙下意识地屏气凝神，四下静悄悄的，唯有几声蛙鸣格外刺耳。

这附近有好大一片景观湖。春末夏初的季节，有青蛙出没再正常不过。

她顿时心底发毛，恨自己没有用，几声蛙鸣就能将她吓得魂飞魄散，只能屈辱地乖乖跟在前男友的身后。

两个人走在水泥路面上，路边草木丰茂，蛙鸣声愈加清晰。有那么一两声就是从顾新橙脚边的草丛里发出来的。

她连看都不敢看一眼，浑身上下直冒冷汗，飞快地跟上了傅棠舟的脚步。

"胆子还是那么小。"

"怕青蛙怎么了？"

谁还没点儿害怕的东西了？老鼠、蟑螂、蛇……人总有没法儿克服的恐惧。只不过对她来说是青蛙罢了。

“没怎么，”傅棠舟淡淡地说道，“跟着我。”

她不吱声，刻意和他保持一点儿距离，不愿意碰到他。

幽幽的月色里，两道影子一高一低地移动着，两个人意外地沉默。

说话尴尬，不说话也尴尬，顾新橙在心底祈祷这段路快点儿过去。

走了一阵子，傅棠舟开口打破僵局：“王总家的孩子上小学了。”

顾新橙愣了一下，听不懂他的意思。

傅棠舟：“而我，单身。”

顾新橙：“……”

有那么一瞬间，湖畔聒噪的青蛙安静了，闷热的湿气弥漫在空气中，仿佛下了雾。凉凉的夜风骤停，飒飒作响的草丛亦归于平静。

“傅总，”顾新橙停下脚步，“您这是什么意思？”

她的语气非常平静，这一声“傅总”却隐隐在提醒着什么。

“没什么意思，”傅棠舟直视前方的路，不动声色地说了一句，“注意脚下。”

顾新橙下意识地往脚底看。黑黢黢一片，什么都没有。

之后，两个人没再说话。

路灯像发光的白色海洋球一样浮在黑夜中。四周的蛙声再次响起，绵绵不绝。

走过那片草丛后，傅棠舟停了下来，语气冷淡：“我就送到这儿。”

不远处便是顾新橙今晚入住的客房部，灯火通明。

顾新橙的那一句谢谢噎在了嗓子里。她垂下眼，匆忙离开。

谁知，她的手忽然被拉住了。

傅棠舟的手向来是温暖而干燥的。没等她回头，他便松了手，而她则感受到一份沉甸甸的重量。

她的手腕上被缠了一个便利袋，是他刚刚买的零食。

等到她再抬眼时，傅棠舟已经插着兜走了。皓月当空，树影婆娑，他孤傲的影子被月光拉得很长。

顾新橙在原地伫立片刻，忽地冷笑一声。果然，他还是老样子。

顾新橙拖着疲惫的身躯，拎着零食回到房间。同屋的女孩子坐在床边，用毛巾擦着头发。见顾新橙拿了那么一大袋零食，女孩问：“我可以吃个饼干吗？”

顾新橙把袋子搁到床上："随便拿。"

那女孩放下毛巾，开心地在袋子里挑拣零食。

顾新橙坐在窗边的椅子上，拧开刚买的黄桃酸奶。

她拉开厚重的窗帘，向外面瞥了一眼，空荡荡的一片，唯有月色依旧。

她捏着瓶子，脑中浮现今天的一幕幕画面，心跳蓦地失了几分节奏。

傅棠舟乘着月色回到贵宾楼，面上覆了一层寒霜。他从冰箱里拿了一瓶冰镇矿泉水，然后坐到沙发上，猛地灌了一口。

冰凉的水并没有将他心底的无名之火浇灭，反倒令他愈加烦躁。

他的指尖倏地用力，瓶身扭曲变形，然后被狠狠地摔在地上。瓶口溢出的水洇湿了地毯，瓶中还有浅浅一层水。

傅棠舟单手扯掉领带甩到床上。昂贵的领带好似一团被嫌弃的破布一样滑落到了地面上。

他的衬衫的扣子开了两颗，喉结凸起，领口处的锁骨线条隐隐可见。

他揉了揉太阳穴，却无法挥散脑海中的那个身影。

顾新橙对他公式化的问候，漠不关心的眼神，举止间刻意的疏离，一桩桩一件件都在告诉他，她已经不属于他了。

分手快三个月，傅棠舟从未像今天这般失态过。

他宁愿她打他骂他，抱怨他对她的冷淡，哭诉这段时间她有多么恨他。

只要她愿意在他的面前示一点儿弱，他就可以装作一切都没有发生过。他会像以前那样把她搂在怀里，当孩子一样哄。

可现在，她只当他是一个路人。

甚至在他放下身段暗示她之时，她还跟他装傻。

嗬，傅总。这个称呼从她嘴里说出来竟如此讽刺。

矿泉水瓶被他踩扁，最后一点儿水尽数洒了出来。浴室里有淅淅沥沥的水声，却不见雾气。

冷水从头浇下，打湿冰凉的地砖。明晃晃的浴室灯照着墙壁上虚幻的影子，直至深夜。

第六章
破镜难圆

第二天，顾新橙照常挂上工作牌在会议室的门口迎宾，她的脸上挂着职业笑容，嘴角都笑得有些僵了。

九点五十，会议室内济济一堂。她望向第一排中央的几个空座，心想，他今天不来了吗？

冒出这个想法的第一时间，她立刻摇了摇头。

她为什么还要用“他”这个字眼来指代傅棠舟呢？

正当顾新橙打算进场时，身后传来一阵脚步声。

傅棠舟昂首阔步地走过来，西装笔挺的秘书和助理紧随其后。他今天换了一套靛蓝色西装，姿态高贵、气宇轩昂。

他迈入会议室大门时，顾新橙指引他：“傅总，里边请。”

傅棠舟连一个眼神都没有给她，脚步没有任何停顿，径直走了进去。他的衣袖带起一阵风，荡开顾新橙的发丝。

其他的工作人员见他走远了，才小声惊呼：“好帅。”

今天的议程紧锣密鼓，可是许多昨天到场的大咖并不来——他

们很忙，只能抽空来一天或者半天，有些甚至没等演讲结束就匆忙离开了。

傅棠舟这样的大忙人能来参加第二天的会议，着实让不少嘉宾吃惊。

顾新橙无暇顾及这些。今天有两个嘉宾的演讲主题她很期待。她早早就备好纸笔，只等着演讲开始。

傅棠舟亦专注地听讲，除了时不时和周教授耳语几句，全程面无表情。

下午的会议开到了四点，大会主席致闭幕词，宣布此次 AI 峰会圆满落幕。现场掌声雷动、彩屑纷飞，闪光灯照亮了整个会议厅。

散会后，嘉宾们握手言谈，相互合影留念。傅棠舟仍是万众瞩目的焦点，不停地有人前来要求合影，他来者不拒。

“我也想和傅总合影。”

“去啊去啊。”

“他要是拒绝我怎么办？”

“大家一起过去呗。”

几个女工作人员互相撺掇着，忽然有人问：“顾新橙，你去吗？”

顾新橙闻言摇摇头：“你们去吧，我不去。”

那几人便不再管她，直接上前去找傅棠舟。

傅棠舟摆出一副彬彬有礼的模样，微笑着同她们合影。

顾新橙突然想到她和傅棠舟连一张合照都没有。傅棠舟不爱拍照，她亦没有发照片炫耀的心思。

都说雪落无痕，雁过留声，可他们的感情从开始到结束，他们的朋友圈里都不曾有彼此存在过的痕迹。

她正在会场收拾东西，有人拍了拍她的肩膀：“周教授喊你过去。”

她抬头一瞧，周教授正和傅棠舟站在一处说话，旁边还有几位老总。

“周教授，您找我。”顾新橙抱着东西走过去。

“今晚有个饭局，你和我一起过去。”

“我的行李还在酒店，晚上……”

周教授打断她的话：“哎，难得的机会。你把行李带上，吃完饭正好有车送你回学校。”

周教授的安排非常妥帖，顾新橙何尝不知这机会难得呢?

可周教授不知道的是，她和傅棠舟曾经有过一段令她难以启齿的过去。

顾新橙只得回酒店拿行李。等她出了楼，一辆黑色迈巴赫却开到了跟前。

这是傅棠舟的车，她一眼就认出来了。

司机拿起她的行李放进后备厢。于修躬身替她打开车门，做了个“请”的手势。

傅棠舟在车内正襟危坐，看都没有看她一眼。

和顾新橙一起干活儿的几个工作人员在她的身后窃窃私语，有艳羡，也有猜测。

这样的议论令她如芒在背。她索性坐进去，关上了车门。

迈巴赫的后座很宽敞。两个人分坐在两侧，谁也不挨着谁。

司机和于修对她和傅棠舟的关系心知肚明，却都一言不发——当傅棠舟的心腹，不嚼舌根是第一要义。

即使傅棠舟反复无常，他们也置若罔闻。只要按照他的指令行事就够了，至于他为什么做出这种指令，别问。

顾新橙把一边的肩膀靠在车座上，眼睛望着车窗外的城市风光。高楼大厦被霓虹灯点亮，车流的尾灯像一片金色的火海。

她曾经也像现在这样坐在这辆车里。傅棠舟坐在她的身边，搂着她的腰。

几个月的时间不足以令这座城市产生剧变，可她和身边的那个人已经变了。

司机打了转向灯，车在前方路口即将右转。这时，斜对面杀出来一辆毫无章法的车，抢了他们的车道。

司机当即将车刹住，车内悬挂的穗子一阵猛烈地摇晃。司机飞快地瞟了眼后视镜，观察傅棠舟的反应。

他本以为会被呵斥，却意外地发现傅总依然神态自若，忍不住多看了一眼，这才发现顾小姐被晃到了傅总的身边，整个人都挨了上去。

司机不敢看了。他立刻收回眼神，专注于前方路况。

傅棠舟伸手扶了一把顾新橙的肩膀："当心。"

顾新橙用手撑在他结实有力的大腿上。他的西裤被压出几道褶，更加清晰地勾勒着他的腿部线条。

她的心底忽地燥热起来。她连忙坐直身子，一抬头，却和他四目相撞。

窗上划过一道耀眼的车灯，灯光在他的发上照出一圈亮色，那双眼眸依旧深沉。

下一秒，顾新橙移开了视线。她轻抚胸口，平息心跳。

同样的陷阱，她不会落入第二次了。

接下来的一路，两个人相安无事，彼此没有说话，也没有了最开始的剑拔弩张。

路程并不长，车子开到朝阳公园附近的一个院后停了下来。此处闹中取静，郁郁苍苍的罗汉松将外界的喧嚣隔绝了。

下车之后，他们碰见了周教授，于是三个人一同往餐厅内走。

走廊的两侧是仿古落地灯，木质灯笼雕刻精美，角落里焚着幽雅的檀香，身着中式旗袍的服务员笑容可掬。

包间门被推开，圆桌旁已坐了七八个人，其中只有一位是女性。两个主位是空的，并没有顾新橙的位置。

周教授和傅棠舟在主位落座，服务员给顾新橙添了一把椅子。这时，饭局上的人已然开始和傅棠舟寒暄。

"傅总，来得早不如来得巧啊。"

"大家久等了。"

"唉，这个点儿路上堵，我刚刚也堵了好久。"

"首都，首堵嘛。"

这一桌子人对傅棠舟的到来十分欣喜。

顾新橙默默盯着前方摆好的餐具，青花瓷描边，餐巾叠成兔子耳朵的形状，还挺别致。

他们聊了五分钟，一个穿蓝色衬衣的寸头男人站了起来，顾新橙猜测这位是攒局的人。

“今天大家难得一聚，老规矩，我来给大家介绍介绍。”他把袖口向上卷起，露出墨绿色的劳力士腕表。

他开始挨个儿介绍，首先是周教授和傅棠舟，这自然不必多说。

剩下的人基本都是公司老总，再不济，头衔也得是 CTO（首席技术官）、CFO（首席财务官）。

“这位是泽阳电子的黄总。”他指了指顾新橙身边的中年男子。

接着，他的目光移到顾新橙这里，语气明显顿了一下。他说：“这位是……”

周教授不慌不忙地说了一句：“这是我的学生，叫她小顾就行了。”

顾新橙讪讪地点头，一桌人的目光在她这里稍作停留便移开了。

“我自己就不介绍了，想必大家都认识。”他笑了笑，坐了下来。

顾新橙从旁人的交谈中得知这位是柯创的齐总。

服务员开始上菜，大家一边吃一边聊天。

顾新橙听了一耳朵，话题主要围绕着这次的 AI 峰会。

这些人所在的公司多多少少和人工智能行业沾了些边，他们来参加峰会也是为了寻求合作机会。而她来参加峰会是为了长见识和学知识。

饭局进行了大约二十分钟，齐总端着酒杯站起来：“来，大家一块儿喝一杯，我先干为敬。”

说罢，他便仰头干了杯里的酒。

顾新橙喝了一口橙汁，并不碰酒。

接下来，齐总开始敬酒。他先去敬周教授，因为周教授是长者。

周教授：“我要开车，今天就以茶代酒。”

他年纪大辈分高，无人敢劝他的酒。于是他抿了一口茶水便放下了杯子。

齐总又倒了一杯酒，敬傅棠舟："这杯必须敬傅总，您百忙之中肯赏光，是我的荣幸。"

傅棠舟对于这种商务酒局拿捏有度。他会喝，但不会喝多。

顾新橙仔细想了想，除了在林云飞酒吧的那一晚，她并没有见过傅棠舟喝得不省人事。

齐总一圈酒敬下来，就到了顾新橙这里。

周教授忙说："我这个女学生不喝酒。"

齐总说："既然周教授发话了，小顾，你自便。"

顾新橙松了口气，还好齐总没有为难她。

服务员上了一道糖醋排骨，这是顾新橙爱吃的菜。

虽然她坐在出菜口的位置，但是这菜轮不到她先动筷子。

服务员会把菜转到主位前，让主宾先品尝。傅棠舟夹了一筷子排骨放入碗中，然后继续和齐总说话。

顾新橙是这场酒局的局外人。她没有别的事儿，只能埋头吃菜。

她的胃口不大，可这两天她累坏了，也没吃上什么好东西，的确眼馋那道排骨。只是她人微言轻，擅自动转盘是不礼貌的。

于是她端起汤盅喝了一小口汤，放下汤盅时，那道排骨已经转到她的面前了。

她下意识地往傅棠舟那里瞟了一眼，看到他的手指挨着转盘边缘。他并没有往她这里看，全程都在目不斜视地同齐总交谈。她猜不出他是有意还是无意的。

她看见一旁的黄总也在吃排骨，心想也许是别人转的吧，于是心安理得地夹了一小块排骨品尝。蜜汁配芝麻，味道很不错。

七点半左右，周教授接了个电话，似乎别人有事情找他。

他起身拿了外套，然后对齐总说："突然有点儿急事，我得先走了。"

齐总惊讶："周末晚上还有事儿？"

周教授说："有个重要的学术交流活动，我必须亲自弄一下，不然要耽误事儿了。"

齐总见周教授很忙，并不留人。他说："那周教授慢走，下次

有机会再请你。”

顾新橙连忙站起来说：“周教授，我跟您一起回去。”

周教授分外体恤她：“你这两天也累了，多吃点儿。我现在不回学校，等吃完饭让傅总捎你一程。”

一旁的黄总也劝了一句：“小顾啊，你听周教授的话，留下，咱们这儿没有坏人。”

顾新橙自知这会儿要是跟周教授走，反而会给他添麻烦，索性闭了嘴，重新坐下。

周教授一走，这饭局里只剩下年轻一辈，大家自然长舒一口气，氛围活跃不少。

顾新橙隐约觉得周教授似乎不是齐总邀请来的，周教授对这次的饭局兴致并不高。

大家开始相互敬酒。

黄总敬完了一圈酒，将目光落到顾新橙的身上。于是他又倒了一杯酒：“小顾啊，你吃了一晚上饭了，也喝一杯。”

顾新橙连忙摇头：“我不喝。”

“你呀，现在还是个学生，”黄总说，“等以后进了社会，喝酒必不可少，现在不锻炼锻炼，指望什么时候锻炼啊？”

方才看在周教授的面子上，没人敢让她喝酒。这会儿周教授走了，黄总就蠢蠢欲动了。

顾新橙犹豫着说：“我真不能喝……”

黄总说：“不喝白的，喝啤的，跟喝水一样，没事儿。你给我个面子，喝一口，一口就行！”

黄总说话倒是老母猪戴胸罩——一套又一套，顾新橙哪里招架得住？

黄总招呼服务员：“给我们这儿上两瓶啤酒。”

服务员问：“您想要什么啤酒？”

黄总醉眼迷离地问顾新橙：“小顾，你喝什么？青岛啤酒还是崂山啤酒啊？”

顾新橙只听说过青岛啤酒，从来没听说过崂山啤酒，于是弱弱地说一句："青岛啤酒。"

话音一落，全场顿时爆发出一阵大笑。

顾新橙心底一沉。她看了看四周，那些人脸上的笑意和刚刚笑话贺总时一模一样。她想不通。她到底哪里说错话了？

见顾新橙迷惑的样子，场上唯一一个女老总说："哎呀，黄总和你开玩笑呢，别往心里去。"

这位女老总在圈子里混久了，显然对酒桌上的荤话见怪不怪了。

这时，一个冷峻的男声响起："黄总，你喝多了。"

傅棠舟抬着下巴，面色犹如凝霜，一双黑眸阴沉沉的。

这话说得掷地有声，全场的笑声顿时止住了。大家互相递了个眼神，不懂为何傅棠舟要开腔呵斥黄总。

刚刚黄总开他的玩笑，傅棠舟都没有摆出这般严厉的姿态来。但大家可以确定，傅棠舟非常不喜欢黄总对顾新橙开这个玩笑。

黄总听见傅棠舟发了话，心里没了底儿。

服务员催促着问："啤酒还上吗？"

黄总摆了摆手说："不上了不上了。"

接下来的酒局，黄总安静得不得了，一个字也不敢多说了。

顾新橙食不甘味，思来想去，决定拿出手机搜索一下。她想知道黄总到底跟她开了个什么玩笑。

原来这是一个有名的荤段子。

顾新橙看完这个段子，浑身恶寒。她嫌恶地把椅子挪开，一点儿也不想和黄总靠在一起。

这种"老荤"不会动手动脚，却爱过嘴瘾，对着女孩说一个荤段子就像占到了天大的便宜。

说白了，他只是想在酒桌上显一把威风，暗示自己有资源、有权力。

顾新橙不是酒桌上的一盘菜，不想被揩油——即使是开个玩笑也不行。

她如坐针毡，只想快点儿逃离这个饭局。

时间走得很慢，她好不容易熬到了八点，傅棠舟放下酒杯说：

“我还有事儿，先走一步。”

旁人假模假样地劝他两句，便不再多言。谁都能感觉到傅棠舟周身的气场逼人，他八成是真被惹恼了。

走到顾新橙的身边时，他对她说：“你跟我的车。”

顾新橙忙不迭地拿了包就撤。她一刻都不想待在这儿了。

包间的门一关，便隔离了烟酒气。顾新橙绯红的脸色稍有缓和，胸口却像堵着块石头一样，压得她喘不过气来。

上车之后，顾新橙一言不发地靠在椅背上，头隐隐作痛。刚刚那个荤段子伤害到她了，各种意义上的。可她不想在傅棠舟的面前表现出脆弱来，所以闭上了眼睛，揉捏着太阳穴。

迈巴赫在路上飞驰，车内异常平稳，一点儿晃动都没有。她这一天很累，这会儿有了些许困意，索性闭目养神。

不知过了多久，车子停了下来。司机提醒说：“傅总，到了。”

顾新橙睁开眼睛，茫然地望向四周，这里不是学校，而是银泰中心的停车场。她看向傅棠舟，义正词严道：“我要回学校。”

这时，司机识相地说：“傅总，我出去抽根烟。”

他开门下车，只留下傅棠舟和顾新橙两个人。傅棠舟说：“天晚了，别回去了。”

“这才不到九点！”话说出口，她又觉得不对。甭管多晚，她现在都没有理由留在他的家里过夜。

“新橙，”傅棠舟叫她一声，喉结滚了滚，“跟我上去。”

“我不去。”顾新橙想开车门，却发现车已被落了锁。

“你的衣服，我找到了，”傅棠舟忽然说了一句，“跟我上去拿衣服，我再送你回学校。”

顾新橙瞥了一眼窗外，司机站在不远处往这里张望。她不想和他在外人的面前闹得难堪。

“你不准骗我。”

“我什么时候骗你了？”

傅棠舟说得很淡定，淡定到连顾新橙都有点儿信了——可惜，他就是个大骗子。

顾新橙跟他上楼，电梯一路上到高层。走进熟悉的楼道，傅棠舟刷指纹解锁。

她小心翼翼地踏入房间，门咔嗒一声被关上了。

玄关的感应灯似乎不太好使，这里一片漆黑。顾新橙想开灯，却被一把握住手腕。

“新橙……”傅棠舟的嗓音压得非常低，说话间有些许淡淡的酒气，可她闻到更多的是他身上的冷松香气。

他将她抵在墙上，一个滚烫的吻落了下来。

顾新橙来不及说一句话，唇便被他封住。他吮着她软糯的唇瓣，不知疲倦地描摹着她的唇瓣的轮廓。

仿佛溺水之人寻到一块浮木似的，他紧紧搂抱着她。

顾新橙推搡着他的胸膛，暗道自己又上了他的当。可他并不理会，这个吻愈演愈烈。

“傅棠舟，你放开我！”顾新橙又羞又恼地拍打着他，手却被他钳制住了，动弹不得。

“新橙……”傅棠舟喊她的名字，声音中透露着一丝无奈的宠溺。

他的唇吻过她伶仃的蝴蝶骨，他像以前一样哄她：“别跟我生气了。”

她被傅棠舟控制着双手抱在怀中。他的呼吸越发急促，湿热的气息吹拂过她的脸颊。

他不停地亲吻她的头发，似乎想唤起两个人之间某些熟悉的记忆。

曾经顾新橙有多么眷恋这个怀抱，现在就有多么厌弃。事到如今，他竟然认为她只是在和他闹脾气。

她在他的撩拨下僵硬得像一块石头，一点儿反应都没有。他又去吻她的唇。谁知他撬开她的嘴唇的那一瞬间，她狠狠咬了下去。

钻心的疼痛后，血腥味在唇齿之间蔓延。

头顶的感应灯忽然亮了，一束幽幽的灯光自上而下地照着半圆形的玄关。

这里的布置和顾新橙离开时一模一样，多色大理石拼成不规则的几何图样，立体装饰壁画呼之欲出。

樱桃木鞋柜上有一只骨瓷花瓶，几枝素色干花斜着躺在花瓶里，花影疏疏地映上墙壁。

傅棠舟愣怔片刻，渐渐松开了她的手。

不应该是这个样子。

以前他只要一碰她，她就软得像水一样在他的怀里哼叫。

现在她却像是一只没有灵魂的木偶，任他百般挑逗，都是死水一潭——她甚至还张口咬他。

他用大拇指蹭过下唇，指尖湿热。他低头一瞥，拇指上鲜红一片。

嘴唇汩汩地冒着血，血水啪的一声滴落在地，仿佛盛开的血莲花。

他诧异地注视着她。她的发丝凌乱，唇角有一丝血迹——这是他的血。

她的衣衫半褪，瓷白的肌肤上落了几缕红痕，明晃晃地昭示着方才发生的暧昧。淡茶色的眼眸里尽是倔强的神色，她仿佛要和他玉石俱焚。

顾新橙说："我没有跟你生气。"

傅棠舟没有要强迫她的意思。他想把她的衣衫整理好，她却狠狠拍开了他的手："你别碰我。"

这一下甩在了他的手背上，力道不轻，火辣辣的。她眼底的嫌恶之色异常清晰。

"新橙，"傅棠舟无暇顾及伤处，放软声音哄她，"回到我的身边。"

顾新橙抬起眼帘看他，好似在听一个笑话。她问："我回到你的身边做什么？"

傅棠舟闭了闭眼，旋即睁开："像以前一样。"

"像以前一样……"顾新橙喃喃地重复他的话，忽然冷笑一声。

她带着几分自嘲和几分薄凉问他："你想让我继续当你不清不

楚的小女友，还是不三不四的小情人？”

傅棠舟沉着脸，眸色越发阴郁。

“傅棠舟，你从来都没有把我当回事儿。”

“不是。”他摇了下头，似乎想为自己辩驳。

她说：“那天晚上我没有回家。”

他皱眉思索几秒，然后问：“哪天？”

她的嘴角一哂，她说：“你看，你都不知道。”

他的薄唇微动，欲言又止。

“你带我去酒吧那天，让林云飞送我。我那天回学校了，没有回这里。”

“那天晚上我真有事儿。”

“你答应回来陪我，可一遇到生意伙伴，就让我一个人回家。”

他甚至没有关心她是不是真的安全到家了——或许他对她很放心，或许他根本不在意。

顾新橙问：“你觉得我不会生气吗？”

他绷着下颌，没有出声。

“你知道我会不高兴，可你还是那么做了。因为我高不高兴对你而言没有一场生意重要。”她异常冷静地陈述事实。

傅棠舟垂眸，神色凝重：“以后不会发生这种事了。”

“你觉得我在向你抱怨吗，还是在博取你的关注？或者说，我在索取你的关爱？”她摇了摇头，“我已经不在乎了。因为我知道，我确实没有那些事重要。”

所以，聪明的她那天晚上选择了识相地离开，而不是和他无谓地争吵。

吵了又能怎样？他带她去吃一顿饭，说几句甜言蜜语哄一哄。如果她想要，他再送点儿昂贵的礼物打发打发她。

然后下次再遇到同样的事儿，他会继续这么做。她早就看透了。

周围陷入长久的沉寂。

玄关的灯又灭了，室内再次陷入黑暗。

顾新橙摸索着去开门，谁知傅棠舟从她的身后再次抱住了她。

“新橙,别这样,”他顿了顿,艰难地开口,“之前我有些冷落你了,下次——”

“下次？”顾新橙打断了他的话，“傅棠舟，我不想和你翻旧账。”

言下之意，之前的很多很多次都是这样。

她离开他不是一瞬间的决定，一次又一次的煎熬让她不得不走上这条路。

他过生日那天，她欺骗父母，千里迢迢赶来陪他。

结果呢？打麻将时闹得不开心，他把她送回房间之后扭头就去陪朋友了，根本不顾她的感受。

之后的事情，顾新橙不想再提，有些话说多了，就没意思了。

“新橙，我想解决问题。”

“解决什么问题？”

傅棠舟把她的身子扳正，让她面对着他。

他直视她的眼睛，一字一顿地说：“我们之间的问题。”

顾新橙摇摇头，语气笃定：“我们之间的问题没办法解决。”

至少现在他们没有办法解决。

“逃避更解决不了问题。”傅棠舟说。

顾新橙突然想到之前她从实习的公司离职时，傅棠舟也说了这句话。

他说她不应该逃避——要么服从，要么成为规则的制定者。

那么现在，他是要服从她，还是继续当两个人的关系的掌控者呢？

顾新橙伸手去掰他的手，想挣脱他的禁锢。她说：“我想要的生活，你给不了。”

傅棠舟闻言一怔，转而嗤笑。他一把拉住她的手腕，将她拽过来。

顾新橙趔趄地跟在他的身后。两个人穿过宽敞而空旷的客厅，来到落地窗前。窗帘紧闭，将室外的灯光掩得一丝不漏。

唰的一声，厚重的窗帘被拉开，幽暗的室内顿时被辉煌的灯火点亮。

天穹之下，一束强光刺破云层，延伸向未知的远方。

鳞次栉比的高楼大厦的外墙流淌成一条条光之河，一扇扇整齐的方窗亮着荧荧白光，巨幅广告牌上的明星画像艳光四射。

街道上车水马龙、川流不息。车灯交缠成一条金色丝带，盘绕着高耸的立交桥。

他置身于此，仿佛置身于浩瀚的银河中。

傅棠舟伫立在窗前，深沉的眼眸映着火光。他说："顾新橙，你知道这儿是什么地方吗？"

他让她住在这儿，不是想听到她说出这句话。

顾新橙望着这片遥远又陌生的夜景，心底五味杂陈。

是啊，这是什么地方呢？

首善之区，北京。

北京最繁华的街道，长安街。

长安街上最高的建筑，银泰中心。

寸土寸金的核心地段，一平方米的房价比这个城市上班族的平均年薪还要高。

这个房子足足有八百平方米，她放眼全北京也很难找出比这儿更高级的豪宅。

皇城绮梦，一枕黄粱。

物欲巅峰，不过如此。

她和傅棠舟在一起时住着这样的房子，吃着米其林餐厅，喝着荷兰的酸奶，出入有豪车接送。

他能给她的远远不止这些。

"我知道，你追求的不是这些。"傅棠舟侧过身看着她，晦暗不明的眼神里透露不出太多的情绪，他继续说，"你想读书，想学习，这是一件好事。我可以送你出国，去最好的学校。"

他从来没有阻拦过她前进的脚步。

"你想在工作上做出一番成绩，我手把手教你，你会成长得很快。"他注视着顾新橙，继续说，"我的人脉你都可以用。"

“新橙，这个社会比你想象的还要现实，”傅棠舟擦去嘴角的最后一丝血迹，把手插进兜里，“你聪明、上进，又努力，可是——”

他话锋一转：“光凭这些，是不够的。”

傅棠舟在社会上混迹多年，看得很透彻。顾新橙跟在他的身边一年多，早已懂得他所说的话的意思。

圈层的天花板她光靠一门心思地努力是打不破的。人脉、契机、才能、资源……这些东西，一样都不能少。

“回到我的身边，我可以让你成为最优秀的女人。”傅棠舟伸出手轻抚她的发丝。

他凝望着她的脸，好似在观赏一件完美的艺术品。

“优秀的女人……”顾新橙自嘲道，“当你的女人怎么可以不优秀？”

她要说他一点儿都不懂她的心思，那不可能。可他对她的了解也就这么多了——还带着上位者的骄傲和狂妄。

她变优秀的前提是成为“他的女人”。说来说去，他还是想把她培养成一只值得炫耀的小宠物。

“人的眼皮子很浅，今天饭桌上的那些话你也听见了，”傅棠舟说，“你长得漂亮，又没有背景，一到社会上，这种事情会一直发生。”

傅棠舟将她的发丝拨到耳后，指尖揉着她的耳朵上的那颗浅咖色的小痣。他嘴角微勾，语气里带着绝对的自信：“但是，有我在，没人敢对你这样。”

顾新橙听到这话，骇然失色。她一把甩开他的手，脚步向后退了两步。

“你和黄总有什么区别？！”她积压了一晚上的委屈彻底爆发，“他觉得我这样的女孩就是一盘菜。他想轻薄就轻薄！”

“你呢？！”她眼底泛着泪花，“你还不是也觉得想碰我就可以碰我？！只要你想和我睡觉，我就没有权利拒绝！”

“新橙，”傅棠舟神色微动，“我没有那个意思。”

他一步一步向她逼近，似乎想安抚她的情绪。可她一直往后退，躲着他。

“不！你就是这个意思！”顾新橙将怒火一股脑地发泄到他的身上，“你觉得你说两句话就是护着我了？你只是想证明你比黄总的地位更高！你说一句话就让他不能动弹。你多厉害！”

她的后背碰到一个置物架。她被绊了一下，下意识地去扶架子。一个昂贵的瓷器摆件掉到地上，摔得粉碎。

碎末溅落到傅棠舟的脚边，他看都没有看一眼。他说：“我怎么能看着他羞辱你？”

“羞辱……”顾新橙冷笑，“羞辱我的人是你。”

“对，你是比黄总厉害。”她讥讽道，“他只敢对我动嘴，而你可以直接上手！刚刚您还满意吗？傅总。”

她指的是方才一进门傅棠舟强行和她亲热的事情。

傅棠舟静静地看着顾新橙，欲言又止。

她的身体发着颤。她像一只受到伤害的小狮子一样用充满敌意的眼光看着他，拒绝他的靠近。他竟不知她还有这样凶狂的一面。

他沉吟许久：“新橙，我不是你说的那种人。”

顾新橙哽咽着，扭过头不理他。

“我能理解你之前为什么和我提分手。”傅棠舟说，“但我觉得没有必要。”

“没有必要……”顾新橙喃喃地重复着他的话。

“这段时间我想了很多。我希望你能回来。”

“我不答应。”

“新橙，听话。”傅棠舟再度走上前来。他踏着一地残渣，想同她亲近。

顾新橙躲无可躲，失声尖叫：“傅棠舟，你根本不爱我！”

话音一落，满室岑寂。

傅棠舟顿住脚步，波澜不惊的脸上有一秒的惊诧。

“分手不是我一时冲动做的决定。你觉得我提分手，我就不伤心吗？”顾新橙抬起湿润的眼睛，嗓音嘶哑，说道，“你所经历的事儿，

比起我曾经遭受的待遇根本不值一提。”

“一只猫养久了都会有感情，”她看着他漠然的脸，“我和你分手，对你而言和丢了一只猫有什么区别？”

“我说过了，我要的生活你给不了。”顾新橙用指尖触碰着落地窗的玻璃，不再看他。窗外那片灯火离她依旧很遥远。

“只有我自己可以给。”她是可以借助他的力量往上爬，可那些东西终究不是她的。

他仿佛高高在上、掌控全局的帝王，给不给雨露恩泽全凭他的心情。

他宠着她的时候，会把世间最好的东西捧给她。他厌倦她的时候，连一个眼神都懒得给她。

她想要的是这些吗？不是。她宁可一辈子做一个平凡的普通人，也要牢牢掌控自己的人生。

“你觉得只要你宠着我，我们就可以一直这样下去。”顾新橙说，“可我不是你的东西。我是一个人，想过我的人生，而不是成为你的附属品。”

傅棠舟站在黑暗里，颀长的身体绷得笔直。他的睫毛向下压，遮住眼底复杂的情绪。

“我曾经爱过你。”顾新橙闭上眼睛，又补充了一句，“很爱很爱。”

未干的泪痕在黑夜里泛着一缕淡光。接着，她睁开眼睛，一双星眸里有灯火闪烁。她说：“可现在我想爱我自己。”

“傅棠舟，”顾新橙叫他的名字，继而改口，“傅总。”

想想还是不合适，她再度改口：“傅先生。”

“过去一年多，承蒙照顾。”顾新橙看着他，和他做最正式的诀别，“以后，桥归桥，路归路。祝您前程似锦，大展宏图。”

说完这句话，顾新橙倔强地擦干泪痕，头也不回地转身离开了。

嘭的一声，门被关上，震得花束一阵抖动。

偌大的室内再无她的身影，寂静得可怕。

傅棠舟一个人独自立在窗前。他看向外面那片光海，荧荧的灯

光勾勒着他侧脸的轮廓。

这座繁华的城市有两千万人口。他傲视这一切，却留不住一个她。

他的眼底似有一秒的落寞，接着，他便将窗帘拉了起来。

无边的黑暗将一切情绪都湮没了。

他走到沙发边坐下，整个人陷了进去。

他好似一只陷入沼泽的孤鸟。

顾新橙抱着一摞资料，凉鞋的鞋跟踩着阶梯一级一级向上移动，嗒嗒嗒的脚步声回响在空旷的大厅内。窗外的银杏树叶青翠欲滴，她的影子被台阶割裂成几段，朦胧且虚幻。

推开门的一刹那，顾新橙听见了张教授的声音。

“周教授，恭喜啊。您什么时候启程？”

“七月初走。”

“这一去得一年吧？”

“说不准。”

顾新橙默默将资料放到周教授的桌边，小声提醒一句：“周教授，这是上次您让我整理的东西。”

张教授瞧见她：“哟，你就是顾新橙吧？”

她冲张教授点点头，打了个招呼：“张教授好。”

张教授用指尖敲了敲桌子，对周教授说：“你呀，会讨巧。上次答辩完，好几个教授都说想要她。结果一打听，她被你给预定了，把他们几个气得哟。”

周教授笑得合不拢嘴。

张教授离开后，周教授慢悠悠地喝了一口茶：“小顾，你的毕业论文写得不错，估计今年的优秀论文没跑了。”

“是您指导有方。”

“师父领进门，修行在个人。你啊，这时候就别谦虚了。”

顾新橙抿着唇，嘴角绽开一丝笑。

“对了，”周教授放下杯子，“我下学期要去美国当一年的访问学者。”

“啊？”顾新橙有些惊讶，“那您怎么指导我？”

周教授沉吟几秒，这才说：“我跟那边申请了一个名额，可以带一个学生过去交换。你要是想去，我把这个名额给你。”

顾新橙震惊，公费去大洋彼岸学习一年的机会有多难得，不言而喻。

周教授竟然愿意把这么宝贵的机会给她？她此刻像做梦，心底不禁生出一种彷徨的期待。

“你要是不愿意，我可以帮你换一个导师。”周教授说。

她怔怔地看着周教授，想抓住机会，又担心出国一年会打乱自己未来的计划，内心分外矛盾。

她思忖片刻，然后问：“我能问一下是哪所大学吗？”

周教授像是在和她打哑谜：“等你决定了我再告诉你。”

“我一个人没法儿做这么重要的决定。我想和家人商量一下，行吗？”

“是该和家里人说一声，我给你三天的时间考虑。”

顾新橙犹犹豫豫地想走，眼神却一直盯着周教授。她期待他能好心地给她指点一二。

周教授察觉到她闪烁的目光，不咸不淡地说：“这种事情得你自己来做决定，我不干涉。”

顾新橙恍惚着出了办公室，把手搭在楼梯扶手上，漫无目的地往下走。

去一个新的地方开始新生活，这对于她来说无疑是一个巨大的挑战。可是这个机会太难得了，过了这个村或许就没有这个店了。

谁曾经没有一个异国梦呢？想到这里，她不禁激动得牙齿打战。

不知不觉，她走出了经管楼。她抬头看了看天空，刺目的日光下，一只大鸟展翅飞过。

她给父母打了一通电话。顾承望认真地听完女儿的话，然后说：“导师愿意给机会，不去白不去。”

知女莫若父，女儿说话的语气里有难以掩饰的小激动。

“美国那边挺花钱的。”顾新橙又说。

“我跟你妈这点儿钱还能没有吗？”顾承望说，“你去了那里，安心学习就行，别的不用操心。”

“还有，要多注意安全，”秦雪岚叮嘱着，“我听说美国经常有枪击案，你没事不要到处乱跑。”

“导师没说是什么学校。”

“哎呀，人家是副院长，能去什么差学校啊？！”

两个人絮絮叨叨讲了不少，顾新橙笑了，方才的幻想仿佛已成现实。

天哪！她要去美国了！她真的要去美国了！

男人算什么？！她现在还谈什么恋爱？！她去美国读书不好吗？！

想到这里，她像只兴奋的小豹子一样迎着风跑了起来，越跑越快。

路上有刚下课的学生盯着她看。顾新橙意识到周围人怪异的眼光，立刻放慢了脚步，可还是忍不住蹦蹦跳跳地往回走。

不经意间，她的眼底有了一层薄薄的水汽，鼻子微微泛酸，可脸上的笑容藏也藏不住。

她现在心里满满当当的全是对在美国学习和生活的憧憬。

独自暗爽了一路，顾新橙终于想起来还得给周教授发个微信。

顾新橙：周教授，我决定跟您去美国。

周化川：你明天到教务处找贾老师，她负责这事儿。

顾新橙一路哼着小调回到了宿舍，一推门，又撞到了孟令冬的衣柜门。孟令冬正在试穿学院刚发的学士服。

孟令冬对着镜子调整衣领：“小橙子，怎么这么开心，你中彩票了？”

顾新橙点点头：“比中彩票还开心！”

中彩票只不过是意外之喜，她能得到这个机会，是意料之外情理之中。

这是对她大学期间的努力的褒奖，这种认可比中彩票来得让人

踏实。

“哟，什么事儿啊？”

“我要去美国交换啦！”

“真的？”孟令冬惊讶，“那我们到时候可以相约美利坚了！”

“我好开心啊，你抱抱我！”

孟令冬笑了笑：“来，姐姐抱抱！”

这一夜，顾新橙没有睡着。她的胸腔中涌动着一股激烈的情绪，难以合眼。

美国，她真的要去美国了。

她在那边会遇到些什么人呢？她能融入那边的环境吗？她可以吗？

可以可以，她一定可以！

她想笑，又怕打扰室友休息，只能缩在被窝里偷偷地笑。一颗心扑通扑通地像是要跳出来。

终于熬到了第二天清晨，顾新橙从床上爬起来，神采奕奕地将自己收拾一番。

她对着镜子深吸一口气，这才出发前往教务处。

贾老师从一堆码放整齐的文件袋里找出一个袋子递到她的手上，感慨道：“你去美国上课，回国以后还能兑换成学分，省得延毕一年。千载难逢的机会，你好好把握啊。”

顾新橙抽出里面的材料一看，登时愣住了。

Harvard Business School.

哈佛商学院。

六月初，北京迎来了一阵雨，天空被冲刷得一碧如洗。操场边的绿网下，蔷薇花葳蕤盛放。

身穿黑色学士服的毕业生像燕子一般在操场上飞来飞去。蓝色的观众席上、棕红色的塑胶跑道上、白色的球门旁……处处都能瞧见他们的身影。

绿茵场上，几个低年级男生追逐着一只黑白相间的足球。

一只足球咕噜咕噜滚到了顾新橙的脚边。

"学姐，帮忙扔下球。"一个寸头男生冲她喊了一句。

冯薇冲顾新橙挤眉弄眼："人家学弟跟你说话呢。"

顾新橙笑笑，并不说话，轻轻踢了一脚足球。

"谢了。"男生露出一个坏笑，继续追着球跑了。

顾新橙往前又走了两步。吴梦婷拍了拍她的肩膀，提醒她一句："你的发带松了。"

"是吗？"顾新橙毫无察觉。

她将丝滑的绶带当作发带绑在头发上，这会儿确实松了，头发散了几缕。

"我帮你。"吴梦婷凑到她的身后，将她的绶带又缠了两圈，绑成了一个小蝴蝶结。

"谢谢。"顾新橙说。

"你们干吗呢？磨磨蹭蹭的。"孟令冬回过头，"等会儿那几个人合完影，咱们就过去，别让其他人抢了先。"

她指了指不远处刻着 A 大校名的石碑，这儿是毕业生留影的必争之地。

冯薇找了一个新闻学院的学妹来当摄影师，一人收两百。她们可以拍几百张照片，摄影师还包精修二十张，特别划算，还能将照片收藏纪念。

看到石碑前的几个人前脚一走，孟令冬就一个箭步冲上去，跟她们挥手："快来快来！"

摄影师指导她们摆了几个特别的 pose（姿势），之后便飞快地摁着快门。

一拍完，大家就凑上去扒着相机评头论足。

"哎呀，我的脸怎么被拍得这么大？"

"这张闭眼了。"

"这张是什么？赶紧给我删了！"

"还是橙子好看啊，怎么拍都美。"

顾新橙捋着学士帽上的穗子瞧着这三人，不禁会心一笑。

她们四个人性格迥异，竟然在同一个屋檐下生活了四年。

四年间的各种琐碎画面逐渐浮上心头，现在她只记得愉快的事儿，那些小矛盾早已不再挂心。

毕业以后，大家各奔东西，下次再聚首不知是什么时候了。

想到这里，她忽然有些神伤。这一年，她经历了太多离别。

这时，她耳边传来一个声音："同学，能帮我和男朋友拍个照吗？"

她一转身，见到一个和她穿着一样的学士服的姑娘。那姑娘的个子比她矮一点点。姑娘长得挺可爱，稚嫩得不像大四毕业生。

"行。"顾新橙答应得很爽快，然后接过相机。

女生指了指不远处的一棵榕树说："就那儿。"

顾新橙瞥了一眼，斑驳的树影下立着的那个身影竟有些熟悉，是江司辰。

他穿的是隔壁学校的学士服。他见到顾新橙，面色略窘，一言不发。

可那个女生毫无察觉。她走过去和他说："要拍照了。"

顾新橙稍微调整了一下相机的角度，然后说："你们两个人靠近一点儿。"

那个女生小鸟依人地挨在他的身边，笑容甜美。拍完照后，她看了一眼照片："谢谢啊。"

顾新橙浅浅一笑："你和你的男朋友挺般配的。"

女生的眼里像是有小星星。她兴奋地问："真的吗？"

顾新橙点了点头。

她离开时，隐隐约约听到两个人在讲话。

"等会儿我们去五道口吃火锅。"

"大夏天的吃火锅不热吗？"

"可是人家想吃嘛。"

"哪家啊？我看看用不用预订。"

他还是会杠上一句，但已经学会迁就与妥协。

望着两个人渐行渐远的身影，顾新橙忽然想起一句话，陪他成

长的人未必能陪他走到最后。

她和江司辰有缘无分，可她并不遗憾。

对的时间遇上对的人，这样的爱情才能长久吧。

爱过，痛过，哭过，笑过，她才知道，纵然当初恨意入骨，回望过去，依旧还会感谢相逢。

顾新橙脑中蓦然想起那个身影，傅棠舟。他现在怎样了呢？

自银泰一别，他们再未碰面。她和他之间恍若隔世。

想到这里，她释然一笑。她在血泪欢笑中成长了不少，也不枉飞蛾扑火一场。

而现在，新茶旧酒，俱付笑谈中。

六月二十号，阳光炽烈，蝉鸣躁动。

经管学院的毕业典礼在千人礼堂举行，老师、学生和家长齐聚一堂。

礼堂内花团锦簇，一道红色的横幅悬挂于正上空，欢声笑语一片。

顾新橙作为优秀毕业生代表致辞。

她没有讲那些大话空话，而是用质朴的语言带领大家回顾过去这四年间的点点滴滴。

春天四散的柳絮，夏天清香的荷塘，秋天压满枝头的柿子，冬天石栏上堆着的迷你雪人。

通宵自习室里学霸们的奋笔疾书，教室里老师的谆谆教诲，宿舍里室友们的嬉笑怒骂。

听完她的演讲，不少同学不禁潸然泪下，恋校情结在此刻达到巅峰。

最后，顾新橙说：“毕业不是结束，而是下一段旅途的开始。日后再见，大家依旧还是青春少年。”

经管学院的院长为她拨穗，她冲所有人深深鞠了一躬，全场爆发出雷鸣般的掌声。

毕业典礼结束后，顾新橙的爸妈给她送上了一束鲜花，新鲜的百合配满天星。

两个人的脸上洋溢着喜悦而骄傲的笑容，他们对女儿这四年取得的成绩非常满意。

顾新橙抱着花束说：“爸妈，等会儿吃完饭你们想去哪儿逛逛？我都没怎么带你们逛过北京。”

秦雪岚：“我们就不去了。”

“难得来北京一趟……”

“你爸这几天不太舒服。”

“怎么回事儿？”顾新橙问，“要不要去医院看看？”

“没事没事，前几天加班累的。”顾承望大手一挥，“歇几天就行，老毛病了，不要紧。”

三个人正在礼堂的台阶前说话时，有人走了过来，叫了一声：“顾新橙。”

她一转头，是季成然。

他穿着一件随性的短袖，踩着一双白色的球鞋。

季成然打了个招呼：“叔叔阿姨好。”

顾爸和顾妈笑着点点头：“你好。”

“你怎么过来了？”

“我要去实验室，顺路。你们学院今天举行毕业典礼啊？”

“嗯，已经结束了。”

“我们学院还得过两天。我刚刚一路过来，看见那些小孩在拍照。”

两个人寒暄几句，季成然和她挥手告别。

秦雪岚望着他离开的背影，回头用胳膊碰了碰顾新橙：“有情况？”

顾新橙无奈道：“妈，瞎说什么呢？”

经管学院金融班的同学正在排队，准备合影留念。

“小橙子，过来拍照了！”孟令冬站在石阶中央，把手比作喇叭状喊她。

“去吧，你的同学等你呢。”顾承望接过她手中的花。

顾新橙拿着学士帽跑过去：“来了来了！”

她来到孟令冬身边站直，同学们叽叽喳喳说着话。

摄影师交代说：“等会儿我喊三二一，你们就把帽子扔到天上去。”

“三、二、一！”

“毕业快乐！”

黑色的学士帽被抛到空中，金色的穗子摇摇晃晃，每个人的脸上尽是灿烂的笑容。

闪光灯将这一刻定格在这一年的夏季。

毕业了，我们真的毕业了。

国贸 CBD，升幂资本，总裁办公室。

金龙鱼摆着尾巴扫起缸底的细沙。它在水草间游来游去，时不时吐上几个泡泡。

“这条鱼一天只能喂一次，一次量就这么多。”于修站在鱼缸前比画了两下，嘱咐新来的秘书，“这鱼能抵你两年工资，得小心。”

秘书一听，顿时大骇。

于修又指了指罗汉松：“这个每周浇一次水，量得少，控制好，保持花土微干就可以。”

秘书小心翼翼地问：“这树多少钱？”

于修瞥她一眼，没有回答。秘书懂了，肯定不便宜。

她谨慎地四下打量一番。这办公室里的每一样陈设都不简单，不仅价值不菲，还彰显着独特而高雅的品位。

忽然，她发现总裁的办公桌上还有一盆植物，是一株平平无奇的仙人掌。

它出现在这里，尤为格格不入。

“这个仙人掌，怎么养？”

“这个傅总自己养。你千万别碰它，碰了傅总会生气。”

几十万的鱼交给秘书养，几块钱的仙人掌自己养，傅总的脾性挺难拿捏。

于修把该交代的事情交代清楚了，正准备带她离开，恰好碰上了傅棠舟，旁边还有个穿着时髦的黄毛——这个人好像是傅总的亲戚。

“傅总。”两位秘书毕恭毕敬地叫了一声。傅棠舟微微颔首，他俩便出了门，新秘书将门掩上。

“傅哥，你这办公室可够阔气的啊。”林云飞走到落地窗前，双手叉腰，“这场面，啧啧，我也想搞一个。”

傅棠舟坐上办公椅，转了转。他没工夫听林云飞胡扯，直接问：“你找我什么事？”

“傅哥，我想清楚了。”林云飞转过身来，“我这脑子呀，真不是学习的料。我花了十万去进修，啥也没学会。我打算找个懂行的帮我来管理，你给我介绍一个呗！”

“我不是猎头。”

“哎呀，你帮我找个顾妹妹那样儿的就行。”

傅棠舟没理他。

“哦，对了，傅哥。”林云飞想起什么，“我上次就想问你，顾妹妹发朋友圈说她要出国，你俩怎么回事儿啊？你们打算异国恋？”

傅棠舟握着鼠标的手一顿。他缄默几秒，这才说：“我们分手了。”

“你们分——”林云飞觉得难以置信，询问的话说了一半，就识相地闭了嘴。

傅棠舟端坐在办公椅上，日光从斜侧面落下，他的半边脸隐入阴影之中。

他的面色略沉，让人看不出半分情绪，周身的气压逼得人不敢说话。

傅棠舟亦不言语，他的目光落在办公桌上的仙人掌上。

当初瘦瘦小小、奄奄一息的一棵仙人掌，现在却嫩绿水灵，茁壮成长着。

林云飞挠了挠头，察觉出氛围不太对劲儿。

他顺着傅棠舟的目光看向仙人掌，打算换个话题：“傅哥，你这仙人掌哪儿来的？”

“别人送的。”

“谁啊？这也好意思送出手？”

傅棠舟一记凛然的眼风刮过来，林云飞立刻住了口。

恐怕，这是个非常重要的人吧？

七月初的某天，顾新橙顶着艳阳来到首都国际机场 T3 航站楼。

鹅卵形的航站楼内，人来人往、步履匆匆。

她推着大包小包兜兜转转。办理值机时，身后有一对恋人你侬我侬、依依不舍。

机场向来是离别的地方，而她却没有人送别，唯有父母的声声叮嘱陪伴。

顾新橙一个人过安检、过海关，忙碌了整整一上午，终于到了登机的时刻。

一阵热风卷起她纯白的裙摆，她只回望了一眼，便头也不回地上了飞机。

她坐在座位上时，一切尘埃都已落定。

上方的音响里传来乘务长的中英文播报，头戴红色贝雷帽的空姐提醒着每一位乘客系好安全带。

遮光板齐刷刷地落下，机舱内的光线顿时变得无比幽暗。

顾新橙看着前方屏幕上的安全飞行小视频，将安全带扣好。

这是她有史以来经历的路途最长的一次飞行，目的地是波士顿，中途要从西雅图转一次机。

前往美国是一次冒险，可她向来不缺乏冒险精神。

一切整装待发，飞机在长长的跑道上加速滑行，最后一飞冲天。

待飞机平稳之后，顾新橙打开遮光板，望向舷窗之外。

蓝天白云之下，这座庞大的城市好似实景地图上的一处掠影。

北京，再见。

顾新橙默默告别，随后靠在椅背上，戴上眼罩。

她在心底预演着该怎样拥抱下一座城市。

“傅总，上周姜经理去上海看了这家公司，这家公司主要研究的是 AI 智慧医疗领域。这是报告，请您过目。”

于修将一份沉甸甸的报告递到傅棠舟的面前，可傅棠舟没有接。

于修抬头，发现傅棠舟正看向窗外。

他下意识地回头去看，天空湛蓝，空空如也。

高楼大厦叠出的天际线蔓延至远方。

“傅总。”于修又提醒了一声。

傅棠舟收回目光，正襟危坐，将报告拿过来一页页地翻阅。

桌上的仙人掌郁郁苍苍。

无人知道，方才有一架飞机经过。

第七章
他乡故人

清晨六点半，晨光熹微，常春藤缠绕着松树苍劲的枝干爬上窗台。

顾新橙推开木格窗户，一阵轻盈的风拂过她的发丝。她用汤匙轻轻搅拌杯中的燕麦片，时间不早了，该出发去图书馆了。

她住在校外的一处公寓里，前往校园需要十来分钟。摆渡巴士慢悠悠地停在公寓门口，发出一声长长的叹息。

她找了个靠窗的座位，车窗开了一道缝儿，清风徐来。查尔斯江波光粼粼，有学生正沿着绿树萦绕的江畔晨跑。

巴士沿着既定路线前进，在位于校园中央的图书馆前停了下来。

顾新橙背着包走进图书馆。这里非常安静，顶部悬着巨大的水晶吊灯，林立的书架上，各色书籍琳琅满目。

书桌边坐着来自世界各地的学生，各种肤色、各种国籍、各种性向……丰富多彩。

顾新橙的身旁坐着一个阿拉伯裔女孩。女孩包着彩色头巾，正在写邮件。

周围的学生都很忙碌。他们大多是在做教授布置的阅读任务或者写课程论文，还有人在进行小组讨论。

她翻开笔记本开始安心阅读、做笔记。每周她要读两百页的全英文文献，这还只是一门课的任务。

到了十点半，她打算休息一会儿——去书架之间散散步。

每当她走在迷宫般的书架间时，都会发出一种感慨，前人的智慧浩如烟海，人这一生若能择一叶小舟畅游书海，也是一件幸事。

顾新橙绕过几个书架，忽然有人拍她的肩膀："嘿，好巧。"

顾新橙一回头，看见一个金发碧眼的高个儿大男孩。他名叫安东尼，是工程与应用科学院的学生。两个人相识于某次校园组织的名人交谈会上。

"感恩节假期有什么计划吗？一起去加州玩啊，瑞秋也去，"安东尼说，"上次你做的食物味道很好，我想再吃一次。"

瑞秋是顾新橙同学院的朋友。有次顾新橙和几个留学生聚餐，瑞秋把安东尼也叫上了，他吃了很多顾新橙包的饺子。

"加州有什么好玩的？"顾新橙来美国之后一直在波士顿周边活动，没有出过远门。

安东尼罗列了不少景点："对了，我有个朋友在硅谷的实验室工作，我们可以过去参观。"

"什么实验室？"

"人工智能实验室，我打赌这是世界上最先进的人工智能实验室之一，里面有很多新鲜的东西。"

顾新橙来了兴趣，于是一口答应："行，我和你们一起去。"

"没问题，保持联系。"安东尼做了个"打电话"的手势。

顾新橙在食堂吃了一顿简易午餐，然后前往教室。今天下午有一门课，名叫"技术与运营管理"。上这门课的女教授喜欢穿男士衬衫，总是一副男孩子的打扮。

美国大学的教室布置得和中国不太一样，讲台在中间，学生的座位环绕着讲台。授课的形式是互动式教学，教授和学生更像是在交流，各种思维的碰撞甚是奇妙。

其他同学大多用笔记本电脑或平板电脑做记录，只有顾新橙用

笔写笔记。笔划过纸张的触感能给她一种踏实感。

下课后，她又去了图书馆。周教授是访问学者，平日很忙碌，和她联系不多，只是偶尔会有事情交给她，比如说翻译文献。今天他给她发来了一篇文献，直到晚上九点她才弄完初稿。

她出了图书馆，一轮圆溜溜的月亮高悬于天际。明天是中秋节，一眨眼，顾新橙在美国已经待了两个月了。她回到宿舍的第一件事就是和顾承望用微信语音通话。

“喂，爸，”顾新橙把电话调成免提，“中秋节快乐。”

“你中秋节怎么过啊？有没有留学生和你一起过啊？”

“明天要上一天课，没空。”

“要不要给你寄点儿月饼？”

“不用，等寄到了中秋节都过了。”

“钱够不够花啊？”

“够的。”

“不够你跟我说，我跟你妈攒的钱都是留给你的。”

“知道啦。”

洗漱完毕时，已是深夜十一点，她靠在床上翻着一本英文爱情小说 *One Day*。

她隔壁的中国室友这个点儿还没有回来，大概和男朋友约会去了，今晚未必会回来。她想起自己和傅棠舟荒唐的那一年，那时候，她的室友们恐怕也是这么想她的。

她忽地轻笑一声，没有爱情的日子里，看看爱情小说解乏倒也不错。

她把书页折在第 67 页，然后塞到枕头底下。

愿今夜好梦。

十一月底的某一天，一架波音 777 飞机像一只巨型蜻蜓一样降落在旧金山机场，美联航的金发空姐过来提醒傅棠舟下飞机。

他以前在加州读大学，这种十来个小时的越洋飞行经历过许多次。

他在飞机上工作了几个小时，纵使在头等舱，也难免疲乏。不过他迅速调整好了状态，走下飞机。

他这次来加州有许多公事，今天下午就有一场商务会谈，连倒时差的时间都没有。

目前国内的上市机制繁杂，他打算帮忙收购一家纳斯达克的壳公司，让这个项目在美国上市。他很看好这个项目，从 A 轮跟到现在。

上车后，于修把平板电脑递过来："傅总，这是下午谈判的主要事项，请过目。"

傅棠舟的英文堪称母语级别，这些文件他阅读起来毫无障碍。他花了十分钟大致看完,心中已有了底,于是问:"接下来几天的行程呢？"

于修把平板电脑调至另一个页面："在这儿。"

傅棠舟的手指向下滑。他明天要去参观硅谷的一间实验室。

实验室的缩写是 AML（Applied Machine Learning）。这间实验室专攻机器学习领域。

顾新橙的加州之旅从参观位于硅谷的 AML 实验室开始。

这是一栋位于园区内的大楼，建筑低矮，外墙是玻璃的。绿油油的草皮一路延伸向远方,道路两旁高大的棕榈像守卫一般守护着园区。

这里有专门的展示厅，用来接待访问来宾。顾新橙和三五个朋友一进门就看到正对面的白色墙壁上写了一句话——Hello,world.（你好，世界。）

一只圆滚滚的小机器人像是有感应驶到顾新橙的脚边："Hello. I am Robot T.May I help you？"（您好，我是机器人小 T，有什么可以帮到您的？）

顾新橙问它会不会说中文，它立刻切换到中文模式，毫无障碍地和她交流。

"太神奇了，"顾新橙说，"它不光会翻译，还能跟人交流。"

"这边做自然语言处理的专家很厉害。"安东尼说。

"翻译会失业吗？"

"不会，"安东尼耸耸肩，"汽车的速度越来越快，可大家还

是需要步行。”

一行人跟着小T往里面走，一个屏幕上在播放电影《罗马假日》。然而，主演的长相似乎和大家印象中的不一样。

小T：“这是AI换脸技术。”

看来这张脸是上一位访客的。

安东尼问：“你要试吗？”

顾新橙连忙摆手：“不试了。”

莫名地羞耻，她觉得还是算了。

他们又往前走了两步，顾新橙的目光被一个围棋棋盘吸引。棋盘是一个屏幕，旁边摆了两个竹篾棋笥。

小T：“您想和我们的人工智能围棋大师来一局吗？”

大家纷纷推辞，中日韩热衷的围棋项目在欧美很罕见。

顾新橙小时候跟爷爷学过围棋，三脚猫的水平。她在棋盘上落了一颗黑子，格子线上立刻显示出一颗白子。她又落了一颗黑子，白方随即再次落子。

两方有来有回地下了一阵子，顾新橙犹豫了。她落入了围棋AI的圈套，这样下去，肯定会输。

她将黑子放回去，对安东尼说：“这个围棋AI真厉害，我不是它的对手。”

安东尼抓了抓头发，一脸迷惑道：“我看不懂，你们都很厉害。”

在实验室逛了一上午，顾新橙接触到了许多新鲜的小玩意儿。

人工智能的触角早已延伸到了人类生活的方方面面。难怪各大高校和科技公司纷纷设立AI实验室，生怕落后一步。智能化时代来势汹汹，顺我者昌逆我者亡。

下午一点，顾新橙离开AML实验室。

下午两点，傅棠舟抵达AML实验室。

接待他的不是智能机器人小T，而是实验室的boss（老板）之一，本杰明。双方简单寒暄几句，便一起步入了展示厅。

傅棠舟转了一圈，目光被一个围棋棋盘吸引。这是一个残局，黑方已经落入白方的圈套。可能下棋的人也意识到了这一点，所以停止了战局。

本杰明："您对围棋感兴趣？这是我们实验室研发的围棋 AI。"

傅棠舟："略懂一二。"

他从棋笥中取了一颗黑子，仔细观察这个棋局。恍然间，他似乎闻到一阵淡淡的清香——这股清香仿佛来自月光下的雨后的玫瑰园。仅仅只是一瞬间，那阵清香便散去了。

他斟酌片刻，便将这颗黑子放到某个特定位置，破了这个棋局，暂时扭转了局面。

安东尼的家位于旧金山湾区的某个富人别墅区，有泳池、草坪，还有一个直升机停机坪。他的父亲是某快消品公司的创始人，所以安东尼是个妥妥的富二代。

"哇，安东尼，你的家真漂亮，"瑞秋问，"住在这里的都是些什么人啊？"

"我不太了解，"安东尼说，"我只知道我的邻居是个中国人。"

"中国人好有钱。"瑞秋惊叹。

顾新橙："……"

中国的富人很向往美国，所以给美国人造成了一种错觉——中国人都很有钱。但是，这世界上还有很多没那么有钱的中国人，比如她。

一行人路过隔壁的邻居家，被门口停着的黑色跑车吸引住了。车标是黄底黑色的跃马，法拉利的经典标志。

安东尼惊讶："我的邻居平时不在美国，我很少见到他。"

顾新橙说："你的邻居可能在中国比较忙吧。"

正儿八经的有钱人都在兢兢业业地工作，没有闲心满世界疯玩，但游手好闲的富二代除外。

比如说，傅棠舟的工作就很忙。顾新橙以前听说他在美国也有房产，可从来没打听过——她不关心这些事儿。

今天大家来安东尼家做客，想在院子里的草坪上搞 BBQ（户外烧烤）。除了 BBQ，大家还准备了拿手的食物，顾新橙打算包饺子。

她被他家的草坪惊呆了，那么大一块空地上真的只有草。她不禁遗憾，要是能辟出一块地来种点儿菜多好，番茄啊辣椒啊土豆啊……

这简直就是令人向往的田园生活。

然而，美国人哪里懂中国人的田园情怀？这片草坪可以用来遛狗、打球，人们要多自在有多自在。

室外烤炉很快被架了起来，安东尼被烟呛得直冒眼泪。

虽说有无烟烤炉，但是不可否认，炭火味是烧烤的精髓，没有木炭的烧烤是没有灵魂的。

一阵烟味混合着吵吵嚷嚷的人声飘进了隔壁邻居家里。

傅棠舟放下鼠标，走到窗前，面无表情地把窗户关上。

安东尼兄弟姐妹一共四人，他家是个热闹的大家庭。他的小妹妹珍妮觉得顾新橙今天编的头发很漂亮，于是缠着顾新橙给她编个漂亮的发型。

顾新橙给她编了公主头，还挑了两个蝴蝶发饰给她别上。她照完镜子，蹦蹦跳跳地跑远了。

顾新橙这才得空儿把包好的饺子从锅里捞出来，端上餐桌。她怕吃不完，还留了一半没下锅。

她是南方人，以前对饺子的兴趣并不像北方人那么浓厚。自从去北京读书后，她逐渐接受了北方文化——甭管什么节日，吃饺子就对了。

安东尼尝了一口饺子，大呼好吃。大家蜂拥而上，把这盘饺子一扫而光。

他们吃完饭，到了娱乐时间。

“嘿，来看这个，”安东尼找出一架无人机，“我挺久没用过它了，希望它没有出故障。”

他将它放到草坪上。无人机起飞之后，先绕着别墅上空飞了一圈，他们确认没问题后，又向更高更远的地方飞去。

大家围在平板电脑前观看实时景象，自上而下的俯瞰角度能让他们瞧见蜿蜒曲折的山路，一栋栋别墅星罗棋布地排列在绿树之间。

正当安东尼想换一条路径时，忽然，无人机急速下坠翻转。嘭的一声，无人机摔了下去，引得众人一阵惊呼。

安东尼懊恼地骂道：“刚刚信号中断了，我得把它找回来检查一下。”

顾新橙问：“它掉到什么地方了？”

瑞秋指了指邻居家的那栋别墅：“好像是那棵树上。”

安东尼远远地看一眼：“糟了，会打扰人家的。”

顾新橙思忖片刻：“我们带点儿礼物给人家道歉，再去拿无人机好了。”

“好主意，”瑞秋说，“你的邻居不是中国人吗？顾包的饺子剩了不少。”

安东尼似乎舍不得那盘饺子。顾新橙说：“晚上我可以再包的。”

她煮好饺子，装进餐盒。

一行人正要出发，顾新橙的裙摆被拉了一下。珍妮用宝石一样的蓝眼睛看着她，说道：“姐姐，帮我编头发。”

珍妮指了指自己卷曲的金发，一只蝴蝶发饰不翼而飞，半边头发散了。

傅棠舟工作到下午两点，揉了揉太阳穴。晚上还要去见一个身在美国的投资人，他准备午休片刻。

这时，门铃忽然响了。屏幕里出现几个年轻人，有男有女，都是异国面孔。

这套房子傅棠舟以前上学时会过来住。回国以后，他每年最多过来一两趟。

有物业公司的人定期来替他打扫屋子。房子里没有别人，连用人也没有——他不喜欢让外人住在家里。

他走到别墅门口，开了锁。一个金发碧眼的高个儿男孩说：“嘿，我是你的邻居，住你对面。我们刚刚在玩无人机，很抱歉，它掉到你家院子的树上了。”

傅棠舟以前和对面那栋房子里的夫妇打过照面，于是就让他直接去找了。

对方表示了感谢，并递给他一个食盒：“这是我的中国朋友包的饺子，味道很好。”

傅棠舟收下了食盒，把门关上。他没有耐心应付这些邻里琐事。不过，他中午忙着开视频会议，没有吃饭，这会儿的确有点儿饿。

他本不想动外人送来的餐食，可提到饺子——他是个爱吃饺子的北方人。

食盒被打开，饺子包得圆滚滚的，竟然有点儿像……顾新橙包的饺子。

以前她给他包过一次饺子，那是两个人在一起没多久的时候。

她看了看家里的厨房，又空又大，于是问他："你平时不在家做饭吗？"

"不做。"平时他的应酬多到忙不过来，哪有闲工夫在家做饭？他更不会请人来家里吃饭。

"我给你做，好吗？"

"你会做饭？"

"我可以学啊，你喜欢吃什么？"

她的手指干净又娇嫩，哪里像是会下厨的呢？她的好学精神倒是值得表扬。

傅棠舟想了想："饺子。"

比饺子更难的估计她也不会了。

顾新橙真去忙活了。她买了一堆食材，对着视频从和面开始学，剁馅和馅，亲力亲为。

那天他们本来约好要一起吃晚饭，结果晚上临时有个饭局，傅棠舟就去了，回到家的时候已经是晚上十点多了。

她一直在家等着他，见他回来，连忙问他："饺子还没有下锅，你饿吗？"

其实他不饿。可望着她那双饱含期待的眼睛，他说不出口。

顾新橙给他下了十个饺子，他一个不落地全吃完了。

那时候，她对他的耐心到了极点，说话都是轻声细语。她明明是个挺有上进心的姑娘，却愿意为他洗手做羹汤，还愿意等他回家。

后来她没有再给他做过饭。他不乐意看她这样辛苦，想吃什么出去吃就行了，何必折腾来折腾去？

他们分手以后，当他看到某些情景时，回忆自然而然会浮现在他的脑海中。

他不禁自嘲，吃个饺子也能神游天外。

这半年来，他的工作越发忙碌。他没有任何牵挂，也不再有任何顾虑。

仿佛他只要一直工作，就不会有乱七八糟的想法，也不会有莫名其妙的冲动。

比如，他想去找顾新橙。

一人独处时，他难免会想起她，想起那一夜她对他说的话。

既然她想要自由和独立，那他希望他的放手能成全她的人生。

窗外又有些吵，傅棠舟放下筷子，再度走到窗前。

那几个年轻人正在爬他家门口的那棵大树，有个穿浅色裙子的黑发女孩背对着他。

她微微仰起头，似乎在叮嘱他们要小心。她有点儿像顾新橙，可他知道不会是她。

美国这么大，即使他们在同一片土地上，也无法相遇。

这种错觉伴随过他很多次，每次都以失望落空，所以他不再抱有奢望——有两次他差点儿认错人。

这一瞬间，他冒出一个离奇的念头：要是他能再看她一眼就好了，哪怕只是背影。

想到这里，傅棠舟一哂，年轻人就是爱折腾。

他把窗帘拉了起来，隔绝窗外的噪声。

第二天，大家去加州一号公路兜风，这是一条绵延数千千米的景观公路。

安东尼开了一辆双座跑车，顾新橙坐在副驾驶座上。

公路沿着海岸线而建，刺目的阳光下，青色的松树耸立在悬崖峭壁之上，汹涌的海浪冲击着岸上的礁石。

顾新橙系着安全带，把长发扎成一个马尾辫，露出修长的脖子。皓白的手腕松松地垂在膝盖上，上面戴了一小串莹润饱满的珍珠手链。

她的身上有一种东方美的特质，令安东尼着迷。

猎猎的风声混合着海浪声从耳边刮过。安东尼说：“这里景色很美。我以前心烦时经常开车过来，心情就会放松很多。”

“这里确实是个好地方。”顾新橙说。

“来这里是爱车的男人自驾游的终极梦想。”

“是吗？”

两个人正有说有笑，一道黑影从右侧一闪而过，霹雳一般。安东尼的车速就挺快的了，没想到还有人更疯狂。

黑色的法拉利绝尘而过，只留下一个孤傲的背影，以及一串尾气。

顾新橙抚了抚胸口。这辆车的开法有点儿不要命，车主怕是赶着要去火葬场。

“哈哈哈，经常有人来这里飙车。”安东尼大笑，摆出一副要把油门踩到底的架势，“我们要追上他吗？”

果然世界各地的司机都爱暗中和路上的车较劲，顾新橙腹诽道。她摆了摆手：“不要，安全第一。”

回到波士顿之后，顾新橙再度投入到紧张而忙碌的学习生活中。期末考试即将来临，她有许多 paper work（书面作业）要做。

周末，安东尼邀请她去参加校内的露天音乐会。

十二月的波士顿天寒地冻，可这丝毫浇灭不了大家的热情。音浪像波涛般席卷而来，听众尽情地欢呼摇摆，这是期末考试前的最后一场狂欢。

直到散场后顾新橙的耳膜还在一阵一阵地疼。道路两旁的草坪泛着一层枯黄，草叶上挂着寒霜。两个人肩并肩地走在路上，她搓着冰凉的手呵气。

“快看那栋楼。”安东尼指了指前方。

顾新橙顺着他手指的方向看去，那是一栋平平无奇的宿舍楼。

“那是扎克伯格住过的宿舍，”提到扎克伯格，安东尼忽然问，“顾，你有没有想过创业？”

顾新橙愣了下，摇摇头：“你呢？”

“我很想尝试。”

“那你得抓紧了，扎克伯格在校的时候就开始创业了。”

“顾，你愿意和我一起吗？”安东尼放慢脚步。

“什么一起？”愿不愿意和他一起创业？还是别的？

“做我的女朋友。”安东尼说。

这位美国朋友的告白方式倒是别具一格。

她和江司辰是青涩少年时期的相互暗恋，和傅棠舟是以成年人的方式确定关系，而安东尼好像只是在问她明天可不可以一起去图书馆上自习。

“安东尼，”顾新橙的脚步一顿，她说道，“明年夏天我就要回中国了。”

她的拒绝方式也变得委婉而理智。

“如果愿意，你可以留在美国。”安东尼说。

“那你愿意和我回中国吗？”顾新橙问。

安东尼惊讶。他没想过顾新橙会这样回应他。

看到安东尼的反应，顾新橙已经懂了。他没有想过为她放弃什么，而是理所当然地认为她可以为了爱情漂洋过海、背井离乡。

安东尼摸了摸鼻子，有点儿尴尬，不过他很快找到了新的话题：“顾，圣诞节假期你有什么计划？”

顾新橙礼貌地一笑：“我朋友要来波士顿找我，我就不和你们一起过圣诞了，祝你们玩得开心。”

她没有撒谎，孟令冬在一周前就说等考完试要来波士顿找她玩。

平安夜当天，同孟令冬一起来的还有她新交的男朋友，一位来自宾州的美国小伙丹尼尔。

三个人在波士顿的一家餐厅吃饭，孟令冬说要尝尝正宗的波士顿龙虾。她的话挺多。她一直在讲自己在纽约的新鲜见闻。

“你知道吗？纽约的地铁站里居然有老鼠！那么大一只！”她用手中的餐刀比画了一下，尺寸惊人。

顾新橙喝着葡萄酒，被她夸张的语气逗得呛了一下。丹尼尔则全程都在给孟令冬切肉倒酒，服侍得相当周到。

“小橙子，你最近有没有什么情况？”

“我能有什么情况？”

“我就知道，咱们顾大美女的眼光挑剔得很。”

难得和以前的朋友相聚，这些玩笑话听起来都倍感亲切，顾新橙不知不觉间吃了不少东西。

吃完饭，孟令冬醉眼迷离地靠上男友的肩膀，抱怨着：“今天吃多了，肯定要发胖。”

“你很瘦，再多吃一些也没关系。”丹尼尔的回答堪称教科书级别。

顾新橙第一次发现美国也有这么温柔体贴的男孩。

出了餐厅之后，孟令冬和顾新橙道了别，小情侣搂搂抱抱着往酒店的方向走。顾新橙在街道上踽踽独行。

彩灯在茫茫夜色中闪烁，教堂里传来唱诗的声音，缥缈如天籁。圣诞树摆满了大街小巷，伯利恒之星高悬于圣诞树的最顶端。

忽然，她的鼻尖一凉。她抬头看向天空，夜幕之下，雪花洋洋洒洒地落下。行人纷纷顿足，用欢呼、拥抱、接吻来庆祝这场应景的雪。

圣诞节少了雪就少了一丝味道。顾新橙不该在这时候想起某个人，可偏偏这场雪来得太巧。

两年前的平安夜是她和傅棠舟的第一夜。他给她带来了无与伦比的愉悦体验。

激情退去后，在一盏暖色的壁灯下，她躺在他的臂弯里同他说着话。

“我七岁的时候第一次听说有圣诞老人，晚上我偷偷放了一只袜子在床头。”

“收到礼物了？”

“第二天起床，我去看袜子。袜子里面是空的，然后我就哭了。我爸妈问我怎么回事儿，我说圣诞老人发礼物的时候把我给漏了。”

“后来呢？”

“我爸妈让我今晚再试一试。于是我又挂了一晚袜子，果然收到了礼物。一直到初中毕业，我都相信这个世界上真的有圣诞老人。”顾新橙笑了笑，“我是不是有点儿傻？”

“不傻。”傅棠舟捏了一下她的鼻尖。

“你小时候收过圣诞礼物吗？”顾新橙问。

“有当面给的，没有偷偷放的。”傅棠舟握着她绵软的手，“你今年收到圣诞礼物了吗？”

“我都二十岁了，哪里还信这个？”

“想要什么？”

“你要送我礼物吗？”顾新橙很惊讶。

“不然呢？”傅棠舟眉梢一挑，眼底有一簇温暖的灯火。

除了父母，顾新橙没有收过别人的圣诞礼物。

她和江司辰谈恋爱时，那个幼稚鬼坚信一切节日都是商家的圈套，从来不会给她送上哪怕一根鸡毛的礼物。换了一个男人，体验竟是如此美妙。

她想不出要向他索要什么礼物。能和他共度平安夜，她已心满意足。她的眼神飘忽着望向窗外，不知何时，窗上有了点点湿痕。

她定睛一看，原来是下雪了。

顾新橙搂着他的脖子，轻轻啄了一下他的唇，小声说：“明天陪我去故宫看雪好不好？我听说雪后的故宫很美，想看一看。”

他答应了她，同时加深了这个吻。

缠绵的一夜后，她醒来时已是晌午。顾新橙一睁眼，便瞧见傅棠舟半靠着床头，眼睛微垂。他在看手机。

“醒了？”他察觉到了她的视线。

她点头，和他四目相对。

他的手指在手机屏幕上滑动，他说：“我下午有事儿。”

“嗯？”顾新橙愣了下。

“下次陪你去看雪，行吗？”

看来去故宫看雪的小心愿要落空了。顾新橙倒也没恼，而是乖巧地说：“好。”

可惜后来他没能兑现他的承诺，不是忙就是赶不上下雪天。

她也不好意思再提，毕竟去故宫看雪不是什么重要的事儿啊。

“通知各部门主管开会。”傅棠舟一声令下，于修分外为难。

现在是下午五点。依照他的经验，这个会不开上两三个小时是不会结束的。他提醒道：“傅总，今天开会不太合适吧？”

傅棠舟瞥他一眼，眼神冷了几分，反问一句：“不合适？”

“今天是二十四号。”于修指了指总裁办公室的落地窗。上面贴了一张圣诞窗花，是圣诞老人和麋鹿的造型。

傅棠舟怔了一秒，随即敛容："明早九点开会，不准迟到。"

今夜升幂资本没有员工加班，除了老板。傅棠舟瞥了一眼腕表，十点了。他下意识地往窗外看去，张灯结彩的北京城下雪了。

他放下鼠标，走到落地窗前。雪花飞舞着扑到窗上，像是被风吹散的柳絮。

一面玻璃，两个世界。那一面，流光溢彩；这一面，夜阑人静。

雪花映入幽深的眼眸，傅棠舟的嘴角勾起一抹嘲意。他扯下那个圣诞窗花，丢进了垃圾桶里。

这一年的春节，顾新橙没有回国。国内过春节放假时，美国的大学已进入春季学期。

她有一门课叫大数据商业情报，教授迈克尔一开学就布置了一项大作业——利用一个十万数量级的用户数据库自行设计一个预测模型，判断用户是否会点击某网站上的一则广告。

用编程语言来构建复杂的商业模型的难度较大，顾新橙进行了几种尝试，效果并不理想。

她想到一个人，季成然。她的编程水平有限，需要他指点一二。于是她向他阐述了作业的难点。

季成然：你还会 Python（某种编程语言），厉害呀。

顾新橙：现在学我们专业的不学 Python 跟不上时代了。

季成然给她提供了另外一种思路，让机器自己去寻找预测模型，而不是赋予机器预测模型。

她恍然大悟，这其实是一种研究机器学习的新思路。

顾新橙：太感谢了，回国请你吃饭。

季成然：吃饭就算了，其实我也有一个问题想问问你。

顾新橙：什么？

季成然：我打算创业，做的是 AI 方向，但是现在暂时找不到投资人。

顾新橙：你写商业计划书了吗？投资人很看重这个。

季成然：怎么写？

顾新橙：你可以先去网上查一查，学校图书馆应该也有资料。

季成然：谢了，我试一试。

关闭聊天对话框后，顾新橙再次打开电脑，开始聚精会神地写作业。在编程上遇到问题时，季成然会为她指点，甚至还替她修改了几个 bug（漏洞）。

她把作业通过邮箱发给了迈克尔教授。教授夸奖她态度认真，还说她的方法具有一定的创新性，稍加修改或许可以在期刊上发表，她受宠若惊。

他给予了顾新橙一定的指导，比如说模型的修正。他说："机器能学习固然好，可有些东西是机器学不来的，你得利用人的思维去纠正机器的逻辑。"

顾新橙将这份作业改写成一篇全英文的论文，投递给了金融期刊。期刊的审稿周期较长，短则半年，长则一年。论文究竟能不能发表，还是一个未知数。

周教授得知消息后对她说："能发表论文是好事，不能发表也没损失。你能做到这一步已经很优秀了。"

他的夸奖让顾新橙很欣喜，这或许意味着她没有辜负周教授的期望。

"你五月份回国后有什么打算？"

"我打算先找个实习工作，这是学校的要求。"

"以后想直接工作还是继续读书？"

"暂时还没想好。"

周教授叮嘱："你好好考虑考虑。"

顾新橙应声："知道。"

时光如白驹过隙，查尔斯江的江水解冻了。当最后一块浮冰融化时，波士顿的春天也接近尾声了，顾新橙回国的日子即将来临。

安东尼和几个朋友替她在附近的酒吧举办了一个欢送派对。

上次安东尼告白失败并没有影响两个人之间的关系。欧美人似乎不太忌讳这些，做不成男女朋友，还可以做朋友。或者说，如果两个人之间并没有太深的男女感情，这些都无所谓。

"顾，回中国以后常联系。"安东尼说。

“有机会去中国找你玩，我想去北京很久了。”瑞秋说。

在美国的这一学年，这些朋友非常照顾她，顾新橙打心底里感激他们。

安东尼迈出了创业的第一步，成立了一家科技公司，他的爸爸支援了他一笔钱。安东尼开玩笑说，等这笔钱全败光了就老老实实回加州工作。

顾新橙羡慕他的洒脱。对于富人家庭来说，这种尝试失败了也无所谓。

喧闹的酒吧里，顾新橙被朋友们围在中间。大家碰杯，洁白的啤酒花像雪花。

这一路走走停停，她身边的朋友换了一茬又一茬。离别之时，大家尽说开心的话，似乎还有很多很多的以后。事实上，这一别后，有些人此生可能都无缘再见了。

顾新橙喝完了一整杯扎啤，脸上浮着浅浅的红晕。

她发现，原来她不是不能喝酒，只是以前有人把她保护得太好了。

傅棠舟上飞机之前收到了沈毓清的微信语音留言：“棠舟啊，你爸今天也回北京。你们正好坐一趟车，一家人今晚一块儿吃顿饭。”

这是通知，不是商量。她总是这样擅作主张，将一切事情安排妥当。

他没回消息，直接退出界面，然后跟于修说：“你多安排一辆车接机。”

从上海到北京，这段旅程不长也不短。空姐问他想吃什么，他只要了一杯红酒。

下午一点，飞机抵达首都机场。仅仅一周，北京就从春天进入了夏天，忽高忽低的气温令人心生烦闷。

傅棠舟解开西服的扣子，从 VIP 通道大步流星地往外走。

这群西装革履的商务人士走出玻璃门时，引得行人纷纷侧目。几辆黑色的奥迪整齐地停在航站楼外，仿佛严阵以待的卫兵。车型低调，不算奢华，车牌号却不容小觑。

于修为傅棠舟打开最中间那辆车的后车门，躬身做了个“请”的手势。

傅棠舟上车坐定后，不紧不慢地叫了一声“爸”。

傅棠舟的身旁是一位精神矍铄的长者。长者的头发乌黑油亮，面部保养得宜，唯有眼角的皱纹出卖了他的年纪。

他正襟危坐、闭目养神，只有在听见这声“爸”时才点了一下头，嗯了一声。

他没有看傅棠舟，父子俩不着急寒暄——今晚不缺这样的机会。

前排车流移动缓慢，傅棠舟下意识地向车外瞥了一眼。偏偏就是这一眼，便让他没能再移开目光。

一个身穿白色开襟衬衫的年轻女孩推着大包小包站在路边。紧身牛仔裤裹着笔直纤细的双腿，衬衫下摆被松松地塞进牛仔裤里，勾勒着蜜桃般的臀部曲线，V 字形的衬衫领口上挂着一副墨镜。

再往上，是那张令他熟悉又陌生的脸。

她的头发和以前一样长，只是不再是自然的黑色，而是淡淡的金棕色。

她转过头，长发荡出一阵波浪，扫过纤细的腰肢。她伸手将发丝勾回耳后，藏在发丝下的脖颈一闪而过，皓白似雪。

该有多巧，他会在这个地方碰到她?

一辆出租车在她的身边停下。她敲开车窗，俯下身和司机说话。

没过多久，车窗升起，车被开走了，她依然停留在路边——看样子她是回不去了。

傅棠舟收回视线，淡淡地说：“爸，您先回去。”

傅安华睁开眼睛，一双深沉的黑眸和儿子的如出一辙。他不说话，傅棠舟却必须给个解释：“我接个朋友。”

他微微颔首，默许了。

傅棠舟下车以后，傅安华继续闭目养神。

他似乎对儿子的事儿毫不挂心，也不在意那是个什么朋友。

总之，那个朋友不可能是个男的。

约好的接机车半路出了故障，来不了了，顾新橙一边用打车软件匹配司机，一边在机场等出租车，看是否有司机能载她一程。

不幸的是，这里的出租车都有主儿了。

方才身上的些许湿汗黏得她不舒服，她用食指轻轻勾了下衣襟，不经意的小动作使得浅沟微露。

金棕色的长发似枫糖一般从肩膀上流泻而下，白色的肩带吊在纤薄的琵琶骨上。发尾带了些许内卷的弧度，像缱绻的海浪。

每一个从这扇玻璃门出来的行人都会下意识地看她一眼，男女皆有。外形靓丽的女性有着跨性别的吸引力——男人欣赏，女人艳羡。

“喂，爸。”她接了个电话，“我下飞机了，在等车。”

“你一个人行李好不好搬啊？”顾承望问。

“没事，司机会帮忙，一路送到学校，宿舍楼里有电梯。”

“那就好，你路上小心啊。”

“嗯，知道了。”

挂了电话，顾新橙用手挡着额头向后方张望，鞋跟微微踮起，越发显得腿直腰细。

她叫的车什么时候能到呢？

这时，一辆黑色的奥迪靠边停下，正好停在她的面前，她上半身的影子清晰地呈现在黑色车窗上。车窗缓缓降下，一道熟悉的侧影映入她的眼帘。

她认出了驾驶座上的人——傅棠舟。

自去年银泰一别，他们足足有一年未见了。时光对他倒是温柔，不曾在他的脸上留下半分痕迹。

他的头发短了一些，五官丝毫未变。一双深沉的眼眸和她记忆中一模一样。

后座上随意地摆放着黑色的西服外套和靛青色的领带，安全带从他的肩膀横到腰腹，勒出胸肌的轮廓。

他的身上笼着淡淡的海盐薄荷香气。她联想到加州那片金色的海岸，湿润的海风和灿烂的阳光。

如果不是顾新橙太了解面前的这个男人，或许她会像其他女人一样掉入他的陷阱。

只可惜，她现在见了他，除了对这场意外的重逢略微惊讶，情绪没有更多波动。

傅棠舟微微侧过身，半条胳膊搭上车窗：“我顺路，正好送

送你。”

语气是冷漠的，他似乎想撇去某种不该有的关怀。

“谢谢，不搭顺风车。”她的口吻疏离又淡漠。她仿佛只当他是路过的一位陌生的司机。

白色的衬衫不安分地向肩膀一侧滑动。她不动声色地耸了下肩，将衣衫调整回原来的位置。啪的一声，挂在衣襟上的墨镜掉到了地上，她蹲身去捡。

趁着她脱离他视线的这几秒，傅棠舟握着方向盘的手指攥紧了。

这一年她变了挺多，他说不上来这到底是好还是不好——可他得承认，她出落得比以前更有韵味了。

以前，她在他的面前就是个小女孩。他一逗她，她就像小猫一样羞恼。

现在，她穿着最简单的衣服，举手投足间却有了一丝独特的女人味。

这不是他带给她的，或许她在美国这段时间有过别的男人。他不清楚，也不敢多想。

既然当初让她去追逐自己的人生，他就该预料到这种情况。

他闭了下眼，旋即睁开，混沌的眼神重新变得清明起来。

顾新橙站了起来，戴上墨镜，浅棕色的方形镜片遮住了半边脸。口红将上唇勾勒出精致的 M 形，漂亮的眼睛被挡住，一双红唇更加引人注目。

傅棠舟的喉头微微发涩，语气在不经意间柔和了几分，他说道：“上车。”

她的唇角勾起一道极浅的弧度。她说：“不好意思，不方便。”

后方有喇叭声传来，有司机嫌傅棠舟停留得太久。他面无表情地升上车窗，把车向前开了一段路，又默默松开油门，瞥了一眼后视镜——顾新橙的面前停了另一辆车，她打开车门坐了进去。

傅棠舟收回视线，将油门踩到底。车轮飞速地滚动，碾过柏油马路上的白线。

傅家的小规模家宴设在钓鱼台国宾馆。这儿以前是接待外宾的

地方，近些年才对外开放。

傅安华夸过这儿的菜式。于是这回沈毓清让人订了包间，替丈夫接风洗尘。

傅安华进门后，沈毓清接过他的外衣，递给了服务员。她看了一眼空荡荡的走廊："棠舟呢？"

"等会儿他应该就到了。"

"一天天的也不知道他都在忙些什么。"

傅安华向餐桌走去，先向主位上白发苍苍的老人打了一声招呼："爸。"

"回来了，坐。"这是傅棠舟的爷爷傅东升。

傅棠舟的二叔和二婶也在，两个人喊了一声："大哥。"

一家人坐定，沈毓清看了看时间。

快六点了，傅棠舟还没到。全家人等他一个小辈，这种不合规矩的事情很少发生。

这个儿子虽然不太听她这个当母亲的话，但在傅家的长辈的面前向来是拿捏有度的。

爷爷问："棠舟还没来？"

沈毓清说："我打个电话。"

她刚把号码拨出去，傅棠舟就到了。

傅棠舟挨个儿和大家打招呼，然后说："路上堵车，我来迟了。"

爷爷见了傅棠舟，神色稍缓，说道："没事儿，坐。"

一家人聚在一处，饭桌上却并不热闹。傅家门第高，教养好，不会像普通人家那样闲扯家常。

爷爷年事已高，傅家的家宴由傅棠舟他爸傅安华主持。

傅安华一开口，饭桌上就没有了任何声音。他问傅棠舟："最近工作怎样？"

"都好。"

傅安华神态自若地问："乐丰那个项目，你参与了吗？"

"早就撤了。"

"这种项目别碰，真出事儿了，我保不了你。"

"是。"

傅安华问的几件事都直戳傅棠舟的脊梁骨。他看似在询问傅棠舟的近况，实则对儿子的一举一动了如指掌，心里头跟明镜儿似的。

谈来谈去，傅安华不甚满意。在父亲的眼里，傅棠舟做的事情不过都是小打小闹。

“这儿的开水白菜不错。”爷爷冷不丁地说。

“爸，您尝尝。”傅棠舟及时接过话茬儿，将小盅端到傅安华的面前。

傅安华动筷子之前又问了一句：“你和你窦叔叔的侄女儿有联系吗？”

“没。”

“怎么回事儿？”

“工作忙，我没空谈朋友。”

傅安华瞥他一眼，对今天在机场发生的事儿装聋作哑。他说：“那也要考虑个人问题，你的年纪不小了。”

傅棠舟：“知道。”

傅安华点到为止，儿女情长在他这里不值得谈论。

爷爷说：“甭管谁家的闺女，带一个回来给我们瞧瞧。”

傅棠舟：“好。”

沈毓清忽然说：“窦婕这姑娘家世好，本本分分、清清白白。她之前在法国留学，回国后开了个艺术馆，我瞧着真不错。”

傅棠舟没搭腔。若不是今天家里人提起这事儿，他早就忘了她叫什么名字了。

“你工作再忙，也得抽空和人家聊上几句。”沈毓清提醒道。

“她又不是我的客户。”言下之意，他没有陪聊的义务。

“唉，毓清啊，”爷爷说，“棠舟要是喜欢人家，哪用你们催？他又不傻。”

“爸……”沈毓清欲言又止，最终还是压下了怨言。

“棠舟，你妈也是为了你好。”爷爷打了个圆场，“你要是早早带回个人来，她也不用急着给你介绍对象。”

这话一出，两头的威风都被压了一下，大家都顺了顺气儿。

“这事儿啊，还得看你。是你跟人家过日子，又不是我们。”

爷爷说，“女孩啊，大方懂事、出身清白就行。最重要的是，你得喜欢。”

爷爷这话一出，谁也不敢吭声了。

傅棠舟莫名地想起了顾新橙，今天在机场发生的那一幕在他的脑中挥之不去。

傅家人总是摆着高高在上的姿态，殊不知人家连傅棠舟的车都不愿意坐。

这是顾新橙第一次回研究生宿舍。她从宿管阿姨那儿领了宿舍钥匙，把大包小包的行李挪上电梯。

一个人单身久了，什么都能干，这点儿小事儿难不倒她。

回房间后，她懒得收拾行李，一路风尘仆仆，她的骨头都快累散架了。她要倒时差，这会儿困得要命，简单洗漱一番就上床睡了。

这一觉一直睡到第二天中午十一点，顾新橙拉开深蓝色床帘，宿舍里空无一人。

研究生住的是双人宿舍，她的室友是从其他学校考进来的，顾新橙不认识。从昨天到现在，连个人影也没见到。

再一想，她已经修完了硕士期间的所有课程的学分，而她的同学们估计还在为期末忙碌着。

起床后，她打开邮箱查看邮件。回国前，她投递了不少暑期实习岗位，现在陆续有面试通知发过来。

她的简历堪称卓越，没有哪家公司会拒绝给她一个面试的机会。她回了几封邮件，约好面试时间，然后就关上电脑，去食堂吃饭了。

熙熙攘攘的食堂里人头攒动。顾新橙照例打了两菜一汤，一两米饭。

食堂大妈手抖的毛病还是没治好。一份糖醋排骨都快被她晃没了，才被倒进顾新橙的餐盘里。

顾新橙找了个靠窗的空位坐下。窗外柳枝款摆，柳絮纷纷扬扬飞满天。

“同学，这儿有人吗？”一个男声响起。

顾新橙一抬眼，竟是季成然。

“你回国了？”他也很惊讶。

“嗯，”她点点头，“这儿没人，你坐吧。”

季成然把盘子放在桌上，在她的对面坐下：“你变了好多，我都快认不出你了。”

“哪里变了？”

“你变得更漂亮了。”

“社长，”顾新橙忽视了他的夸奖，“最近在忙什么？”

“别叫我社长了，我不当社长很多年了。”

“那叫你什么？”

“可以叫我季总。”他半开玩笑地说。

顾新橙愣怔一秒，明白了他的意思。

“你的公司开起来了？”

“工商和营业执照已经申请好了，办公地点在中关村的孵化基地，离学校还挺近。”

顾新橙没想到他的行动如此迅速，短短两三个月就搞定了不少东西。

“商业计划书写了没？”

“写了,不过我觉得写得不太好,不知道你能不能给我指点一下？”

“行，你发我邮箱。”

“我觉得你可以先去我的公司看一看，”季成然慢悠悠地说，“你看完以后，再说说哪里不足。”

与其凭借经验判断，她还不如实地考察，否则只是纸上谈兵。

顾新橙一口答应了，季成然说：“那找个时间，我带你过去。”

两个人有说有笑地吃着饭，这时她的手机响了，屏幕上是一个北京本地的座机号码。

“请问是顾新橙吗？”

“嗯，是的。”

“您好，这里是隆鑫资本。您之前给我们投递过一份实习简历，请问这周三下午有空来面试吗？”

顾新橙思索片刻，这和其他公司的面试时间不冲突。她说：“可以。”

她挂了电话，季成然问："你在找实习？"

"实习算学分，我在美国没法儿实习，必须回国找。"

"你肯定没问题的。"

"借你吉言。"

基金是顾新橙想尝试的领域之一，几家大型基金公司被她投了个遍，除了升幂资本。她脸皮薄，不想去前男友的公司实习。

而隆鑫资本……她早有耳闻。

这是国内最早涉足风投领域的机构之一，是行业内的佼佼者——隆鑫资本还是升幂资本的死对头。两家公司错综复杂的关系是风投行业公开的秘密。

顾新橙想起了两年前隆鑫资本和升幂资本同时看中一个项目，为此抢得头破血流的事儿。

当时傅棠舟找另一家投资机构合伙上演了一场拍卖式骗局。两家机构一唱一和，把价码抬得极高。

原本隆鑫已谈妥价格，最后没办法，一咬牙多出了一个亿，就赌这个项目日后会成为行业翘楚。

谁知后来项目爆雷，隆鑫亏得血本无归，白白损失了几个亿。

项目出事那天，傅棠舟带她吃了一顿大餐。他一人自斟自酌，心情好得很。

一到家，他连灯都懒得开，直接把她抱到玄关的鞋柜上，撩开她的裙子。

他的短发一下一下地刮刺着她的大腿内侧，带来一种又麻又痒的刺激感。她被他欺负得直叫唤，指尖没入他的短发。

食色，性也。

傅棠舟的庆祝方式就是这么简单粗暴。

那一夜，他甘为她的裙下之臣。

周三下午，顾新橙搭乘地铁前往国贸参加面试。她穿着长袖白衬衫，搭配黑色的包臀裙，一身商务精英的打扮。

她本以为这是一场一对一的面试。谁知会议室的门一开，里面坐了近十位面试者，有男有女。大家都西装革履，严阵以待。

她一来，空气中更添了一丝紧张。她这才意识到这个投资部实习生的岗位是多么抢手。

有人趁着准备的时间交换信息，大家问得最多的是：“你是哪个学校的？”

A 大、B 大、C 大……个个儿履历不凡。

“你呢？”有人问顾新橙。

“A 大。”她说。

“你是哪个学院的？”

“经管。”

“哦，我社科院的。”

大家相互试探，又相互提防，唯恐露了底。

学校是高端金融企业筛选简历的第一道门槛，这种竞争顾新橙早已司空见惯，北京遍地是她的校友。

主面试官名叫张河，是这个岗位的直属领导。

大家轮流做了自我介绍，每一位都是天之骄子——现在他们像摆在货架上的白菜被面试官们挑挑拣拣。

顾新橙做完自我介绍后，张河眯着眼看着她的简历：“你之前在哈佛大学做交换生，能详细讲讲吗？”

于是她简单讲了讲在国外交换的经历，面试官纷纷点头，众人的神色微变。

自我介绍环节结束以后，就进入了一个头脑风暴环节，大家要进行无领导小组讨论。

面试官的主题给得挺宽泛——如何看待目前国内人工智能行业的发展？

拿到题目的那一刻，顾新橙暗自庆幸，这是她了解的领域。

在讨论的过程中，她的心里逐渐有了底。有时候表现得好不好，不需要旁人点评，自己就能清楚地感受到。

面试进行了大约一个小时才结束，张河告诉大家回去等通知即可。

其他面试者收拾完东西陆续离开了。顾新橙去了一趟洗手间，回来后才往电梯间走。

这时正好有一趟下行的电梯，门是打开的，顾新橙踏了进去。

那一瞬间，她的脚步顿住了——她没想到会在这里碰到傅棠舟。

他笔挺地直立在电梯里，身旁是于修。当时于修正在提醒他下午的行程。傅棠舟听到一半，警惕地一抬眼，就撞上了顾新橙的目光。

四目相对，他不再言语。于修瞟了一眼，立刻噤声。

顾新橙想回头看看公司的标志，隆鑫资本明明和升幂资本不在一个大厦里啊。

可惜电梯门已经合上，她看不见了。

封闭的电梯里，三个人站成一个等边三角形，谁也不挨着谁。

电梯开始向下沉，顾新橙装作不认识傅棠舟，手指漫无目的地在手机上滑来滑去。

此时此刻，气氛微妙。于修察言观色了几秒，主动开口："顾小姐，您不认识傅总了吗？"

电梯内静默了很久。顾新橙尴尬到头皮发麻，只得礼貌性地叫了一声："傅总。"

傅棠舟嗯了一声，然后问："你在找工作？"

顾新橙点了一下头。

"有困难你可以找我。"傅棠舟说。

"谢谢，找工作这种小事我就不劳您挂心了。"顾新橙自信地一笑。

电梯突然发出叮的一声，提示已经到一层了。

"我到了。"顾新橙适时终止了两个人的对话，头也不回地踏出了电梯。

傅棠舟的手下意识地向前伸了一下，在半空中停顿了一秒。

空气里浮着淡淡的玫瑰木兰香。他若无其事地把手插回兜里，冷眼看着她的身影消失在他的视线中。

直到电梯门再度合上，顾新橙才回过头。

那么大的北京，她怎么在哪儿都能碰见他？

一周之后，顾新橙接到了隆鑫资本 HR（人事部门）的电话。

对方告诉她，隆鑫资本可以给她发暑期实习 offer。如果她在实习期间表现突出，有留用机会。

她能从那么多面试者中脱颖而出，实属不易。

然而她没有立刻答应，因为手里还有几份暑期实习 offer。她得权衡一下，再决定去哪家公司。

她看来看去，还是隆鑫资本开出的条件最为优越，暑期实习两个月，月薪一万五，日后如果能转正，年薪五十万起。

原来 PE/VC（私募股权投资）机构对员工这么大方，连实习生的工资都能开到这个价位。

她不知道升幂资本的待遇是不是也这么好……这个想法冒出来的一瞬间就立刻被她打消了。

五月底，顾新橙去隆鑫办理入职。张经理让前任实习生李悦带她参观工作环境，顺便交接工作。

这里的办公室宽敞阔气多了，人均办公面积不小。茶水间、零食区一应俱全，管饱管够。

“办公环境不错，就是附近的物价比较高。中午随便吃个工作餐也得五十左右。”李悦说，“不过工资高，也就无所谓了。”

顾新橙站在公司大厅的落地窗前，向外望去。

这里的摩天大厦高耸入云，商务精英步履匆匆。她下意识地寻找银泰中心，那是她唯一熟悉的大楼。

“这边的公司太多了，看见没？那个。”李悦指了指对面的那栋写字楼，“升幂资本就在那边。”

“升幂资本？”顾新橙喃喃道。

李悦以为她不懂，便给她解释：“另一家风投机构，咱们公司的竞争对手。”

顾新橙微笑着点了下头，并不言语。

她花了一天时间跟着李悦熟悉工作流程。李悦告诉她，最近隆鑫资本为了响应政府号召，和其他几家投资机构共同成立了一个产业基金会，专门投资北京的某个高新产业园。所以顾新橙接下来一段时间应该会很忙。

顾新橙上次在隆鑫意外地碰见过傅棠舟。她不禁猜测，升幂资本是不是也参与了这个项目。

她再一打听，果然如她所料。

这是不是意味着她在工作中会和傅棠舟见面？

第八章

陌路逢君

顾新橙在隆鑫资本学习了不少新东西，也听说了许多新故事，傅棠舟这个名字隔三岔五就会往她的耳朵里钻。

隆鑫的老总钱康平和傅棠舟不太对付。隆鑫资本是风投圈的老牌公司，能有今天的规模实乃情理之中。而升幂资本是后起之秀，短短几年时间就与隆鑫平起平坐，谁能咽得下这口气呢?

在钱康平看来，傅棠舟是一个实力强劲的竞争对手，不可掉以轻心——越优秀的对手越让人畏惧。

这次新成立的产业基金会里依旧暗潮涌动。

七月初，几家投资机构要去考察一个高新产业园，隆鑫和升幂的负责人都会到场。

顾新橙作为隆鑫的员工，也被要求陪同考察。

钱总本人当天梳了个大背头，摩丝抹了半管，量身定制的阿玛尼西装做工精细，皮鞋锃光瓦亮，像是要去参加相亲节目的男嘉宾。

顾新橙和同事们则穿着统一的黑色西服套装。她的外形条件出

众，制服上身，衬得身材越发凹凸有致。她走在人群里，一眼就能被注意到——职场之上，女性的外貌是一种显而易见的优势。

一行人刚下车，早已等候在此的产业园区的工作人员立刻前来迎接。大家簇拥着钱总一路向前走去。

顾新橙再次看到了那个熟悉的人影，傅棠舟。

他今日的着装与往常无异，灰色菱格西装，搭配一条同色系的领带。修身西裤显得双腿修长有力，裤管恰到好处地遮到脚踝处。整个人非常利落。

他往那儿一站，风姿卓然，就连隆鑫的女员工都忍不住多看他几眼。

相比之下，钱总的装扮反倒被傅棠舟衬得有些刻意——原来男性的外貌也是一种优势。

“傅总，你来得可真早啊。”钱总走过去和傅棠舟打招呼。

“钱总，你好。”傅棠舟跟他握手。十秒后，他将握着的手松开。

他注意到了顾新橙，目光在她的脸上一扫而过。他的眼眸里没有任何特殊的情绪。

“我经常和我的员工说，傅总年纪轻轻就能把升幂做到如今的规模，不简单啊。”钱总客套地说，“哪像我们隆鑫，凭着入行十几年的经验才勉强站稳脚跟。”

傅棠舟淡然一笑：“钱总太谦虚了，谁不知道钱总兢兢业业十几年，才把隆鑫做大做强。而我不过是这两年运气好罢了。”

两个人的商业互吹夹枪带棒，外人听得云里雾里，可两家公司的人心知肚明。

钱总脸上的笑意渐渐消失了。风投圈里后生可畏，怎能不令他警惕？

双方会合之后，一群人簇拥着钱总和傅棠舟向产业园区内部走去。

考察团到访的第一家公司的展示区很简单，只摆了几台类似自动售货机的装置。

“这是我们公司自主研发的自动榨橙机，扫二维码付款，就可

以拿到一杯鲜榨果汁。”对方的工作人员介绍说，“我们的橙汁都是天然无添加的。”

这种机器在街头很常见。顾新橙以前也买过鲜榨果汁，一杯十五元，榨五个橙子。

正所谓外行看热闹，内行看门道。投资机构最关心的不是橙汁好喝与否，而是这家公司的商业模式是否可行。

傅棠舟问：“你们公司的橙子从哪儿来？”

“主要来自江西那边的橙园。我们和当地的果农签了采购协议，目前公司自有橙园三千亩，未来还会继续扩张。”

钱总观察着这台机器：“一台机器能装多少个橙子？你们怎么补货？”

“一次可以装一千个橙子，可以做两百杯橙汁。我们有专业的补给团队，专门负责给机器补货。”

两位老总的几个简短的问题问出了不少门道。

这家公司看似只是卖橙汁，其实弯弯绕绕一点儿不少。

傅棠舟忽然问：“现在可以买橙汁吗？”

对方说：“当然可以。”

钱总打趣道：“看来傅总口渴了。”

傅棠舟的脸上有淡淡的笑意，他说：“我怕大家口渴，请大家喝橙汁。”

他付了款，买了二十杯橙汁，温文尔雅的模样让在场的女性为之心跳加速。

钱总注意到旁边的另一台机器里整齐地码放着上百只椰子。他问：“这是榨椰子汁的机器？”

“是的。”

“产业链还拓宽了啊。”

钱总说：“既然傅总请大家喝橙汁，那我就请大家喝椰汁。”

在收买人心这一点上，他不想输给傅棠舟。

这时，傅棠舟买的橙汁已经榨好了两杯。

他端起这两杯橙汁，一杯递给钱总，一杯递给顾新橙。

“这家我请，钱总就不用破费了，”傅棠舟说，“后面还有别的。”

他们逛的好像不是高新产业园，而是小吃街。

顾新橙偷偷看了一眼钱总。见他接了果汁，她才伸手去接，同时小心翼翼地避免碰到傅棠舟的手。

把这两杯橙汁送出去后，傅棠舟像是完成了任务一样。他对其他人说：“自己拿，不用客气。”

于是大家逐个过去拿橙汁。

顾新橙拿着这杯冰凉的橙汁，一时之间手足无措。她这两天赶上生理期，不能喝凉的，否则必会痛经。

有个男同事喝得飞快，一边喝还一边说：“我想再来一杯。”

顾新橙凑过去：“我这杯给你。”

她没说为什么，这种私人话题不方便和异性提起。

周围的同事的脸上浮现出暧昧的笑容，那个男同事亦推辞说：“你喝。”

顾新橙说：“我不能喝。”

她把杯子塞进男同事的手里。男同事脸红不已，但还是收下了她的好意。

顾新橙松了口气，还好没浪费。

在场的所有人里，除了于修，谁都没注意到傅棠舟脸色的变化——他的脸现在像挂了冰霜。

这家卖鲜榨果汁的公司只是一道“开胃甜品”，越往园区深处走，大家越会发现这里藏龙卧虎。

上午十点，一行人来到人工智能产业展区。这个展区面积非常大，可见该行业正在资本和市场的推动下蓬勃发展。

这里推出的人工智能产品和顾新橙在硅谷看到的略有不同。硅谷的 AI 实验室里有很多概念性产品，其科技含量堪称世界之最。

而产业园区的人工智能产品则是面向广大消费者的。设计者将 AI 理念落实到了实践中。

展区正中央有一架电子钢琴，旁边有一块蓝色立牌，上面写着

几个白色的宋体字——“AI与你二重奏”。

工作人员笑容可掬地介绍道：“这架钢琴通晓音符的编码规则，其弹奏出来的音符经过AI的计算和处理，会自动生成和弦。感兴趣的话可以体验一下。”

钱总问：“有人会弹钢琴吗？”

顾新橙举手示意：“我可以试试吗？”

工作人员做出指引的手势：“可以，这边请。”

人群自动让开一条道。顾新橙走过去，右手搭上钢琴琴键。

大部分的钢琴曲需要用右手弹主旋律，左手负责和弦。工作人员说AI会将和弦补齐，所以她并没有上左手。

她思索几秒，选了一首大家耳熟能详的《卡农》。

钢琴的琴音似泉水一般缓缓地流泻而出，内置的AI程序几乎在同一时间为这首曲子配了和弦。两种声音合在一处，浑然天成。

傅棠舟的目光落在顾新橙的身上，冷厉的眼神稍显柔和。

她长长的鬈发似海藻般柔滑，在灯光之下隐隐泛着蜜糖般的光泽。洁白的手腕如凝脂般在琴键上移动着。

周围的人保持安静，专注地倾听着这首钢琴曲。直到最后一个音节落下，大家才回过神来，纷纷送上掌声。

钱总甚是欣喜。他对这家公司很感兴趣：“傅总，要一起看看吗？”

傅棠舟说：“我看看别的。”

钱总便道：“那咱们过会儿见？”

他们此次来考察是要为共同成立的产业基金会寻找项目，但每家投资机构也是各怀鬼胎。

干这一行，你可以和对手交流项目，但绝不能透底。真要遇到难得一见的好项目，投资人还得多留个心眼儿。

傅棠舟也是这么想的。

隆鑫和升幂的人分道扬镳，钱总对员工说：“你们不用跟着我。”

此次来考察，随访人员都身负重任——考察结束后他们要写项目报告。

一行人散了以后，顾新橙的胳膊被同事杜瑶挽住。杜瑶说：“咱

俩一起看吧。”

两个人在偌大的展厅里四下走动，时不时拍几张照片，留着写报告、查资料用。

有一个展区吸引了两个人的注意力。这家公司的主营业务是智能家居，整个展区被布置成家的模样，分外温馨。

两个人从客厅一路走走停停地来到中岛台的位置。

“顾新橙，你会做饭吗？”杜瑶忽然问。

“不太会。”顾新橙滑动墙面上的触摸屏。这里有焖汁大虾的教学视频。

“那你买这个好了。”杜瑶开玩笑道。

“还不如找个会做饭的老公。”顾新橙说。

她正在看屏幕，黑色反光的角落里忽然落入一个人影——傅棠舟也来这个展区了。

她说这句话时，傅棠舟的眼神往这里瞟了一下。她下意识地想了想，反正他也不会做饭，跟他没关系。

参观完厨房，两个人往主卧的方向走去。工作人员讲解的声音传来：“这张多功能智能床……”

顾新橙好奇地踏进门，却和傅棠舟打了个照面。他站在窗帘那边，身姿挺拔。于修毕恭毕敬地站在他旁边。

杜瑶打了个招呼：“傅总好。”

顾新橙也跟着打招呼：“傅总好。”

傅棠舟微微颔首。工作人员继续刚刚的话题：“还可以检测心跳、呼吸等的频率，做出健康状况的判断。”

杜瑶像是发现了宝藏：“好神奇。”

工作人员说：“可以躺上来体验一下，这张床还有按摩功能。”

杜瑶问顾新橙：“上去试试？”

顾新橙摆了摆手，不想在人前做这种事。

杜瑶却不忌讳，大大方方地躺到床上。

工作人员为她调节好按摩模式，继续介绍说：“这张床关联了其他智能家电，躺在床上就能开关房门和其他房间的灯光。”

这个功能倒是挺方便。顾新橙恍然想起，以前有几次她和傅棠舟躺在床上时想起别的房间的灯没关。可他的房子太大，走一趟要好久，谁也不愿动。

傅棠舟不在乎这点儿电费，可她觉得浪费，非要下床去关灯，他却不让她下床。

至于后来发生了什么，她也不知道。第二天她起床时，灯早已关了。

杜瑶越听越喜欢。她对顾新橙说："我好想要这个啊。"

顾新橙说了一个字："买。"

"买不起。"

"我也买不起。"

顾新橙抬起眼，傅棠舟正在看她。

两个人对视一秒，同时移开目光。

于修心领神会地问了一句："傅总，买吗？"

傅棠舟瞥他一眼，没说话，一个人出门了。

杜瑶体验完，顾新橙也赶紧拉着她走了。

于修没走，而是留下来跟工作人员要了一张名片，说以后要买床会联系她。

两个女生出了智能家居体验区，她们的右首边是一个 VR（虚拟现实）密室逃脱体验区。

"顾新橙，你平时玩这个吗？"

"会和同学玩，但不常去。"

"那咱们进去看看，转一圈应该很快。"

两个人从入口的甬道走过，进入密室内部。此处的设计别有洞天，顾新橙被一个解谜小游戏吸引了——从一排面具里探寻一组密码。

她仔仔细细地观察一番，按照自己的想法输了几个数字，系统却显示密码错误。

"哎，这个怎么不对呢？"顾新橙想问问杜瑶，一扭头，她却不在，估计去看别的密室了。

顾新橙在原地转悠了两圈，还是没找到杜瑶，便打算去出口处

等她。

她向前走了几步，一个设计成植物园的密室吸引了她的目光。她推开厚重的门，走了进去。

此处鸟语花香，背景音乐平缓。她一边走一边看，走到尽头时，碰见了一个人。

傅棠舟站在屏幕前，荧荧的光芒映上他棱角分明的侧脸。于修不在他身边，所以现在这个密室里只有他们两个人。

顾新橙的心忽然漏跳了一拍。她冲他点了下头便想离开。

谁知傅棠舟主动开口："顾新橙。"

她顿住脚步，缓缓转过身。

忽明忽暗之间，傅棠舟转过头与她四目相对。他的眼眸像一片静谧的湖水，波澜不惊。

顾新橙学着他的口吻叫了他一声："傅总。"

傅棠舟不再介意这个称呼。他看向屏幕，那里有一株向日葵迎风摇摆。

"你明年这时候要毕业了吧？"他问。

顾新橙淡淡地嗯了一声。

"以后有什么打算？"语气很平静，他像是在和一位相识多年的老朋友叙旧。

"暂时还没想好。"顾新橙的话亦是半真半假。她现在不会像以前那样傻乎乎的，对谁都捧着一颗十足的真心，更不会对自己的前任男朋友毫无保留地说实话。

他又问她："以后留在北京吗？"

顾新橙的嘴角挂着一丝轻笑："留在北京挺难的。"

"对你来说，不难。"傅棠舟再度看向她。

她望着他的眼睛，却看不透他。潜意识里的某种思绪忽然躁动起来，她垂下眼，不愿多想。

傅棠舟挪了下脚步，稍稍靠近顾新橙。

他们很久没有离得这么近了。他的身上是她熟悉的雪松气息，混着极淡的烟草香气。

"在隆鑫工作得怎么样？"

"挺好。"

"职场如战场，跟对老板很重要。"傅棠舟开口说道，"做出选择之前，要三思。"

他像是在提醒她什么，却又不说破。

"职场上要多留心眼儿，防人之心不可无。"傅棠舟继续说道，"谁都想往上走，能利用的资源就利用起来。"

顾新橙思忖片刻。她在北京孑然一身，手里有什么资源可以利用呢？

他垂眸看着她，声音压低了些："真遇到什么事情，可以来找我。"

顾新橙不懂他的意思，他又补充了一句："我算是你的朋友吧？"

朋友。

他用这样一个词来定义两人现在的关系。

顾新橙不知道该不该接受这种定义。但是她觉得他们之间至少算不上敌人。

去美国之前，她就彻底放下过去了。

爱也好，恨也罢，一切往事烟消云散。

时隔一年，现在他对她来说更像是一位熟悉的陌生人。

"谢谢傅总的好意。"顾新橙微微一笑。

她嘴上这么说着，心里却很清楚，自己应该用不上他这个人脉资源。

"不过，"顾新橙话锋一转，"我能处理好自己的事情。"

这一年多的时间里，她一个人在异国他乡学习生活，早已练就了自己照顾自己的本领。

地球那么大，离了谁都一样转。感情也是如此，没有谁离不开谁。

如果她能早点儿明白这个道理，也不会在他身上蹉跎时光。

"嗯，能处理好就行。"傅棠舟说。

他倚着幕墙，眼神淡漠——不知是欣喜于她的成长，还是怅惋自己变得可有可无。

在这个密室看不出什么名堂来，顾新橙打算离开。

她从他身边经过，刚踏出一步，柔和的灯光一闪，大屏幕上顷刻间风云变化、电闪雷鸣。

绿树鲜花迅速枯萎凋零，土地龟裂、流水干涸。一座座插着十字架的坟堆拔地而起，整个房间都在震动。

眼前的坟堆里突然伸出一只嶙峋的手掌，下一秒，一个眼球凸出的僵尸张着血盆大口扑了过来。

顾新橙登时脸色煞白——这个 VR 密室简直太逼真了。僵尸的嘶吼声愈演愈烈，她下意识地往后退了一步。

谁知高跟鞋的鞋跟一崴，她条件反射似的伸手想要扶住什么。结果她什么也没抓着，人却跌进了一个宽大的怀抱里。

男性气息萦绕在鼻尖，平稳的呼吸吹拂过她的发顶。丝质衬衫乍一碰是冰凉的，可她一旦贴上他的胸膛，却滚烫似火。

顾新橙的身子僵了一下，一颗心脏扑通扑通地跳着。她想站直身子，却又找不到着力点。

这时，一只温暖的手掌隔着衣衫托住她的腰，轻轻扶了她一把。她站稳脚跟后，他的手适时地松开，插进兜里。

顾新橙想和他道一声谢，谁知一回头却撞见他眼神中若有似无的戏谑之意。他的嘴角挑着一个极淡的弧度，有点儿坏。

她刚刚还说自己能处理好自己的事儿，一转眼就摔到他怀里了。他袖手旁观的模样令顾新橙很羞恼，却也说不出半个字来。

音响里传来阴森的画外音。原来这是一个末日丧尸主题的密室，玩家的任务是摧毁某个组织，拯救生灵涂炭的世界。

顾新橙移开目光，整理好衣襟后匆匆出了门。

一出门，她便遇见了杜瑶。

“哎，你去哪儿了？”杜瑶问，“脸怎么红成这样？”

“热。”顾新橙小声说。

杜瑶琢磨了两秒。突然，密室的门又被推开了，傅棠舟携着一阵凉风走了出来。

杜瑶端正神色，又打了个招呼：“傅总，您也在这儿。”

“嗯。”他微微颔首，神情淡定得仿佛刚刚的小意外根本没有发生过一样。

傅棠舟用眼角的余光扫过顾新橙的脸，她脸上的潮红已经没有了。

“我们该走了。”顾新橙拉着杜瑶的胳膊，忙不迭地拽着她往出口的方向走。

顾新橙考察完产业园区之后，工作忙碌了许多。

她和团队合作完成了长长的报告，内容翔实、数据可靠。

钱总看了报告后甚是欣慰。当月，除了基本实习工资，顾新橙还领到了一笔丰厚的奖金。

周五傍晚回学校时，她从南门的小商店里买了一盒草莓，打算洗完澡后边吃草莓边看综艺节目，放松一下紧绷的神经。

她付款时，季成然给她发了一条微信。

季成然：明天有空吗？带你来我的公司看看。

明天确实没事，于是顾新橙回了一个“OK”的手势。

第二天上午九点，顾新橙准时出了宿舍。

位于中关村的创业孵化基地距离A大只有两站地铁的路程，来往非常便捷。

“这里都是创业公司，”季成然摁了电梯楼层，“我隔壁那家公司也是A大学生做的。”

A大的创业氛围很浓厚，国内许多知名企业家是A大校友。

这栋写字楼的布局和国贸的高端写字楼不同，一个公司一般只租一个开间，小的三十平方米，大的六十平方米，二三十家公司密密地挤在一层楼上。

周六，许多公司里还有人在上班——自己给自己打工，也就没有剥削与被剥削的说法了。

“就是这儿了。”季成然推开一道玻璃门，顾新橙看见入口的白墙上有一行凸字——北京致成科技有限公司。

下方是公司前台，却并没有人，只摆了几盆绿植作为简单的装饰。

“这里一个月多少租金？”顾新橙问。

“不多，几千。”季成然说。

两个人往里走。不大的空间被划分为办公区和会议区，陈设简单、窗明几净。三两个员工正在办公桌上忙活。

初创公司上下级之间没有很强的等级观念，见季成然来了，他们微笑着点头示意。

“这都是我们信院的同学，”季成然介绍说，“这位是顾新橙，咱们学校经管学院的大神。”

一个戴眼镜的男生用纸杯替她接了一杯水，顾新橙绕过去看他工作。他正在试运行一长串代码。

“陶斌，我的同学。他是工程师。”季成然指了指另外两人，“大家都是工程师。”

顾新橙大致明白了，公司现阶段只设立了核心技术岗。创业公司一人身兼数职很正常，琐碎的杂事都得老板亲力亲为。

她捧着纸杯看了一阵子，然后问陶斌：“你这是什么程序？”

他说：“一个图像识别程序。”

“这是我们接的一个活儿，是给一家小型购物网站做的。”季成然解释道，“顾客想要什么产品，上传图片后网站会自动推荐。同时，商家的商品图片也会被自动归类，方便顾客搜索目标商品。”

顾新橙由衷地感慨：“挺厉害的啊，都开始接业务了。”

季成然自信地一笑：“那当然，没有业务，那和皮包公司也没两样了。”

两个人走到会议室，角落里摆了几只大箱子，上面写着某家旅游公司的名字。

这应该是上家公司搬走时遗留下来的东西。顾新橙不禁猜测这家公司是黯然离场还是搬去了更大更豪华的写字楼。

季成然拉开一把塑料椅子，撕去塑料泡沫纸，请她坐下。

会议室的白板上写得满满当当，这是季成然绘制的事业蓝图。

顾新橙目不转睛地看了一阵。他这个人除了有仰望星空的梦想，也有脚踏实地的耐性。

当初他凭借一人之力创办了 A 大的麻将社，还办得蒸蒸日上，这种领导力和执行力不是每个人都有的。

“公司的第一步是活下来，赚到第一笔钱，”季成然说，“刚刚那个图像识别软件是我们自主开发的项目。除了购物网站，还可以应用到其他领域。”

承接外包业务能保证公司在短期内有收入来源，但公司想要在这个市场里拥有核心竞争力，必然不能只依靠外包业务。

“你的商业计划书我看过了，公司的产品研发这一部分你最了解。”顾新橙话锋一转，“但其他方面需要再修改。”

“所以我来请教你啊，”季成然感叹，“既懂业务又懂财务的管理人才，难找啊。”

顾新橙以为季成然在恭维她，于是腼腆一笑：“你的忙我肯定会帮的。”

“那我先谢过了？”季成然说，“晚上请你吃饭。”

“吃饭就算啦，”顾新橙开玩笑，“我还欠你一顿饭呢，这下咱们两清了。”

顾新橙站在办公室的窗边向外眺望。

成群结队的员工从大厦门口拥出，奔向附近的地下美食广场，然后买一份二十元以内的速食便当。

整个大厦呈“回”字形结构，中间有一片四四方方的绿化带。草坪正中央有一座创意雕像，是一个抽象的翅膀。

这里是一个个创业者带着梦想起航的地方，筚路蓝缕，以启山林。

在这个时代，梦想是奢侈品。

大部分人会选择安安稳稳地度过一生，季成然的这份胆魄和能力令她打心眼儿里佩服。

顾新橙花了一个月的时间修改计划书，最后终于把草稿发给了季成然。

他大为感谢，说要给她支付酬劳。毕竟她现在在实习期就能月入一两万，让她白干他心底实在过意不去。

顾新橙推辞。她只是帮朋友的忙而已，当初他指导她写作业也

没收过一毛钱。

于是季成然说要请她吃顿饭，顾新橙盛情难却，只得答应。

这家餐厅在三里屯附近，独立院落外有一层铁篱笆外墙，里面是一栋独立的三层小楼。

草坪上的露天桌椅旁撑着白色的大型遮阳伞，像一朵朵白云一样。环境优雅，也很有格调。

桌上有一个玻璃花瓶，窄窄的瓶口里插着一枝红玫瑰。

顾新橙在季成然对面坐下，他把厚厚的菜单递过来："看看吃什么。"

她一页一页翻着菜单，思忖着到底点什么菜能既给季成然面子又不让他破费太多。

两人从商业计划书聊到顾新橙现在的实习情况。

"你现在是在风投公司实习？"

"嗯，在隆鑫。"

"这家规模好像挺大。我看不少团队拿了投资后，业务马上就起飞了。"

"公司究竟能做成什么样，团队和项目最重要，投资机构的帮助只是一部分。"

"你懂得好多。"

顾新橙笑了笑："术业有专攻，我是学这个的，肯定得懂啊，不然怎么给老板打工？"

季成然为她添上一杯新茶，然后突然问："你有没有想过自己当老板？"

顾新橙略疑惑："自己当老板？"

"你各方面条件都很优秀，为什么不拼一把呢？"季成然说，"你在大公司干，固然稳定，可你也说了，都是给老板打工。"

顾新橙放下甜品勺："自己当老板风险也很大啊。"

"你们学金融的不是经常说一句话吗？"季成然注视着她，"风险越高回报越大。"

"我从小到大运气都不太好，"顾新橙说，"小时候买干脆面从来没中过奖。”

“你学过概率论，肯定知道这和买干脆面不一样。”季成然语气笃定，“这不是概率均等的随机事件。越优秀的人在这个游戏中的权重越大。”

卓越的团队和靠谱的项目，一系列的优秀特质会为创业成功增加砝码。

顾新橙何尝不懂这个道理呢？只是她暂时还没有放手一搏的勇气。

一边是稳定的五十万元起薪。她干上十年，少说也能在北京奋斗成中产人群。

一边是风险收益俱高的创业。她赌赢了，成为人上人；赌输了，一无所有。

“我知道你在担心什么，你觉得你有稳定的工作，不必冒险。”季成然说，“不瞒你说，去年某个大厂秋招，我试着投了一份简历。对方给我开了八十万的年薪，我没有过去。”

八十万年薪意味着他为对方创造的价值得有十倍之多，这个数目着实惊到了顾新橙。

“我自己干一年，能赚到比八十万还多的东西。将来我赚到的一切都是我的，何必替别人卖命呢？”季成然很自信，“创业的成与败也就一两年的事情，我赌得起。失败了，大不了重新来过。”

在他这个角度，这似乎是个只赚不赔的买卖。两年青春而已，她怎么就赌不起呢？

“我现在做的是人工智能方向，你可能比我还要了解这个行业未来的发展前景。行业找准了，项目……”季成然顿了一下，“我们公司的业务想必你都清楚。靠不靠谱，你有自己的判断力。”

“至于好的团队，”季成然笑了笑，“如果你愿意过来，那我们的团队就完美了。”

顶尖的技术人才和顶尖的管理人才简直就是最佳拍档。

他们说话间，一辆白色特斯拉被开进了院子，车门打开，下来两个男人。

一位沉稳贵气，一位年轻时髦。两人结伴向里走，正在用餐的几个女人止不住地看过来。

“傅哥，你瞧瞧，这地段，这环境，稳赚不亏的。”林云飞热络地介绍说，“我爸妈非不让我投资。人家老板都跟我说过了，入股就行，不用我管理。”

傅棠舟停下脚步，目光从左到右扫了一圈：“你那酒吧开了两三年，没吸取点儿教训？我看你还没你爸妈长记性。”

“我怎么没吸取教训了？”林云飞振振有词，“最大的教训就是，我不该自己来管理酒吧。早点儿雇个人多省心。”

傅棠舟冷嗤一声：“你打算投资多少？”

“傅哥，这取决于你怎么跟我爸妈说。”林云飞开始拍马屁，“我说什么我爸妈也不信，他们就信你。你说好，一千万他们也拿得出。”

“一千万，”傅棠舟一哂，“这餐厅拿一千万打算去干吗啊？”

林云飞大言不惭：“你还担心钱花不出去？”

“投资的钱得用在刀刃上，”傅棠舟说，“老板拿去买辆车开开，你乐意？”

傅棠舟一针见血，林云飞不吭声了。

“哎，傅哥，”林云飞很狗腿地拉开一张椅子，请他坐下，“今儿我来这儿是请你吃饭的。”

他双手将菜单奉上。傅棠舟翻了几页，打算先看看餐厅的菜式。

林云飞今天格外殷勤，亲自动手为他倒茶。傅棠舟悠悠地冲茶盅吹了口气，饮了一小口茶。

他把茶盅放回桌上，余光忽然捕捉到一个熟悉的身影。

顾新橙今天穿了一件浅蓝色的衬衫裙，纤瘦的小腿在椅子下交叉，凉鞋的金属细环缠绕着脚踝。

长发被梳在耳后，两侧别着“X”形的白色发卡。她拿着一把甜品勺，挖着碗中的杏仁豆腐。

不知对面那个男人同她说了什么，她抿唇一笑。两只眼睛眯起来，像小月亮一样。

“傅哥，”林云飞的声音提醒他收回目光，“你看看吃点儿什么？”

傅棠舟垂下眼，唰唰地翻着页，走马观花地看完了整本菜单。

发现桌上的花瓶里还插着红玫瑰，他说:“这花儿拿走，碍事儿。”

林云飞把花瓶挪到一边：“傅哥，这是情侣主题餐厅，人家放这花儿是为了营造氛围。”

林云飞见傅棠舟不信，便把菜单打开指给他看：“这个双椒鱼头名叫‘一生一世一双鱼’。这个辣炒田螺名叫‘吻别’。”

他又翻了两页，指着一道凉菜说道：“这叫‘相思情人泪’，放了芥末。你看这里还有解释，说吃了这道菜会因为思念自己心爱的人而流泪、难过。”

“傅哥，要不要给你点个‘相思情人泪’？我看这菜别的地方都没有。”

“不用。”

傅棠舟点了几个名字还算正常的菜，便把菜单放到了一边。

情侣餐厅，啧。

顾新橙那桌桌边的围栏旁放了几盆花，巧妙地遮挡了视线。她没有注意到这边的情况，依旧和季成然讲着话。

“我还是个学生，管理这种事……”她推辞，“越有经验的人越适合。”

“你我对彼此的能力都很了解，就别在我这儿谦虚了。”季成然郑重地说道。

“谁都是从学生时代过来的，经验老到的人固然好，可咱们年轻人也有年轻人的优点，是不是？”季成然微笑着看着她。

年轻人最大的优点——热情、有活力、有干劲儿，对未来有无限的向往。

“我不能跟你保证什么，但我觉得你的才能不应当局限于你目前的工作。”季成然说，“人这一生，突破圈层的机会很少，在这个时代，创业是仅有的几条路之一。”

突破圈层……这四个字隐隐提醒着顾新橙什么。

“如果你愿意加入我的团队，我荣幸至极。”季成然端起茶杯，

一饮而尽。

他的这番话让顾新橙倏然之间热血沸腾，庞大的事业版图仿佛已经绘制完成。

或许，季成然和她的目标才是一致的。而高高在上的傅棠舟对她来说遥不可及。

和价值观相同的伙伴一起为了未来拼搏，这对她而言更切合实际。

这种感觉和她当初得知自己可以去美国时一样。她的胸腔中涌动着一股激情，不单单是对名利与成功的渴望，还有一种实现自我价值的冲动。

这番话打动了顾新橙，却并不能让她立刻下定决心。

她有冒险精神，可她并不会盲目冒险。这种事情，她没有办法一个人做决定，也不能一拍脑袋就做决定。

季成然对她的想法了如指掌。他说："你不用着急做决定，可以慢慢考虑，我这里永远欢迎你过来。"

顾新橙望着头顶高悬的新月，她的人生为什么总是会出现意外的选项呢？

她再一想，如果人像照着规划表一样规规矩矩地过每一天，二十岁时可以看到八十岁的样子，又有什么意义呢？

所以，她接下来该往哪里走呢？

梨花院落溶溶月，柳絮池塘淡淡风。

那边两人有来有回地探讨着问题，这边林云飞继续滔滔不绝地向傅棠舟推荐这家餐厅。

"老板跟我说了，这里的人均客单价将近五百元。"

傅棠舟挑出一块鱼骨，眼皮都懒得抬一下。他说："这上网就能查到，说点儿有用的。"

林云飞抓耳挠腮。他站起来说："我找老板亲自来跟你说。"

傅棠舟还没来得及阻拦，林云飞就发现了顾新橙坐在不远处的桌子旁，她的对面还有个男人。

他用眼神偷偷丈量着傅棠舟和顾新橙之间的距离。他不信傅棠舟这么敏锐的人到现在都没发现顾新橙在这儿。

林云飞又坐了回来。

他想说话，又不知道该说些什么。

傅哥这人吧，看上去是有点儿没心没肺的，可自打顾妹妹走后，他就没见傅哥身边有过别的女孩。

顾妹妹成了一个禁忌话题，提都不能提。他有时候说话口无遮拦，傅哥都会一记眼刀甩过来，可现在一个大活人就在旁边坐着，傅哥真的无动于衷吗？

林云飞敲了敲桌子，傅棠舟看他一眼。他指了指顾新橙的方向，傅棠舟移开目光，神情并无破绽。

可林云飞觉得傅棠舟这反应并不正常。

如果真的无所谓，傅棠舟为什么要选择不看她，而且是装作刻意不看？

刚刚吃饭的时候他分明时不时就往那个方向看！

“傅哥，你还记得你以前答应我的事儿吗？”

“什么事儿？”

“你说要把顾妹妹带来玩，我都等了快两年了，人呢？”

“……”

林云飞哪壶不开提哪壶。

“唉，傅哥。”林云飞悠悠地叹了一口气，“你知道人这一辈子，最遗憾的事儿是什么吗？”

傅棠舟不搭理他，林云飞继续自言自语：“年轻的时候，有一份真挚的爱情摆在一个人的面前，那个人却不懂得珍惜，直到失去了，才追悔莫及。这也就罢了，好不容易失而复得，如果那个人还不去争取，拱手让人，这是最可惜的。”

傅棠舟放下筷子，又喝了一口茶，将杯子搁到桌上。

林云飞以为他要说什么，谁知傅棠舟重新拿起了筷子，继续吃鱼。

顾妹妹现在和别的男人约会，好像跟傅哥半毛钱关系没有似的。

薄暮时分，天上挂着一弯新月。

一阵晚风卷起洁白的桌布，周围是情侣们打情骂俏的声音。

此情此景，整个餐厅只有他们两位男士单独坐在一桌上吃饭，实在有些凄凉。

不，现在是傅棠舟一个人在吃饭。

林云飞并没有吃饭的心情。

“傅哥，顾妹妹回国你真的一点儿都不心动吗？”林云飞撇了撇嘴，“要是我，早就找她去了。”

傅棠舟冷嘲道：“一桌子菜，堵不上你的嘴？”

“傅哥，有时候我真搞不懂你是怎么想的，明明——”

傅棠舟及时打断了他的话：“我现在跟她只是朋友。”

“朋友……”林云飞不屑地说，“傅哥，你很缺朋友吗？我看你缺的是女朋友吧？”

傅棠舟没搭理他。

“傅哥，你仔细想想啊，”林云飞化身为爱情讲师，给傅棠舟灌输心灵鸡汤，“等你有一天老了，走不动路了，躺在家里听着收音机里播放的小曲儿。这个时候，你难道不希望身边有最爱的人陪伴着你吗？”

林云飞说到这里，傅棠舟啪的一声放下了筷子。这次的力道比上次更重了一些。

他拿了一张餐巾拭口，似有似无地看向顾新橙的方向。

林云飞欣喜万分，他的努力终于有了回报。看样子傅棠舟被他的话感染了，打算做出行动了。

谁知傅棠舟撂下一句话后转身就走了，潇洒得很。

他说：“我从来不听收音机。”

傅棠舟离开之后将车开上了高架桥。

他瞥了一眼仪表盘上的时间，现在才不到八点。

他要回家吗？

一想到那个空无一人的房子，他立刻打消了这个念头。

原来在他的潜意识里，那已经是可以被称为“家”的地方了。

这一年多以来，他在家的时间很少。

出差、加班、应酬……他把自己的生活安排得满满当当，像是回到了认识顾新橙以前的状态。

不，他比那时候更忙。人一忙起来，心也会随之变得麻木。

车子在高架桥上畅通无阻地飞驰，离家越来越远。

不知不觉间，他开到了 A 大附近。他把车停在了街边的蛋糕坊的门口，以前顾新橙总是让他停在这儿。

车子熄火以后，傅棠舟靠上椅背，思绪万千。

刚刚那是一家情侣餐厅，顾新橙和一个男人在谈笑风生。

他知道这意味着什么，但无权干涉。她的事业和感情都与他无关了。

时至今日，她早已不在意那段过去。而他偶尔想起她时，还是会有一种想抽烟的冲动。

可笑的是，她居然去隆鑫入职了。不光避着他，她还倒戈？嗬。

想到这里，他倏地攥紧了方向盘，手背上的青筋乍现。

夜间晴朗的天空中不知何时攒聚了几团乌云，一阵阴风刮过，卷起街边的白色的塑料袋。

傅棠舟放下手机，决定离开。他刚要踩油门，却在后视镜里意外地瞥见顾新橙的身影——她是一个人回来的，没有外宿，也没有被那个男人送回来。

傅棠舟不经意间扬了一下唇角，这一晚压在胸口的石头总算没了。下一秒，他忽然冷嗤一声，她对他竟然还有这么大的影响力？

顾新橙穿着浅蓝色的衬衫裙在夜色里格外晃眼。她踩着高跟鞋推开蛋糕坊的玻璃门，在店里优哉游哉地挑选着面包。

这时，天空中滚过一道惊雷，淅淅沥沥的雨点砸了下来。

顾新橙挑了两块面包，结完账，才发现外面下雨了。

她没有带伞，只能等着，可窗外的雨势根本刹不住。雨滴逐渐变成水柱，倾盆而下。

正当她犹豫要不要发个消息让同学来接她的时候，玻璃门被推开了，一个手执黑色长柄伞的男人缓步走了进来。

男人用指骨微凸的大手将长柄伞收起。水珠顺着伞尖滑下，碎落在地。

这道颀长的人影令她的心头浮上一种熟悉感，她却不敢确定。

直到他转过头，顾新橙才看清他的脸。

来人居然是傅棠舟。

一道闪电划破天际，天地瞬间失色。顾新橙拎着纸袋的手一僵。她随即撇过头，看着窗户的方向。

窗外风急雨骤，玻璃反射着橘色的路灯。水珠缓缓地滚动，汇聚成细小的水流。

收银台的小妹见了傅棠舟，笑逐颜开，热情地说道："先生，欢迎光临。"

傅棠舟对此没有任何回应，他的目光落在了顾新橙的身上。

白炽灯下，她垂着头，一只手握住另一只胳膊肘。金棕色的鬈发上有着一层淡淡的光圈。

白皙的皮肤有几分脱俗的感觉，五官却温柔得不带一点儿锋芒。微翘的唇透出一丝难以言说的性感。

傅棠舟款步走到她的身旁，看着玻璃窗不急不缓地说："下雨了。"

顾新橙沉默了几秒，低低地嗯了一声，手指在手机屏幕上滑动——她试图用玩手机的方式逃避这场意外的相遇。

蛋糕坊里飘着奶油甜腻的香气。傅棠舟把手插在兜里，冷静地看着窗外。顾新橙用足尖轻轻点地，漫不经心地刷着朋友圈。

这时，顾承望的电话打了进来。

顾新橙刻意和傅棠舟拉开距离，然后接通电话，用家乡话说："喂，爸。"

"最近怎么没给家里打电话？"

"实习忙，就没打。"

顾承望忽然咳嗽了两声。

"爸，你怎么了？"

"嗓子不太舒服，"顾承望岔开这个话题，"你这个实习能留用吗？"

“有留用机会，”顾新橙说得很保守，“具体能不能……还不确定。”

“有户口吗？”

“有名额，不过得排队。”

“还是有户口好，方便以后买房。”

话题忽然拐到了买房上，这是顾新橙从未考虑过的事儿——北京的房价简直高得离谱。

“爸，我不需要吧？”

“怎么不需要了？”顾承望振振有词，“现在《婚姻法》改了，婚前没房，婚后没保障。女孩也得买房才能安心。”

“我没钱啊。”

“你啊你，你还指望你一人就能把房买了？”顾承望叹了一口气，“我跟你妈给你攒了点儿钱，留着给你买房。”

顾家夫妇在无锡有体面的职业和稳定的收入，再穷也穷不到哪儿去，起码也算得上是城市的中产人群，可他们向来教育顾新橙要节俭。

顾新橙蒙了一阵子，小心翼翼地问：“多少钱啊？”

顾承望卖了个关子：“等你毕业了再告诉你。”

有了这句话，顾新橙踏实了不少。一个人在北京，有了房也算是有了落脚的地方，不至于孤苦伶仃。

顾新橙想到季成然今晚对她说的话，于是小声说：“爸，有个学长想拉我入伙去创业。”

“创什么业？”

“我去他们公司看过，是做人工智能的，”顾新橙很坦诚，“学长这人还挺靠谱的。”

“橙橙啊，你没进社会，不知道现在生意难做，”顾承望的语气严肃起来，他继续说，“你爸我在税务系统干了几十年，好多小企业每年都在盈亏平衡点上挣扎，连税都不用交。这些企业挣扎几年，也就倒闭了。”

“可也有成功的啊。”

“那是极少数。你没资金没人脉，光凭一腔热血是没法儿创业的。”

“知道，我暂时也没答应呢。”

家长们经历过风风雨雨，思想趋于保守，做事更稳健，想要说服他们并不容易。

她现在也没能说服自己放弃五十万年薪去创业，风险太大。

顾新橙挂了电话，再度看向窗外。这雨势完全没有要变小的意思。

她用手机查了下天气。这场雷阵雨得持续到夜间，她不能这么等下去。

她无视了傅棠舟，径直走向收银台，然后问收银员小妹：“请问你们这儿有伞吗？我想借一下，明天还过来，可以吗？”

收银员小妹正在清点钞票。她说：“我只有一把伞。”

顾新橙想给室友发消息，再一想，她和室友又不熟，一会儿地铁口会有人来卖伞吧？

她抬起头，想看看窗外的情况，可玻璃窗上那道俊雅的人影让她不得不移开目光。

“这雨得下到夜里，”低沉的男声在她的耳边响起，“我送你回去。”

她看着透明展柜里的多层翻糖蛋糕，静默了几秒：“不用。”

她不知道傅棠舟今晚为何会出现在这里。可她知道，她和他偶遇的频次太高了——比这座城市里任何两个陌生人遇到的频次都要高。

有句话说得好，偶遇一次是巧合，可偶遇七八次……两个人里面必定有一个是跟踪狂。

她没有跟踪他的心思，所以，究竟是怎么回事儿呢？

傅棠舟撑着那把长柄雨伞，沉默且雍容。良久，他将那柄伞递到她的手边：“伞拿着，自己回去。”

她垂下眼，恍然想到两个人分手那天也下了雨。雨不大，却冰冷刺骨。

他送她伞，可她不愿收。

“你怎么回去？”

“我开车。”

她向窗外看去，暴雨中停了一辆白色汽车，就在以前他经常停的那个位置。

顾新橙犹豫片刻：“那你先上车。”

从门口到车那儿有几十米的距离，他最好还是别淋雨。

时隔一两年，顾新橙的温柔依旧刻在骨子里，可这温柔之下却是冷漠的疏离。

玻璃门被拉开，风夹杂着雨丝飘进来，打湿了傅棠舟的衣袖。顾新橙挨在他的身旁，保持着约半臂的距离。

嘭的一声，雨伞被撑开，雨水交织成幕。

傅棠舟走下台阶，踏碎一地水花，顾新橙紧随其后。狂风撩动她的裙摆，小腿上沾了些许泥水，衬得皮肤越发白皙。

她钻进伞下，雨水从伞檐上倾泻而下。宽大的黑色雨伞下，一男一女的身影一高一低。

顾新橙目不斜视地向前走着，一辆车飞驰而过，闪亮的车灯照花了她的眼。她下意识地扭头躲避灯光，却直愣愣地撞上傅棠舟深沉的眼神。

他一如既往地保持着平静的神情，紧抿的朱红色薄唇显出一丝禁欲感。

雷声与雨声覆盖了所有细微的动静，两个人心照不宣地继续向前走，谁也没有说话。

时间像是被这下着暴雨的夜晚拉长了，这条短短的路似乎没有尽头——可他们还是到达了停车点。

顾新橙停下脚步，傅棠舟将这柄雨伞交到她的手中，木质伞柄上残留着他手心的一丝温度。

她接过伞，面不改色地说了一声谢谢，然后又说：“我会还给你。”

傅棠舟拉开车门：“不用。”

上车之前，他忍不住又看了她一眼。他想告诉她：“我可以开车送你回去。”

他的喉结滚了滚，这句话终究被噎在嗓子里，他没有说出口。

把车门关上后，傅棠舟在后视镜里看到她转身离去的背影。黑伞之下，她纤瘦的身躯仿佛一阵风就能被刮跑，他的心像是被暴雨一阵猛砸。

去年年初，分手那天，他就是这么坐在车里看着她一步步离自己远去的。

从那以后，她像一只断了线的风筝一样自由了。可那一截风筝线，他还握在手里。

现在，他还要这么看着她吗？

傅棠舟闭了闭眼，仰头靠上座椅。

他不想和她做朋友——不论看她多少遍，他还是想要拥有她。

想到这儿，他倏地睁开眼，然后打开车门，冒雨下了车。

她的身影在雨幕中不甚清晰。他时而能看见，时而看不见。他一路寻寻觅觅，领带被风刮得高高飘起，又被雨水沾湿，垂在胸前。

雨水把他浑身上下都淋透了。渐渐地，那个踽踽独行的身影出现在他的视线中。

他不自觉地放慢脚步——就算他追上她，又能怎样呢？

他这么一犹豫，顾新橙走进了 A 大的校门。

不容多想，他跟了上去，却被门口的保安拦住："校外人员拿身份证登记。"

一扇校门将两个人隔开。

雨水从他的额角流下，沿着他清晰的下颌线滚动。他一个人站在暴雨中看着她渐行渐远，最终，夜色将她伶仃的背影吞噬了。

他把手捏成拳，像是在克制着什么，整条手臂都在颤抖。

一辆打着灯的车停在他的身后，刺耳的喇叭声响起。保安不耐烦地催促："你别站这儿，要进快进，要走快走。"

傅棠舟冷冷地抬眼，浓黑的眼眸里是化不开的危险情绪。

保安的语气软了不少："有车要进，你站这儿也不合适吧？"

傅棠舟抬高下巴，把手揣进兜里，冷傲又决绝地走了。

保安见他走远了，这才不满地嘟囔一句："跩什么跩？被雨淋得跟狗一样。"

第二天是周末，傅棠舟在书房里处理公务。

升幂资本投资了一家名叫潜临生物的医药公司，最近其研发费用开支飙升，一期投资款已告罄。

投资经理向他汇报了这件事。傅棠舟正在查看这家公司的具体情况，之后再决定是否追加投资。

门铃响了，物业说有他的快递。

平时他的快递都是送到公司，没有往家里送的。他的私人信息向来是机密。

他一看，寄件人是顾新橙。

傅棠舟淡淡地看了一眼。这件快递被黑色塑料纸裹得严严实实，形状细长。

他将快递拿回来，然后坐到客厅的沙发上。他看着这件快递，忽然一哂。

他扯开快递包装，看到那柄伞被她清理得干干净净，叠得平平整整，好像没有开封过一样。

即使刚刚已经猜出这是什么了，可他还是难以克制地攥紧了握住黑伞的手指。

啪的一声，这柄伞被他狠狠地摔在地上——她没有收他的东西，哪怕只是一柄伞。

他一脚把它踹远。伞在地毯上滚了几圈，没动静了。

他的胸口烦闷不已，于是他解开了衬衫的两粒纽扣。微凸的锁骨乍现，胸肌隐在衬衫底下起伏着。两条腿紧绷着，一动也不动。

他盯着那柄伞，逐渐平复了情绪。最后，他躬下腰将它捡起来，插进了花瓶里。

第九章
筚路蓝缕

国贸 CBD，升幂资本。

傅棠舟拿着一只小水壶给仙人掌喷水。仙人掌极其耐旱，只需要少量水分就能存活。

于修把一沓文件递到傅棠舟的桌上："傅总，这是姜经理这段时间搜集的 AI 初创公司的资料。"

他把水壶放下，拿起资料翻阅。

他看得非常快。对于市面上这些初创公司的状况，他一目了然。翻到一半时，有一家公司吸引了他的注意力——北京致成科技有限公司。

这家公司的商业计划书简洁明了，却把他最关心的问题都翔实地写了出来。

傅棠舟把这份仅有七页的商业计划书从头到尾看了一遍，然后说："你给他们打个电话，约时间过来谈谈。"

于修走后，傅棠舟重新看了一眼团队介绍。创始人是A大信院毕业的学生，名叫季成然。

公司团队都是技术骨干，很年轻，但已经有了几项专利和某些软件的自主产权。

这么完美的商业计划书是做技术的人写出来的？

傅棠舟不太信，也许他们团队里还有懂商业管理和资本运作的人。

这个人把投资人的喜好摸得清清楚楚，甚至把他个人的喜好也摸得清清楚楚。

周五下午，傅棠舟特地留出半小时来听这家公司团队的演讲。

从投资环节到退出环节，大多数项目的创始人可能根本见不到投资机构老板的面。值得老板约见的项目非常少。

傅棠舟一进门，众人已在会议室等候。姜经理介绍说："这位就是致成科技的创始人，季成然。"

对方恭敬且礼貌地说了一句："傅总，您好。"

傅棠舟的目光扫过季成然，有点儿眼熟，好像在哪儿见过。

傅棠舟再一想，他好像就是前些日子和顾新橙在那家情侣餐厅吃饭的男人。

那份商业计划书……他猜出了个大概。

傅棠舟面无表情地坐下："开始吧。"

季成然胸有成竹地站了起来。他把演讲恰到好处地控制在十分钟内，该介绍的全都介绍了，堪称完美。

姜经理欣喜，依照他对傅棠舟的了解，这个项目指定能成。

他看了傅棠舟一眼。谁知傅总的脸上毫无惊喜的神色，面色反倒越来越沉重。姜经理想，傅总肯定是发现了这个项目不为人知的缺点，所以才露出这样的神情。

唉，傅总不愧是傅总，高瞻远瞩！

季成然的演讲结束了，接下来是沟通时间，傅棠舟让姜经理先发表观点。

姜经理问了几个问题，比如是否提前预留期权池，对于公司目

前的估值是否有切实可靠的依据。

季成然一一作答。姜经理做了记录，然后把提问权交给傅棠舟。

“这PPT谁做的？”傅棠舟问。

“我做的。”季成然说。

姜经理以为他要夸这PPT写得好，谁知傅棠舟一本正经地说了一句：“配色真丑。”

姜经理：“……”

挑毛病不是这么挑的吧？

季成然：“下次一定注意。”

看来顾新橙说得不错，金融机构对于PPT的要求已经到了吹毛求疵的地步。

“你们想用百分之十的股份换五百万投资，我这儿只能给两百万，”傅棠舟说，“这个数目对于初创公司来说，不算少。”

季成然原本也没指望直接拿下五百万。可被压到两百万，他也并不乐意：“我们团队有信心，也有能力把公司的业务做好——”

“目前做这块的初创公司很多，市场竞争很激烈。”傅棠舟的语气淡淡的。

言下之意，现在是投资机构的买方市场，他们手头不缺这样的项目。

“你们拿到的不只是钱，我这儿有你们没有的资源和渠道。”傅棠舟点到即止。他很懂得如何在这种谈判中牢牢地掌握主动权。

客户渠道、市场渠道、政府资源……这是钱买不来的，往往也是初创公司最需要的。

季成然斟酌片刻：“这得和团队商量。”

傅棠舟气定神闲地问：“你们的商业计划书是谁写的？”

“一个朋友。”

“她不在你们团队里？”

“暂时不在。”

季成然这个“暂时”加得非常灵活，可进也可退。

升幂资本的两百万分量很足。傅棠舟不仅承诺给资金，还愿意提供资源。

正当团队商议之时，从另一家机构那里传来了好消息。隆鑫资本开出三百万的价码，也只要百分之十的股份。

隆鑫资本和升幂资本这两家机构的威信不相上下。相比之下，三百万的投资额度明显更加诱人。

顾新橙听说这件事后挺惊讶："他们答应投资三百万？"

"我得谢谢你。要不是你给了我联系方式，我也找不上他们。"季成然说，"目前来看，隆鑫的价码最合适。你觉得呢？"

"其实……"顾新橙欲言又止。

"你直说，我听听你的意见。"季成然说。

"隆鑫的投资风格偏保守，他们最近才开始重点关注 AI 产业，这方面的资源可能比不上升幂。"顾新橙实话实说。

季成然随口一问："你很了解升幂？"

顾新橙愣了一下："竞争对手嘛。"

当然，对她而言，升幂不只是竞争对手那么简单，那可是她的前男友的公司。

"不过，两百万的确有点儿少。"

"要不还是拿隆鑫的投资吧。你在这儿，我也更放心。"

"我只是实习生，帮不了太多忙。"

"你已经帮我很多了，"季成然笑笑，"你考虑得怎样了？我这儿的位置还给你空着呢。"

顾新橙犹豫了。她在隆鑫干得挺好，人在安逸的环境中容易消磨斗志，这个安逸不是指工作安逸，而是相对于创业而言，这条路安全又保险。

可是，一想到季成然干了不到一年就能拿下三百万投资，顾新橙不禁又有点儿心动。

公司估值在三千万左右，即使不是真金白银，普通人干一辈子恐怕也难挣到这个数目。

正当顾新橙摇摆不定时，发生了一场变故。

隆鑫的这笔投资黄了。隆鑫的投资经理告诉季成然，上面的评估没有通过。

顾新橙在公司内部听到了不少风言风语。有消息称隆鑫听说升幂想花两百万投资致成科技，所以开出三百万的价码抢项目。

可是后来另一家业务范围类似的初创公司——扬华科技找上门来。这家公司成立得更早，更成熟，团队成员都有相关工作经验，显然比致成科技更有投资价值。

投资机构一般不会投资两家业务范围一样的公司，所以寻找投资的创业公司也得避免找上竞争对手的投资机构。

于是，隆鑫放弃了致成科技，转投扬华科技。

按理说，双方签订协议前，一切口头承诺均不作数。

可隆鑫抬高价码从竞争对手那里抢项目，到手后却出尔反尔，这事儿干得不太厚道。

难怪以前傅棠舟一提到隆鑫就有火气，碰上这样不讲原则的竞争对手，谁能保持好脾气？

顾新橙的同事和领导提到这件事时都沾沾自喜。这招堪称一石二鸟，搅黄了升幂的生意不说，还让隆鑫找到了更好的项目。

公司上下恐怕只有顾新橙一个人对这种做法很硌硬。

有时候，不是她不愿意服从规则，而是这规则她没法儿认同。

实习期满，隆鑫的领导对顾新橙很满意，决定给她发正式的offer，可她拒绝了。

领导表示很遗憾，但也没多留。这么好的工作机会，有大批的人愿意来干。北京最不缺的就是人才，这里遍地都是黄金。

顾新橙走出公司大门时竟觉得意外地轻松。不过是一份工作而已，世界如此广阔，哪里不是舞台呢？

她抬头看了看天空。夜色像化不开的浓墨，月亮藏在云翳之后。忽然，一阵夜风吹散浮云，几颗星子微弱地发着光。

小时候，她一直以为太阳比月亮大，月亮又比星星大。

后来她才知道，星星距离地球有亿万光年之遥，人们只能用肉眼捕捉到一星半点儿的光芒。看似渺小的一粒星辰，可能比太阳要大上许多倍。

下地铁后，她慢悠悠地往校园里走。走到荷塘边时，她在长凳上坐了下来，静静地数着面前那朵荷花的花瓣。

这时又落了一瓣。它漂在水面上，仿佛一只粉色的小舟。

一瓣，两瓣，三瓣……

她默默地计着数，像是在印证着什么。数完一遍，她心中有了数儿。

她不是要把重要的事儿交给花来决定，只是想问问自己的心，这样可以吗？

她已经有了答案。如果花瓣数量和她的答案不一样，她会下意识地再数一遍。

一旦冒出这个想法，她就明白自己的心意了。

当初她决定和傅棠舟分手时也是一样。那朵梅花告诉她不要分手，可她还是决定分手。

顾新橙拿出手机，打了个电话给顾承望："喂，爸。"

"哎，下班啦？"顾承望问。

"嗯，我回学校了，"顾新橙说，"我妈在不在？"

"她在书房备课呢。"顾承望去敲房门，喊了一声老婆。

"喊什么啊？马上就好了。"秦雪岚说。

"女儿打电话来了。"顾承望说。

"哦，是橙橙啊。"秦雪岚开门走出来。

"爸、妈，我今天辞职了。"

"啊？不是说待遇挺好的吗？"

"没拿到转正资格吗？"

"不是，"顾新橙摇了摇头，"我决定去学长的公司了。"

她提过这件事，可这个决定还是让她的父母感到惊讶。

"橙橙啊，不是不让你去。创业很辛苦，女孩子一个人没必要那么累。"

"我不是一个人，团队里有好几个 A 大的同学，也有女生。"顾新橙说，"创业能不能成功，也就是这一两年的事儿。大不了重新

再找工作。我有学历，CFA 也考了，不会找不到工作的。”

说服父母不能靠一腔热血，而是得让他们放心。

那边沉默许久，顾承望开口问：“你真想清楚了？”

“嗯。”这段时间里，她一直在思考这个问题。

“你要真想清楚——”

“哎，不能这么惯着她！”

“你备你的课去，我来跟她谈。”

夫妻二人似乎意见相左，顾新橙的一颗心悬了起来。她怕父母不支持她的想法。

“你妈只是担心你，没别的意思。爸爸知道，你不是不知好歹的孩子。”

“爸……”顾新橙眼眶发热。果然父母是世界上最爱她的人。

“你创业，打算空手去吗？”

“啊？”

“总得拿钱入股吧，现在哪有技术入股的好事给你？”

“可是我没钱啊……”

实习时挣的几万块钱对于创业而言杯水车薪，说她现在一穷二白也不为过。

“我跟你妈给你攒了一笔买房的钱，”顾承望叹息道，“钱不多，一百万。”

父母早早就为她的未来做了筹划，生怕她将来受委屈。恐怕他们没想到女儿有一天居然要去创业。

据说这世界上第二败家的事儿是创业，而第一败家的事儿是卖房创业。

所以，她要当个败家女儿了吗？

“你早就成年了，我和你妈对你该尽的义务也尽了。”顾承望说，“这笔钱怎么用，你自己做决定吧。买房也好，创业也罢，你自己选。就算你选错了路，将来也不要怨我们。”

“爸……”顾新橙喉头哽咽，“你不会把养老的钱也给我了吧？”

“你爸有那么傻吗？”顾承望教训起她来，“还能把钱都给你啊，

想得挺美！”

顾新橙被他逗得忽然破涕为笑，可下一秒，泪水又夺眶而出。

父母的拳拳之爱沉甸甸地压在她的身上。她背负的不仅是自己的未来，也有父母的期待。

顾承望安慰她：“你现在出息了，一百万一两年就挣回来了。”

可这笔钱他们攒了二十年。夫妻俩一辈子省吃俭用，最大的开销都是花在宝贝女儿身上的。

“等我以后挣了钱，一定还给你们。”

“橙橙啊，我和你妈不求你以后大富大贵。你把自己照顾好，我们就知足了。”

挂电话之后，顾新橙在荷塘边驻足许久。她攥着手机，手抖个不停，一颗心脏剧烈地跳动着。

荷塘被风荡起一层绿色的涟漪，莲蓬从密密的荷叶间探出头来，马上又是收获的季节了。

这一百万元成为致成科技收到的一笔天使投资。

都说创业初期要找天使，她找来找去，爸妈才是真正的天使。

这年头儿，在地铁上求人扫个二维码都难，更何况找人来投资项目？唯有父母才会不计回报，愿意无偿支持孩子的创业计划。

季成然把自己手头的一部分股份转让给了顾新橙，她成为致成科技的第二大股东。

她现在是地位仅次于季成然的副总，也是公司财务和运营方面的总负责人。

顾新橙去致成科技上班的第一天，季成然带领员工为她举行了欢迎仪式，热烈庆祝她的加入。

他给她开了一罐啤酒：“你来了，咱们公司就要扬帆远航了。”

顾新橙笑着接过啤酒，一饮而尽。

她怀揣着一腔热血，准备迎接自己的新工作。

然而，了解了公司的各项情况之后，她不禁发出感慨，百废待兴的创业公司想要成长起来太不容易了。

季成然前后一共出资了一百万，顾新橙也出资了一百万。

但是他占的股份比顾新橙多，因为他还有技术占股。

他是创始股东，而且科技公司得靠技术吃饭，多占一点儿股份也无可厚非。

他本以为有了这一百万，公司暂时不用着急融资。

种子轮和天使轮找风投机构，他们筹到的钱可能不会多，出让的股份却少不了。所以现在这个阶段，团队能自己拿钱就自己拿钱。

可是她粗粗一算，公司每个月的各项日常开支和研发开支居然要二三十万。

他们后面还有新产品要推出，这一百万恐怕最多只能支撑三个月。

果然，初创公司最缺的还是钱啊。

他们为了让公司能长期运行下去，必须把融资提上日程。

隆鑫资本不在顾新橙的考虑范围内。剩下的几家中小型风投机构虽然也能拿出两百万，但是其各项资源都不太够。考虑到未来的发展，她认为还得找大型风投机构来背书。

这时，升幂资本那边说他们愿意增加五十万的投资额度，共出资二百五十万，换取致成科技百分之十的股份。

这无疑是个好消息，顾新橙却有些犹豫。

现在她成为创始团队的一员，真要从傅棠舟的手里拿投资，难免会尴尬。

可是公司账上的现金正像流水一样哗啦啦地淌走，事不宜迟，她不能因为私心而不顾公司的前程。

致成科技只是升幂资本广撒网捞来的一条小鱼，傅棠舟应该不会关注这种小项目。

这么一想，顾新橙宽慰了不少，却又开始思考另一个问题——能不能把投资额稍微提高一点儿？

顾新橙给姜经理打了电话：“关于投资的事情，我想再谈一谈。”

姜经理说：“顾小姐，二百五十万，我们很有诚意了。”

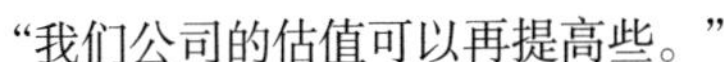

“我们公司的估值可以再提高些。”

“我们之前去致成做过尽调，这个估值是合理的。”姜经理罗列了不少事实，“再提高，恐怕审核不会通过。”

“公司团队有重大调整，我们可以再见面聊一聊。”顾新橙底气十足，“这笔投资成了，对大家都有好处。”

她在隆鑫干了一段时间，把这些投资经理的心理已经摸得七七八八。

隆鑫刚刚投资了扬华科技，而升幂资本却还在寻找项目。

拿不下好项目，最急的是他们——何况上司还是傅棠舟那样的人。

升幂资本的办公地点在国贸某高档写字楼的顶层，每月的租金百万起跳。

季成然之前来过两三次，对这儿比顾新橙还熟。他笑道：“等以后把公司做大了，也来这儿租个办公室。”

“没必要，”顾新橙说，“我们公司是搞技术的，不需要这些花里胡哨的东西。”

也就金融行业的人最爱讲排面。

两个人走进电梯，顾新橙在内心祈祷着傅棠舟千万别在公司。就算他在公司，也别让他碰见她。她只想悄悄地从他的公司里搞点儿钱。

季成然忽然提到：“上次我来这儿的时候，他们老总也在。”

“老总？”

“好像是姓傅，挺年轻的，比姜经理还年轻。”

顾新橙愣了一下，傅棠舟在关注这个项目？不至于吧？

季成然感慨道：“他不到三十岁就能做成这样，很厉害啊。”

顾新橙一本正经地解释：“金融圈水深，很多老板都是家里有背景的。”

家里给几个亿，让他们出来玩一票，这样的富二代不少。她不清楚傅棠舟是不是这样，但他的起点确实比普通人高太多了。

“这也没办法，人家几代人奋斗出来的。”季成然说，“咱们

现在奋斗，不也是为了下一代能当上富二代嘛。”

顾新橙听了这话微微一笑，并不言语。

叮的一声，电梯到顶层了。

出了电梯，顾新橙碰见一个熟人，于修。他一个人站在电梯间里看手机，傅棠舟不见踪影。

她的心一沉。平时于修几乎寸步不离地跟在傅棠舟的身边，所以傅棠舟现在应该在公司。

还真是她怕什么来什么。

于修抬头见到二人，神色微怔。

季成然主动打招呼：“于秘书。”

“季总，”于修的目光移到顾新橙这儿时，他又叫了一声，“顾小姐。”

季成然微讶，傅总的秘书认识顾新橙?

顾新橙很镇定：“于秘书，好巧。上次刚在产业园见过。”

季成然懂了，原来是她实习时认识的。他跟于修介绍说:“于秘书，她现在是我们公司的副总。”

于修立刻改口：“顾总。”

顾新橙：“……”

这称呼听上去好奇怪，还不如叫她顾小姐。

姜经理带两个人去了会议室，助理拿了三瓶矿泉水摆到桌上。

顾新橙把准备好的材料的其中一份递给姜经理，然后拧开瓶盖喝了一口水。

姜经理翻阅材料时，会议室的门被推开了。三个人同时抬眼，来的人是傅棠舟。

他今日的装束很普通，白衬衫、黑西裤，连领带都没打——显然，他没有预料到这场会面。

顾新橙瞄他一眼，不动声色地又喝了一口水，才将矿泉水瓶放下。

她之前做过和前男友打交道的思想准备，可没想到来得这么快。

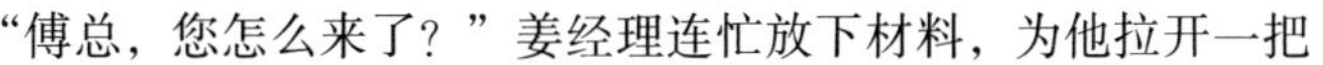

“傅总，您怎么来了？”姜经理连忙放下材料，为他拉开一把

椅子。

傅棠舟坐下后直接问："致成的人？"

"傅总，您好。这位是顾新橙，我们公司的副总。"季成然说。

傅总，副总，还真是傻傻分不清。

"傅总，您好。"顾新橙礼貌地打招呼。

"你好。"傅棠舟的嘴角掠过一丝稍纵即逝的笑意。他瞥了一眼这份材料，很清楚两人的来意，于是直截了当地问，"二百五十万，不满意？"

"我们有诚意和升幂资本合作，"顾新橙说，"但二百五十万的投资额无法满足我们公司目前的融资需求。"

她在材料中做了详细的分析，还配了对比鲜明的图表，分别阐述了二百五十万、三百五十万和五百万的投资额在这段时间可以被用来做什么，以及他们能把业务扩展到什么地步。

她说得有理有据，令人信服。

其实，顾新橙知道他们很难拿下五百万的投资额，她的真实目标是三百五十万。

这是消费者心理学的小技巧，用来忽悠投资人也是一样——只不过，傅棠舟应该不好忽悠。

她讲了大约七分钟，这是最合适的演讲长度。废话太多容易适得其反。

傅棠舟静静地听她忽悠，听她把公司吹得天花乱坠。

她什么时候练就了这张巧舌如簧的嘴？明明彼此心知肚明，却依旧配合对方的表演，这也算一种默契吗？

他看着她，她的脸上是一贯冷漠的表情。在某种程度上来说，拉投资和骗钱没两样。

她倒是精明，帮别的男人从前男友这里骗钱？啧，小算盘打得不错。

"你们公司重新组建队伍了？"傅棠舟问。

"不算重新组建，"季成然说，"现在我和她算是合伙人，其他人员没变动。"

傅棠舟的眼神从季成然的身上飘过，他对季成然没有太多兴趣。他问顾新橙："你们公司的BP（商业计划书）是你写的？"

顾新橙没否认。

"我可以给你们投资，"傅棠舟幽幽地开口，"五百万。"

"百分之十吗？"

"百分之十五。"

顾新橙和季成然交换了一个眼神，决定接受这个报价。毫无疑问，这是目前为止最合适的方案。

"TS（投资协议条款）姜经理会和你们谈。"傅棠舟一锤定音。

回到办公室后，他坐上办公椅，不自觉地转了一圈，视线落在电脑屏幕旁的仙人掌上。他拨弄着它的硬刺，若有所思。

他的心情很微妙，唇角却止不住地上扬。

关于投资条款，投资机构通常都有一套成熟的模板，只要根据实际情况修改即可。

升幂对创业团队的要求和其他投资机构毫无二致，如投资机构在重大事项上的一票否决权、设立董事会并占一个董事名额，以及创始股东不得兼职和违反竞业禁止……

"兼职？"顾新橙说，"可我现在还是全日制在校学生。"

"哦，这个没关系，"姜经理解释，"你毕业以后做全职就行。"

"违反竞业禁止，"季成然问，"这是什么意思？"

"就是公司高层不能另起炉灶，再搞一个业务范围类似的公司，"姜经理说，"万一将来有人退出公司另谋出路，也得遵守相关规定。"

这个规定是说他们在一段时间内不能从事相关行业的工作。

顾新橙无所谓，她的专业是金融，如果创业真失败了，她完全可以找个金融业内的工作。

可季成然不一样，他是技术专业出身，想找工作肯定要违反竞业禁止的规定。

他在这个问题上和姜经理讨价还价了很久，最终这项条款被改成了保密协议。

两周之后，升幂资本的 TS 拟定完成。

姜经理发了一封电子邮件给顾新橙，让她先行检查。

她对着屏幕逐字逐句地检查条款的合规性，谁知竟发现了一条之前他们从未谈过的条款。

这个条款内容冗长，描述拗口。她来回看了三遍，这才弄懂它要表达的意思。

“公司的创始股东如果有结婚或者离婚的打算，必须经过投资方同意。如果创始股东之间存在恋爱关系，也必须汇报。”

这个条款疑窦丛生，她拨通姜经理的电话：“姜经理，合同第 8 页的那个条款是新加的吗？”

“哪个啊？”

她把那个条款念给姜经理听。

“这个啊，是于秘书让加的。”

于修的意思，恐怕就是傅棠舟的意思。

姜经理：“加这个条款只是为了防止节外生枝。如果创始股东真有结婚的打算，只要做好婚前财产分割，我们不会不同意的。”

顾新橙：“姜经理，你们公司以前也会加这种……条款吗？”

她本想说“霸王条款”，可还是换成了更为温和的说法。

“别的项目我不太清楚，但是吧，最近的事儿你应该也听说了。”

“什么事儿？”

“永洛医疗的两口子闹离婚，把 IPO 搅黄了，这不是坑投资方嘛！”

姜经理的话不无道理，前阵子这事儿闹得沸沸扬扬。

中国人往往把感情和财产混为一谈，所以越到这种关键时刻，夫妻的财产矛盾凸显得越厉害。

其他投资机构提出这种条款或许可以理解，但偏偏是升幂资本提出的，这可是她前任男朋友的公司。

顾新橙找 A 大法律系的朋友咨询了一番，越发意识到这种条款是侵犯婚姻自由的。

她打电话给于修，开门见山地说：“于秘书，TS 里有一项限制创始人婚姻自由的条款，我们好像没有谈过。”

“这项条款有什么问题吗？”于修问。

“我国《婚姻法》第三条规定，禁止包办、买卖婚姻和其他干涉婚姻自由的行为，”顾新橙说，“所以，这个条款是无效的。”

“顾总，这项条款并没有约束你的婚姻自由。”

“如果担心创始人的婚姻状况引发股权纠纷，我们可以设立其他条款。”

“这我得征求傅总的同意。”

顾新橙以为于修稍后会和傅棠舟沟通，谁知电话直接被递到了傅棠舟的手里。

“什么事儿？”

“傅总，您没有告知我们就增加条款，不太合适吧？”

“夫妻的股权纷争会给公司带来很多问题，”傅棠舟避重就轻，“初创公司各方面的不稳定因素很多，如果再把感情问题牵扯进来，团队可能会分崩离析。”

“所以呢？”

“所以，不要和创业团队的伙伴发展私人感情。”傅棠舟不冷不热地说，“尤其是女孩子，更要注意。”

“女孩子怎么了？”

“容易被爱情蒙蔽双眼。”

“……”

如果傅棠舟不是她的前任男朋友，听着这一本正经的口吻，她差点儿就信了。

“傅总，我谢谢您了。”顾新橙不卑不亢，“这个道理我去年就明白了，我不会犯这种错误。”

去年发生了什么事儿，两个人心知肚明。

傅棠舟淡定地道：“你一向让我很放心。”

以前两个人谈恋爱时，她对他百依百顺，他当然放心了。

两个人有来有回地虚晃了两枪，谁也不落下风。

“这个条款我得和其他人商量，我不能代替大家做决定。”顾新橙说。

“签了协议以后，你要定期来汇报工作。”傅棠舟似乎料定他们之间会达成合作。

“什么时候？”

“每个月汇报两次，月初和月中。你亲自过来，当面汇报。”

“跟姜经理汇报吗？”

“跟我汇报。”

这种初创项目一般都是由创始人和项目的投资经理汇报工作。创始人越过经理直接和投资机构老板汇报的，一定是非常重要的投资项目。

五百万，至于吗？而且，一个月两次太频繁了吧……

不过，既然致成科技拿了钱，对于投资方的合理要求，他们必须得满足。

“傅总，我们可以简化程序吗？”

“什么程序？”

“把当面汇报改成——”顾新橙想说改成 PPT 汇报或者用其他材料汇报。

“视频也可以，”傅棠舟问，“你微信号是什么？”

“还是我加您吧，您微信号是什么？”

“一会儿我让秘书发给你。”

老情人互问微信号，似乎是在比谁把谁忘得更干净一点儿。

挂电话之前，傅棠舟又说了一句：“投资方和被投资方是平等的合作关系，如果致成做得好，大家互利共赢。我很期待你们公司未来的表现。”

顾新橙拿着拟好的 TS 找季成然商议。

“投资这一块是没有问题的，不过这项条款限制了创始股东的婚姻自由，”她将那项条款指给他看，“我觉得可以修改一下，比如说用财产协议之类的来代替。”

“如果改的话，还得和他们再谈，是吧？”

“应该是。”

“直接签吧，”季成然说，“这个条款没太大影响。”

“可是……”顾新橙有些犹豫。

“我们拿了投资而已，而且他们只占百分之十五的股份，约束不了实控人。”

“投资人的建议必要的时候还是得考虑的。”

“嗯，我知道。”季成然把文件放回桌上，“但公司的事儿还是得我们俩做决定，不是吗？”

顾新橙看着他，点了点头。

他们签订了这份投资协议之后，公司的股份被划分成了四块。

季成然占百分之四十，顾新橙占百分之二十五，升幂资本占百分之十五，期权池占百分之二十。

升幂资本的效率很高，第一笔三百万的投资款立刻被打到了致成科技的账户上。

这笔钱被投入致成科技的生产经营活动中。添置新设备、扩充技术团队、用户开发……公司如火如荼地走上了正轨。

顾新橙的工作越发忙碌。由于公司的团队里都是技术人员，所以除了搞技术以外的工作都是她在做。

公司需要承接项目，她得和客户谈。工商税务那边需要什么材料手续，她得亲自去弄。公司每个月对内对外的报表都是她一手操办的。

顾新橙每天早晨八点到公司，晚上十点才走，比实习时辛苦多了。

当了老板，她才知道老板不好当。员工偷懒是占便宜，老板偷懒是对不起自己。

到了月初，顾新橙要去给傅棠舟汇报工作。

据说分手以后最尴尬的事情是三天不洗头却在街上意外遇见前男友，她不想让类似的事情发生。

所以，她今天的穿着打扮比以往要隆重。收腰白衬衫配包臀裙，裸色丝袜加高跟鞋，脖子底下缠着的浅色丝巾让整体的感觉少了一丝刻板。

给投资人留下好印象总是没错的，她这么想着。

顾新橙到达升幂资本的办公地点后，于修把她领到了总裁办公室。门一被推开，她便瞧见一条金龙鱼在水草间惬意地游动。

她曾经问过傅棠舟有没有养过小动物。

傅棠舟说：“我养了一条金龙鱼，在办公室。”

现在，顾新橙总算见到了这条金光闪闪的金龙鱼。她的眼睛要被闪瞎了，大概这就是金钱散发的光芒吧。

“你来了。”傅棠舟的声音在宽敞的办公室里响起。他站在落地窗前，手插在西裤口袋里。

窗外阳光正好，光线勾勒着他侧脸的轮廓。裁剪合身的定制西装衬得他脊背挺直，飒爽英姿。胸前那条深蓝色的领带上有一处绣着苍鹰的刺绣图案。

两个人明明要谈正事，却不约而同地格外重视衣着打扮。这种微妙的心思，恐怕只有要碰面的老情人才会懂。

傅棠舟坐回办公椅上，靠着椅背稍稍松了下领带。他清了下嗓子，这才说：“开始吧。”

顾新橙把材料递给他一份。他并不看材料，深沉的眼眸一直注视着她。

他听得很认真，偶尔有疑问时会提出来，然后听她解答，接着点点头，示意她继续说。

不得不说，这样的交流给人一种如沐春风的感觉。她被重视，也被尊重着。

傅棠舟对公司现阶段的发展情况还算满意。他问：“下个月公司有什么打算？”

“下个月要做一个新产品，和智能家居安防有关。”

傅棠舟示意她详细讲一讲。

“新产品是一个智能识别摄像头，安装在用户家门口后会自动对视野内的物体进行识别。一旦发现行迹可疑的人，摄像头会及时给用户发出警报。”

“市面上有类似的产品。”

顾新橙点点头：“我们了解过，可暂时没发现性价比适中的产品。”

他们要做的这款产品要在价格和质量中间找到一个平衡，直击目前消费市场的痛点。

傅棠舟没再多问，顾新橙松了一口气。看来今日的汇报圆满完成，她可以撤了。

他忽然问：“你吃午饭了吗？”

“我回公司吃。”

“正好我也要吃午饭，一起？”

“我还是不打扰了。”顾新橙推辞。

傅棠舟瞥她一眼，眼神里有一种不容置疑的威严。

顾新橙忽然意识到拒绝投资方的午饭邀约不合适。万一人家是想趁着午饭时间聊点儿工作上的事儿呢？

两个人出了办公室。员工见到傅棠舟时纷纷顿足，毕恭毕敬地叫他一声：“傅总。”

他们看顾新橙的眼光并无异样，仿佛她只是一个最普通的被投资方。

她的心里舒服多了，以前她从来不会和傅棠舟一起出现在这种场合——她害怕被非议。

进电梯之后，顾新橙和他保持着一人的距离。既不刻意亲近，也不刻意疏远。

傅棠舟笔挺地站着，浑身上下有一种属于男人的自信和潇洒。

顾新橙不禁在心里揣测，他会和每个创始团队的人吃午饭吗？还是说只有她？

她一直都猜不透他的想法，过去是，现在也是。

来到地下停车场之后，顾新橙远远就瞧见了他那辆白色保时捷。上车后，她照例坐在副驾驶座上。

这辆车里的陈设和以前一样，和田玉挂坠，车载檀木香薰，一切都是她熟悉的感觉。

她扣上安全带，后背并不靠着椅背。她的坐姿非常规矩，两条腿并拢在一起，手搭在膝盖上。

车子发动之后，傅棠舟娴熟地转着方向盘。他问她："你想吃点儿什么？"

"都可以。"她对吃没有什么执着的追求。

傅棠舟没多问，把车窗降到一半，径直开出了地下车库。

深咖色的穗子轻轻地摇晃着，顾新橙的心情逐渐放松下来。

她偷偷瞄了一眼傅棠舟，只见他目视前方，修长的手指把控着方向盘，专注地开着车。

兴许是察觉到了她的目光，傅棠舟侧头，两个人的视线交汇，气氛有些意外地暧昧。

顾新橙扭过头，看向车窗外。

这时，她的手机响了。

看到"周教授"三个字的一瞬间，顾新橙愣住了。她掐指一算，师生俩足足有四五个月未见面了。

周教授的电话她不敢挂。现在应该不是工作时间吧？

呼啦啦的风从降了一半的车窗里灌入，周围还有汽车鸣笛声，有点儿吵。

傅棠舟把车窗升了起来。这意思很明显，他在给她创造一个安静的接电话的环境。

"喂，周教授。"

"小顾啊，最近忙什么呢？"

顾新橙含糊其词地道："工作。"

"哦，最近在实习吧？"周教授理所当然地这样认为，"你之前做交换生的时候给期刊投的稿还记得吗？"

"记得。"

"我前阵子在英国正好碰见审稿人了，你的稿子应该能过。"

时隔近半年再提起这件事，顾新橙觉得恍如隔世。

"依我看，你不如继续读个博士，以后留校做研究。"周教授提议，"我给你当博导，怎么样？"

如果是以前，顾新橙会很高兴，现在却高兴不起来。如今她一

心扑在事业上，没有继续读博的打算。

“周教授，”顾新橙小声说，“我不打算读博了，我想直接工作。”

这是她第一次拒绝导师的好意。

“你工作已经找好了？”

“找好了。”

“哪家公司啊？”

顾新橙纠结了几秒，这才和盘托出：“我和同学创业，做的是人工智能方向。”

电话那边陷入长久的沉默中。这件事显然出乎了周教授的意料。车内异常寂静，她放在膝上的手不禁攥紧了。

“小顾啊，作为导师，我得多和你说两句。”周教授的口气严肃起来，“创业就像在大海里捉鳖，每年死掉的创业公司数不胜数。”

“而且，创业需要人脉和资金，创业者以后还要接触很多社会上负面的东西。你这样的女孩做不来。”周教授语重心长地说。

他不是歧视女学生，只是在含蓄地陈述事实。这个社会上有许多潜规则，也有很多肮脏的事情，这些对于女性而言并不友好。

校园是一座相对纯洁的象牙塔，能阻隔许多社会上的不良风气。

“我不是否定创业这件事，而是觉得以你的性格更适合搞学术。”周教授循循善诱，“你读个博，将来留在A大，户口、房子、孩子上学……这些问题全都能解决。”

顾新橙掌心沁出一层薄汗：“周教授，您说的我之前都考虑过，可我已经决定了，还给公司投了一百万……”

她就算想撤也覆水难收了。更何况，公司现在已步入正轨，蒸蒸日上，她不想离开。

“投一百万进去，可以暂时占个股份，等到合适的时机退出来。大部分创业公司只能活到A轮B轮，你还指望公司上市吗？”

顾新橙明白周教授的意思了。他希望她只占股，不要过多插手公司的事务。她的主要精力应该放在学业上，这是一条最安全的向上通道。

可她签了投资协议，必须以认真的态度来对待这份工作。她不想三心二意。

“小顾，我能给你争取的资源都争取了，这一点你心里有数。”周教授提醒她，“你很聪明，应该给自己留条后路。咱们学院很多教授都是公司股东，这两件事并不冲突。”

“我的建议你仔细考虑考虑。我不干涉你的决定，你想好了给我回复。”周教授挂了电话，电话里只剩一阵急促的忙音。

顾新橙的头皮一阵发麻，她隐隐约约觉得自己似乎辜负了导师的期待。

公司现在的规模不大，她的压力却很大。她既然占着职位，就不能半途而废——员工们兴冲冲地加入公司，老板先跑了，哪有这种道理?

可周教授的话她又不得不往心里去。

傅棠舟不动声色地瞥她一眼：“导师不同意你去创业？”

顾新橙僵硬地点点头。她知道傅棠舟和周教授认识，并不隐瞒。

“不要活在别人对你的期待里，”他冷峻的脸上没有更多的情绪，他说，“你的导师对你是不错，但是——”

他打着方向盘，不疾不徐地说道：“人都是有私心的，他培养你也是成就他自己。”

桃李满天下是每一个老师的愿景。学生的成就越高，老师越春风得意。

更何况，找一个称心如意的得力助手并非易事，周教授不愿意放人也在情理之中。

“既然你已经决定去做了，就不要在意其他人的想法，畏手畏脚只会一事无成。有些公司的创始人在别的行业做得风生水起，赚了钱就想着创业当老板，可是又不愿意放弃之前的工作，指望靠业余时间做兼职就把公司做起来。”

“一旦有这种想法，这公司就做不好了。”傅棠舟冷笑道，“总想着给自己找退路，不想着怎么找前路。创业哪里有那么容易？”

顾新橙忽然发现，他这个人在工作上表现出来的是她不知道的那一面。

以前，在她眼里傅棠舟只是一个男人，两个人的交流局限于卿卿我我之中。现在，他们是商业上的合作伙伴，他的经验恰好弥补了她现阶段所缺失的东西。

她垂下眼，认真地思考傅棠舟和周教授说的话。既然创业那么困难，那她真的可以吗？

“我愿意给你们公司五百万的投资额，是因为你的加入。”傅棠舟说。

顾新橙惊讶地眨了一下眼。

“别想太多，之前我出二百五十万，是因为估值就那么多。”他看向她，继续说，“致成科技缺的不是技术人才，而是好的管理人才。你来了，这块短板没了，所以估值就提高了。”

这番话给她吃了一颗定心丸，她不希望这种投资关系里掺杂私人情感。她更渴望自己的价值能够得到投资方的认同。

现在看来，他们找升幂资本来投资致成科技是一个正确的决定。

顾新橙转过头去，用手掌轻轻地摩挲着膝盖。裸色丝袜像是第二层皮肤贴合着腿部曲线，她把裙摆往下拉了一下。

她在思考如何给周教授一个答复。

两个人来到一家高端商场的顶层，这儿有一家新开的京味菜餐厅。餐厅的布局狭长，有种曲径通幽的浪漫情调。

服务员将两个人引至大厅的散座旁，傅棠舟把菜单推到顾新橙的面前：“你点。”

她只点了一套烤鸭，然后就把菜单交给了他。

他翻着菜单问：“糖醋排骨有吗？”

服务员答：“没有，有京味排骨。”

傅棠舟问顾新橙：“这个行吗？”

她说：“我都行，别点太多。”

合上菜单之前，他又点了一扎乌梅汁。

顾新橙觉得今天这桌子菜肯定又吃不完了。每次他点菜都生怕不够吃似的，吃不完，只能浪费。下次他也不长记性，继续点上一堆。

烤鸭最先被端上来，烤鸭师傅现场片鸭子。这是传统果木烤鸭，肥瘦相间，一只鸭子能装三盘。

傅棠舟吃饭的姿态向来端正，即使是在干裹烤鸭皮这样的活儿，他也不失优雅。面皮一点儿一点儿地被他卷起来，裹得分外伏贴。

顾新橙拿了一片面皮学着他的样子裹——她会裹，可还是觉得他裹得比较好看。

以前傅棠舟带她去各种餐厅吃饭时，她不知道东西该怎么吃，就学他的样子依葫芦画瓢。

“你和季成然是同学？”

“他高我一级，不是同学，算学长。”

“你俩怎么认识的？”

“这……很重要吗？”

“我想知道，你们为什么成为合伙人？”

“我们以前在麻将社认识的，他是社长，后来陆陆续续接触过几次，就在一块儿了。”顾新橙三言两语就交代清楚了。

她说得很随意，傅棠舟夹菜的手却一滞。他问：“在一块儿？”

“就是在一块儿创业啊。”

傅棠舟继续夹菜：“他先开的公司，然后找你入伙？”

“嗯。”

“你们交情很好？”

“还可以吧。”

其实，顾新橙以前就对季成然抱有一种感激之情，这得追溯到她在麻将社的时候。

她刚上大学那会儿对一切新鲜事物都很感兴趣，季成然就招她进了麻将社。

当时，社里有一个同学因为一件小事和顾新橙发生了小矛盾。顾新橙本来也没放在心上，谁知季成然竟主动来找她，同她推心置腹地说了很多话。

她当时觉得季成然是个好社长，能照顾到一个小社员的情绪。

“同学交情好，也得保持适当的距离，”傅棠舟说，“不要太信任一个人，尤其是跟你有利益往来的人。”

顾新橙觉得这话违背了她的信念。既然选择合伙开公司，对于合作伙伴难道不该保持百分之百的信任吗？

可她无意和他纠结这个问题，只应了一句“知道了”。

“你的一百万，是父母给的？”

“嗯。”

他的问题多多少少都和公司有关，她没法儿回避。

服务员端了一扎乌梅汁向这边走来，走道里有几个小孩在玩耍。谁知一个小孩追着另一个跑，一下子扑到了服务员的腿上。

乌梅汁被碰倒，直接洒到了顾新橙的白衬衫上。她受了惊吓，立刻从椅子上站了起来。

服务员连忙道歉。傅棠舟抽了些纸递过去，顾新橙擦了擦。可这摊污渍她怎么擦也擦不掉。

服务员是个年纪轻轻的小妹，提出要赔顾新橙一件衬衫。顾新橙看她窘迫的样子，说不用。在北京打工的人都不容易，这也不是她的错。

服务员走后，顾新橙坐了下来。她发现一个问题，回去的一路上他们会遇见很多人，自己没法儿穿着这件衣服走。

傅棠舟：“等会儿去楼下买件衣服。”

顾新橙点了点头。

他们吃完饭后，一件外套落在她的肩头。她一抬眼，发现是傅棠舟给她披上的。

他说：“披上，挡一挡。”

他的外套上有她熟悉的冷松香气，清凉又干净。某些回忆泛上她的心头。

这只是一个非常绅士的动作罢了。如果今天和他吃饭的是另一个女人，他应该也会如此体贴……吧？

傅棠舟的西服外套很大，直接遮到她的包臀裙的下摆。他里面穿的是一件浅灰色的衬衫，西裤和外套是同一色系，外人一瞧就知道是一套。

顾新橙跟在他的身边。姣好的身段被西服裹得严严实实，只露出一双纤细的玉腿。

她默默叹息，今天答应和他出来吃午餐并不是一个正确的决定。

两个人来到二层，这里有不少女装店。傅棠舟进了其中一家店，顾新橙看了看店门口的外文广告牌。

这装修，这地段，这商场……她消费得起吗？

柜姐热情地询问：“先生，有什么可以帮您的吗？”

傅棠舟指了指顾新橙：“有没有她能穿的衣服？”

柜姐说：“最近上新了不少秋款连衣裙，您要看看吗？”

傅棠舟挑了一件裙子，顾新橙看一眼就喜欢上了——简约大方的款式，不规则的领口设计很有创意。

柜姐看出了她的心思：“试衣间在这边。”

顾新橙进了试衣间后第一时间看了看这条裙子的价格——三千九百九十八元。

她的卡里有实习时挣来的几万块钱。如果她真想买，好像也不是买不起。

她有三四个月没有买新衣服了，奖励一下自己会不会有点儿奢侈呢？

她把裙子换好，走出了试衣间。店内的全身镜里映着她的影子。她对着镜子转了一圈，裙摆荡起一阵细小的浪花。

这条连衣裙是真丝的，裁剪工艺极佳，完全衬出了她纤秾合度的身段。后腰处有一小块镂空蕾丝的设计，两个浅浅的腰窝隐约可见。

柜姐的眼睛都亮了，她连忙夸道：“哎呀，美女，这裙子太适合你了，你的男朋友的眼光真不错。”

男朋友，这个称呼令顾新橙顿感唐突。她连忙说：“不是男朋友。”

她下意识地去看傅棠舟。只见他慵懒地靠在沙发上，一双黑眸如潭水一般。

他看她的眼神像是在欣赏一位异性，而不是一个合作伙伴。

店员替她把领口处的衣料抚平：“这裙子啊，就适合你这样身材的人穿。”

顾新橙望着镜中的自己，眉清目秀、唇红齿白。她从不把外形当成炫耀的资本，心里却很清楚外形给她带来的优势。

她在镜中瞥见傅棠舟深沉的眼眸，忽然意识到自己不能像当初一样再犯错了。

她和傅棠舟那段不清不楚的纠葛告诉她，一副漂亮的皮囊会吸引男人，可如果美貌成为她在男人眼中最大的优势，对她而言会是一件很可悲的事情。

店员又问：“还要看看别的款吗？”

顾新橙说：“不用，就这件吧。”

傅棠舟倏然起身，向柜台走去。顾新橙抢先一步将手机二维码递了过去。

他微微顿足，店员不解地看向二人。他把手插在兜里，转过身去，打消了替她付钱的念头。

店员扫了二维码，入账的提示音让她心疼了一小下，但旋即这种感觉就被新裙子带来的喜悦所冲散了。

顾新橙穿着新裙子走出店门，拎着的纸袋里搁着脏掉的衬衫。

她和傅棠舟走在一块儿，男俊女靓，时不时就有路人回头看他们一眼。

两个人坐扶梯下到负一楼。傅棠舟想继续往负二层的地下停车场走，顾新橙却停住脚步：“我去地铁站。”

“我送你回去。”

“不了，傅总，我不耽误您时间了。谢谢您今天请我吃饭。”

她的脸上露出礼貌性的笑容，却没有给他挽留她的机会。

傅棠舟在原地驻足，直到她的身姿消失在茫茫人海里。他走到地下停车场，坐进驾驶室，却没有立刻离开。

他的外套上还残留着顾新橙的香水味。玫瑰和木兰，清新中透着一丝难以言喻的妩媚。

她的确和以前不同了。

今天她穿着一身职业装束向他汇报近期工作。这种态度让他很放心，又让他有些许失落——她看他的眼神里不再有任何倾慕的意味。

在中午他请她吃午饭的私人时间里，他们的关系也毫无进展。

她拒绝了他一切额外的善意。她会对他笑，可笑容里带着拒他于千里之外的冷淡。

她现在可以和他有工作上的往来，然而心防却是牢不可破——她并不信任他。

傅棠舟的心底突然升腾起一股烦躁的情绪，他从车内的储物盒里摸出了打火机和烟盒。他想给自己一根烟的时间。

淡蓝色的火焰点燃细烟，一阵缥缈的烟气笼在车内。

烟草过肺的滋味，又麻又辣。

顾新橙在回公司的路上编辑了一条长长的微信。

她感谢了周教授对她的栽培之恩，同时阐述了自己的想法，以及要把公司做好的决心。

努力过的人才有资格说失败。如果她连努力都不愿意付出，这是懦弱和逃避。

把微信发出去后，她一路惴惴不安。

走出地铁站时，周教授发来了回复，只有短短的一句话。

周化川：你自己的路，自己走。

顾新橙回到公司后，新来的员工关吉打趣说："哟，老板，出去逛街啦？"

这家公司里的员工不到十人，而且大家都是同龄人，很快就打成了一片，氛围和谐。员工偶尔和老板开一两个无伤大雅的玩笑并无大碍。

顾新橙笑笑："衣服脏了，顺道买件新的。"

关吉这人话多，嘴也碎。他入职时还说自己非常感谢老板的赏识。

关吉："之前我去其他公司面试时，他们嫌我的名字不吉利，不要我。"

顾新橙："不是挺吉利的吗？"

关吉："人家说我这名字象征着关门大吉。"

一群人登时哄堂大笑，还说让他赶紧辞职，别来祸害公司了。

季成然正在和陶斌测试应用于摄像头的智能识别软件。见顾新橙回来了，他问："怎么样啊？那边还满意吗？"

顾新橙点点头："嗯，没什么问题。你们这边做得怎么样了？"

之前他们做的软件大多是项目外包，所以他们要为客户量身定制解决方案。

而这一款产品面向的是广大的消费者市场，标志着公司业务模式的转型。

"这个程序最迟下下周就能完成，"季成然说，"你和厂商聊过方案了吗？"

"之前聊了，我们的需求几家厂商都可以满足，"顾新橙说，"我让他们各做一个样品给我们看看。"

厂商的样品很快被寄了过来。其中某家厂商做的样品的质量尤其好，大家很满意。

于是顾新橙在微信上和销售代表谈价格。致成科技想订一千个摄像头，销售代表在微信上并没有给顾新橙明确的报价，像是在和她打太极。

公司这边开发的软件在逐步完善，顾新橙怕耽误公司的计划，于是约销售代表出来面谈，对方答应得挺爽快。

他们见面的地点在国贸的一家星巴克里。这家厂商在国贸有个办事处，销售代表平日里在这儿上班。而且他们谈完之后，顾新橙也可以直接去升幂资本找傅棠舟汇报工作。

顾新橙点了两杯冰美式，然后和对方聊了起来。

对方的报价让她很惊讶，每个摄像头一百元，比公司预算的价格足足高出了二十元。

顾新橙犹豫不已。各行各业之间都有信息差，她不知道这个摄像头的实际成本是多少，也怕自己压价狠了别人不肯接她的单子。

思来想去，顾新橙决定暂时不应下这一单。她和销售代表说自己得回去和公司的人商量商量，再决定是否订货。

离开星巴克后，顾新橙紧赶慢赶，终于在两点五十九分时到达了升幂资本的总裁办公室。

傅棠舟坐在沙发上，手里翻着一本商务杂志。沙发前的茶几上摆了两杯热气腾腾的咖啡。

这是朋友给他寄来的牙买加蓝山咖啡，需要现磨咖啡豆冲泡。

顾新橙一路小跑，这会儿还微微喘着气儿，胸口微微地起伏着。

一缕秀发不安分地跑进了衣领里，刺得她有些痒。她在沙发上坐下后，也不敢乱动——她不想在他的面前做搔首弄姿的小动作。

傅棠舟并不催她汇报工作，而是把咖啡推到她的面前。

顾新橙低头一瞧，推辞道："我刚喝了冰咖啡……"

她这是连咖啡都不肯喝上一口了。

顾新橙从包里拿出准备好的材料递给傅棠舟，开始跟他汇报近期公司的运营情况。

傅棠舟听完之后并没有发表更多的意见。

他随口一问："上次你说的摄像头，做得怎么样了？"

顾新橙答："公司的软件已经开发好了，目前正在做调整和测试。至于硬件，我还在和厂商谈价格。"

傅棠舟问："价格谈好了吗？"

顾新橙噎了一下："暂时还没有。"

傅棠舟慢悠悠地翻着她的材料，神色淡漠。他端起咖啡轻啜一口，然后问："你跟人家怎么谈的？"

顾新橙说："就那么谈的啊。"

她把刚才的过程用三言两语讲了出来。

傅棠舟听完之后放下咖啡杯，轻嗤一声："难怪……"

顾新橙问："什么难怪？"

傅棠舟瞥她一眼，正襟危坐："难怪谈不好。"

"你和人家谈生意，得沉住气。"傅棠舟说，"谈价码玩的是心理战。你去找人家，说明你有求于人。"

顾新橙想，她确实有求于人啊。

"别去找销售代表，让他来找你，"傅棠舟点拨她几句，"你自己先丢了主动权，怎么在谈判里占据上风？"

顾新橙小声说：“我是怕耽误事情……”

“你们公司差这两天就要倒闭了？”傅棠舟一本正经地揶揄她，“现在两万块钱的事儿你都沉不住气，以后你谈二十万、两百万、两千万的生意，怎么和人家玩？”

顾新橙的脸上顿时火辣辣的。她是把课本知识学得挺扎实，但是要论琢磨人心，还很稚嫩。

她忽然发现，当年她栽在傅棠舟的手里不是偶然，而是必然。

明明是他先撩的她，她却步步沦陷。到了最后，她反而是陷得更深的那一个——是她把主动权丢了。

想到这里，她再次告诫自己一定要在感情上远离这个男人。论手段，十个她也玩不过他。

走出大厦之后，顾新橙抬头看了看头顶的烈日，一片飞机云横在一望无际的蓝天上。

渴望变得强大是一个美好的愿望，可她现在太年轻，欠缺的还很多。

顾新橙走后，傅棠舟望着茶几上的咖啡——她一口都没喝，生怕他在里面下了药一样。

他将这杯冷掉的咖啡倒进了垃圾桶里，周身的气场瞬间凝固住。

傅棠舟走到落地窗前，俯瞰脚底的芸芸众生。

他细细地回想方才和顾新橙的那番对话，忽然觉得有点儿可笑，道理说得再好听，操作起来也总会有不可控因素。

若论琢磨人心，顾新橙分明稚嫩得很。

怎么两个人玩来玩去，她全身而退，他却把自己给玩进去了？

顾新橙回到公司后，季成然问她价格谈好了没。顾新橙摇摇头：“要等几天，不着急。”

她要耐住性子，放长线，钓大鱼。

傅棠舟说得果然不错。顾新橙三天没和那个销售代表联系，对方急了，在微信上问她：“你们那个单子还做不做了？”

顾新橙答：“公司觉得报价超过预期，在和其他厂商谈。”

销售代表旁敲侧击地问顾新橙其他厂商的报价。顾新橙两眼一闭，直接说："七十五。"

商场上真真假假、虚虚实实，真要实话实说那就是傻。想必这个销售代表之前和她谈时也没有说真话。

对方似乎坐不住了，主动约顾新橙出来再谈一谈价格。

顾新橙先推辞说没空，然后才勉强答应。

这次的地点约在中关村，顾新橙过去非常方便。

销售代表的态度和上次相比软了不少，他生怕顾新橙跑单。

最后，两人谈好的价格是每个摄像头七十二元，厂商还承诺了一年保修。

一千个摄像头到货之后，顾新橙一边清点一边窃喜。

虽然这只是一笔小生意，但是她似乎看见成功在向她招手。

顾新橙决定给傅棠舟发个微信，感谢他的指点。

微信发出去之后，她继续检查摄像头。

过了许久，手机振了一下。

傅棠舟：嗯，加油。

他真是惜字如金。她说了好几句，他只回了三个字。

顾新橙心想，下次再也不给他发这种微信了。

这批货质量很好。经过优化，致成科技研发的软件的人像识别功能也更加先进了。

对比了市面上常见的几款产品后，他们最终将价格定在了一百九十八元。

按照设想，这些摄像头应当被迅速抢购一空，可是，更严峻的问题随之而来——他们怎么把这些摄像头卖出去呢?

致成科技暂时没有任何销售渠道。他们开了个网店，把产品挂上去之后却鲜有人问津。

网店的竞争机制非常复杂，你的产品再好，顾客也并不能在第一时间了解到。

经过一番研究，顾新橙决定先去电子商城铺货，再去小区做地推。

致成科技的办公地点在中关村。这里有堪称全北京规模最大的电子商城，电子硬件应有尽有。顾新橙想看看有没有实体商家愿意经销。

她去的第一家店铺在电子商城入口处最显眼的位置，店面大，客流也多。

顾新橙和老板说明了意图，老板毫无兴致地说："我们这里已经有几个品牌的摄像头了。"

他指了指货架，那里摆了好几种摄像头，什么价位都有。

顾新橙扫了一眼货架，发现这些大多是传统的摄像头，几乎不具备识别功能。

她说："我们的产品不一样，可以——"

她刚想详细讲讲产品的优点，这时店里来了顾客。老板立刻过去招呼，把顾新橙晾在了一边。

说实话，顾新橙长那么大从来没有受过这种冷遇。

她从小就是天之骄子，聪明又漂亮。可创业就是这样，面子通通抛掉，低三下四人家也未必愿意搭理你。

她忽然理解那些在地铁上送小礼物，求人扫二维码的创业者了。如果不是为了梦想，谁愿意放下身段跑来做这些呢？

一时之间，顾新橙不知是去是留。

她尴尬地站在原地，发现柜台这儿有监控，屏幕上对应了几个画面，主要是为了防止盗窃。

盗窃者一般都行迹可疑，他们的产品同样可以应用到这个场景里。

老板和顾客讲这讲那，终于做成了一笔两三百块钱的生意。

他收完钱，一回头，看到顾新橙："你怎么还在这儿？"

顾新橙说："刚刚我的话还没讲完。"

老板这会儿闲了下来，终于有耐心听顾新橙讲解了。

"如果用了我们的摄像头，就不用亲自监控店内的实时画面了，"顾新橙说，"一旦店内的顾客有异常举动，摄像头会自动发出警报。"

老板大概没想到，这姑娘来铺货，竟然会把他当成目标客户。

老板说："那你给我一个，我用着试试看，好用的话我就卖你们的产品。"

顾新橙大概也没想到，老板白嫖嫖到了她的头上。

她看了看这家店铺的地段，咬了咬牙："行，我送你一个，你给我们的产品留个展位就行。"

她把摄像头的详细使用方式告诉给老板，并且让关吉给老板安装上。

兴许是她的诚意打动了老板，老板说："你留十个下来，我帮你卖卖看。"

顾新橙连声道谢："谢谢老板。"

她给老板留下一张名片："这是我的名片，要是货卖完了，你打电话给我。"

老板看了一眼她的名片，然后丢进了名片盒中。那里有几百张名片，顾新橙很担心下次他找不着，可也不好意思说。

首战告捷之后，大家信心十足地继续攻克第二家店铺。

然而，并不是每一家的老板都像之前那位老板好讲话。

有的老板嫌他们的品牌没名气，不愿意销售；有的老板嫌利润微薄，不想多费事；还有的老板认为这摄像头不好卖，所以不肯进货。

一个电子商城跑下来，他们也就搞定了两三家店。

最终成果是铺出去一百多件货品，剩下八百多个摄像头，他们暂时找不到更好的销路。

顾新橙觉得创业比她想象中还要困难许多倍，这么两三天跑下来，赚的钱还不够发员工工资的。

他们铺货暂且告一段落，下一项任务是去社区做地推。

地推就是地面推广、线下推广，是一种面对面的推广形式。

他们的产品主要应用于居家安防领域。他们选择到社区进行地推，效果应该不错。

顾新橙想了不少地推方案，然而理想很丰满，现实很骨感，压

根儿没有社区批准他们过来搞商业活动。

眼见着这条路行不通，她只能曲线救国，找小区物业看看能不能把产品推销出去。

可惜，物业并不愿意帮忙推销致成科技的产品。

理由很简单，他们已经有一整套的监控体系了，即使功能没有致成科技的产品强大，也完全够用了。

更何况，更换摄像头是一笔不小的开支，物业不想浪费钱。

顾新橙碰了几次壁，意识到不能这样广撒网。

她搜集了北京所有小区的资料，专挑开发时间在十年前左右的那一批去推销——这些小区的设备很可能处于置换期。

她多方打听，终于锁定了某一个小区。这个小区的物业近期恰好有更换监控摄像头的打算。

顾新橙去找小区物业，向对方自荐了致成科技的人工智能识别摄像头。她看得出来，对方对这个产品有一定的兴趣。

然而，市面上做这个产品的不止致成科技一家公司，其他公司亦在摩拳擦掌。物业表示要对比一下几家的产品再做决定。

这一点无可厚非。顾新橙找实习工作时手握几家公司的offer，也在选更优秀的公司。

她觉得致成的产品的性价比高于其他几家公司的产品，物业应当会选用他们的产品。

这段日子里，顾新橙一门心思地往外卖摄像头，甚至把它推荐给亲朋好友。她每天睁开眼后第一件事就是想方设法地找新的销售渠道。

她走在大街上，看谁都像潜在顾客，很想问问他们需不需要在家门口装个摄像头。

但她是不会问的，主要是怕被揍。

顾承望友情赞助，买了一个摄像头，说装在家门口防小偷——虽然这么多年来家里从来没进过贼。

顾新橙之前所在的经管学院有一个保险学专业，那些学生经常调侃自己毕业后要去卖保险，而卖保险的第一步，就是坑亲朋好友。

现在她发现，不管卖什么，第一步都是先坑亲朋好友。

时间过得飞快，一眨眼又到了她给傅棠舟汇报工作的日子了。

经历了几顿“社会毒打”后，顾新橙不像最开始那般盲目乐观和自信了——有团队，有产品，创业也未必能成功。

她隐隐开始担心，万一创业失败了，升幂资本的五百万该怎么办啊？

讲道理，投资方的钱是不用还的，但投资协议里有优先求偿权这一说。

公司目前没有什么债务，如果真破产了，把东西变卖变卖，投资方先拿走，剩下的才轮到其他股东。

想到这里，她摇摇头。这才刚开始，自己怎么都想到破产清算了？不吉利。

她到办公室时，傅棠舟已经在等她了。他整个人一如既往地潇洒干练。

顾新橙将鼓鼓囊囊的包包搁到沙发上，坐了下来。

公司近期的传统业务依旧在有条不紊地展开，只是这个新业务遇到了瓶颈。

顾新橙本打算报喜不报忧，仔细想想觉得不合适，所以在报告的最后稍稍提了一嘴，并表示这不是大问题。

傅棠舟优哉游哉地问她：“摄像头卖了多少个了？”

顾新橙遮遮掩掩地说道：“几百。”

傅棠舟淡淡地道：“一百也是几百，九百也是几百。”

顾新橙没法儿回避这个问题，只得说：“一百。”

他瞥她一眼，似乎对这个数字并不意外。

“我去电子商城铺货了，还找了小区物业。”顾新橙把自己这段时间的经历简单说了一下。她想让傅棠舟知道，卖出一百个摄像头并非她的本意。她做得很努力了，奈何结果不尽如人意。

顾新橙面临的困境是所有初创企业会面临的困境——产品有了，卖不出去。

这年头儿，酒香也怕巷子深，东西好也不一定有销路。

他们又没什么预算打广告，只能一点点地开拓市场。

傅棠舟静静地看着她："你们公司已经穷到连个销售员都雇不起了？"

顾新橙垂下眼，声音小了些，说："也不是雇不起，我们得开源节流啊。"

傅棠舟正色道："我给你五百万投资款，是指望你来做销售员的？"

一想到她这些天在路上跑来跑去就干了这件事，他一时之间又生气又心疼。

顾新橙被他这么一说，顿时像犯错的孩子一样手足无措。

她的本意是想在熟悉业务的同时为公司节约人员成本。

她放着五十万年薪的工作不干，去大街上受人白眼，她的心里也不好受啊。

"专业的人干专业的事儿，你们A大金融系真不错。"傅棠舟幽幽地说道，"老师教的是金融，学生采购、销售、营销全能干，十项全能选手啊。"

他的语气里夹带着一丝若有似无的嘲讽。

顾新橙："……"

他骂人用得着拐十八个弯吗？

"人的精力是有限的，"傅棠舟说，"你的价值不是做销售员，你要多考虑考虑公司未来发展的方向。"

"哦。"顾新橙应了一声。

她在心里默默记下，决定回去之后要给公司招两个销售员。

"你说你还去找小区物业了？"傅棠舟问。

"那个小区的物业有换摄像头的计划。他们也看了我们的产品，不过……"顾新橙继续说，"其他公司的产品他们也要看，我还在等他们的回复。"

傅棠舟："你就坐着等啊？"

顾新橙："……"

她除了坐着等还有什么别的方法吗？上次他还说让人家主动来找她，别主动去找人家呢。

傅棠舟见她像个小学生一样毕恭毕敬地坐着，那姿态跟在挨训没两样，他的语气不经意间放软了些。他继续说："做生意，讲的是交情。"

顾新橙眨了眨眼，把他的话在心里品了好几遍，还是捉摸不出他的意思。

半晌，她旁敲侧击地问："投资，也讲交情吗？"

她想知道他说的"交情"究竟是指什么。她和小区的物业可没交情。

"我投资，不讲交情。"傅棠舟面无表情地说，"至于别人，我不清楚。"

顾新橙不想多问了，还是自己回去慢慢想吧。

临走的时候，顾新橙忽然想起自己这趟过来身上是有任务的。

她一板一眼地对傅棠舟说："傅总，上次的事儿谢谢您了。我给您准备了一份小礼物，请您笑纳。"

她从包里拿出一只精美的礼盒。这礼盒不大，方方正正的，外面缠着蝴蝶结丝带。

傅棠舟的神色微讶，他显然没想到顾新橙会给他送礼物。

有时候，他说她笨吧，她的领悟力倒是强得惊人。

有时候，他说她聪明吧，她却非要跟你装聋作哑。

"放这儿吧。"傅棠舟的语气非常平静，嘴角却忍不住上扬。

"那我走了，拜拜。"顾新橙和他道别以后飞快地闪出了办公室。

傅棠舟不禁莞尔。如果他没看错，刚刚她脸红了。

他从来没有收到过顾新橙送的这么正式的礼物，当初她送他的那颗智齿只是被放在一个简易的小玻璃瓶里。

除了那个，她好像也没送过他什么东西——他并不需要她为他买些什么。

傅棠舟把这个盒子拿过来仔细端详，粉色的包装纸，黄色的蝴蝶结，少女心十足。

他轻轻晃了下盒子，有咣当咣当的声音。他猜不出里面是什么。

他看着这个小盒子，仿佛在看顾新橙。

他轻轻扯开蝴蝶结，恍然想起三年前的那个平安夜。他就是这样一点点地松开她的裙带的。

他耐着性子一层层地剥下粉色的包装纸。

顾新橙今天穿了一件蓝色的羊毛外套，里面是菱格花纹的针织衫，包裹着姣好的身段。

她以前说过自己是南方人，冬天家里没有暖气，所以很扛冻。

她确实挺扛冻，一到秋冬季节，毛衣下面除了内衣什么都不穿，非常方便他胡作非为。

傅棠舟不禁自嘲，方才和她谈工作时没有太多想法，可一旦心中生出暧昧来，胡思乱想是拦也拦不住的。

包装纸被他剥到最后一层，一个白色的盒子露了出来。

他怀着期待的心情将盒子拆开，打开一看，顿时无语——盒子里躺着一只摄像头。

这时，他搁在桌面上的手机振动了一下，顾新橙的微信到了。

顾新橙：傅总，这是咱们公司的产品，免费送您试用，装在办公室和家里都可以。要是您觉得好用，麻烦多帮我们宣传，谢谢！

第十章

故梦重温

顾新橙回公司之后不久就招了两个销售员，小高和小洪。

她腾出不少宝贵的时间来思考公司的发展方向，还搜集了不少AI概念产品，和技术部门探讨开发这些产品的可行性。

公司未来必然不能只有一种产品，要做，就得做成产品生态链，这样才能在市场上具有竞争力。

有一天，顾新橙正在开会，突然接到一个电话。原来是电子商城的那个老板打来的。

对方告诉她，有个地方经销商想订五千个摄像头，不知道致成科技有没有库存。

这么一笔大订单令顾新橙既欣喜又担忧。公司的库存不够，可她不想放弃这单生意，于是一口应下："确定那边要货的话，我们让厂商生产并尽快备好货。"

挂了电话后，顾新橙将这个振奋人心的好消息告诉了大家。

她算了一笔账，分给经销商一定的利润之后，卖出一个摄像头公司能赚三十元左右。这一笔订单做成，他们就能赚到十五万的毛利。

这个活儿最终被分配到销售员的头上，他们负责和客户、厂商对接。

小高问顾新橙："咱们公司有没有礼品卡？"

"什么礼品卡？"

"购物卡、话费充值卡、油卡都成，这么大的客户，肯定要好好维护啊。"

小高的这句话点醒了顾新橙，客户是要维护的。

傅棠舟也说过，做生意讲的是人情。原来人情指的是这个啊。

她不得不承认，在中国这个人情社会里，一根筋是做不成生意的。

公司采购了一批礼品卡。顾新橙再次联系上那个小区物业的项目负责人董经理，和他约好晚上七点在小区附近的一家餐厅的包间见面。

这是一个相对私人的时间和场合——很适合她送礼。

董经理来了之后，顾新橙笑脸相迎。她将礼品卡装在信封里："谢谢董经理百忙之中抽空过来，一点儿小礼物，不成敬意。"

他瞥了一眼信封，没拿，也没推回来，而是说："顾总太客气了，我收受不起。"

顾新橙切入正题，开始和他聊致成团队的技术背景。

董经理说："我们用哪家的产品，关键还得看质量。货比三家是常规流程，也请顾总理解。"

顾新橙笑笑："小区的监控体系不只有摄像头，入门闸机、入楼闸机这些设备都包括在内，这些我们都能做。"

她这趟是有备而来。之前她和季成然讨论过产品架构，从技术上来说，生产这些设备并不比生产带识别功能的摄像头更难。

"你们可以提供全套服务？"

"我们公司之前有类似的业务。"

他们就这个问题进行了深度交谈，顾新橙越发有信心拿下这个项目。

对方认为她只卖摄像头也太小瞧他们的公司了，要做就做一笔大的。他们卖的不是摄像头，是技术和服务。

两个人聊到快九点，顾新橙说："时间不早了，我就不打扰您了。"

她拿了包就走，出包间之后莫名地脸红了——她没带走那个信封，也不知道董经理会不会收下。

管他呢，反正她的心意已经到了。

唉，她这个人吧，一干坏事就很容易脸红。上次她给傅棠舟送摄像头时也是，还没出门，她的脸就红了。

顾新橙走下楼梯，刚来到餐厅一楼，她的手机就响了。她一看来电显示，是傅棠舟打来的。

"傅总，您找我有什么事儿？"

"明晚有空吗？请你吃饭。"

一听到"吃饭"二字，顾新橙瞬间警惕起来。她说："明晚有个会……"

"那算了，"傅棠舟的语气分外淡定，"本来还想介绍客户给你认识，既然要开会——"

顾新橙一听，连忙说："那个会议在下午，我刚刚记错了。晚上我有空！"

"真有空？没空不用勉强。"

"有空。"

"明晚六点，我去你们公司的楼下接你。"

第二天，顾新橙梳妆打扮一番，穿了一身深蓝色的商务休闲裙装，既不拘谨也不随意，非常适合出门谈生意。

六点整，一辆迈巴赫停在致成科技的写字楼下。傅棠舟正襟危坐，一身深蓝色的休闲西装和她的衣服莫名地般配。

顾新橙挨着后座另一侧的车门坐着，前方开车的司机是她认识的那个。他一丝不苟地开着车，对老板的八卦毫不关心。

老板来接什么女人，他不能问。他更不能问为什么过了三年老板还要来接这个女人。

车子平稳地驶上立交桥。顾新橙的内心忐忑不已，她偷偷觑了一眼傅棠舟。

他的手交握着置于膝上，指骨微凸，分外好看。一身挺括的西装勾勒着身体肌肉的优美线条，整个人英姿勃发。

她试探着问："今晚要见什么客户？"

"幸海优鲜，"傅棠舟说，"听说过这家公司吗？"

顾新橙摇头。

"这是升幂的另一个项目，他们做的是生鲜市场。他们打算开一个无人超市。"

一提到"无人"，顾新橙就明白了。

无人超市需要全方位的智能识别技术保驾护航，而致成科技恰好可以提供这项技术。

顾新橙的嘴角向上弯了弯："谢谢。"

"不用谢，"傅棠舟的眼底有一抹淡淡的笑意，他悠悠地说道，"我收了你的礼，不得给你办事吗？"

他转过头，一双深沉的眼眸与她对视。她的心跳陡然加快，别扭地转过脸去。

傅棠舟又说："项目能不能成，我没法儿决定。"

言下之意，他只是牵个线搭个桥，具体能做到什么地步，得看顾新橙的表现。

这家餐厅位于国贸某栋大厦的顶层，电梯仅需四十秒就能直达。顾新橙趁机对着镜子快速检查仪容——衣冠齐楚、妆容得体。

她转过头，发现傅棠舟正在用眼角的余光瞥她。他没有掩饰，很自然地收回目光："到了。"

顾新橙跟着傅棠舟走进包间，餐桌旁已坐了几名男子。这是一场小型商务宴会，攒局的人是幸海的创始人，名叫许浩瀚。

他见了傅棠舟，满脸笑意地上来迎接。二人短暂地握了握手，之后，傅棠舟介绍说："这位是致成科技的顾新橙。"

顾新橙微笑着和许浩瀚握手，许浩瀚对二人说："快请坐。"

傅棠舟先行坐下，顾新橙在他的身旁落座。

这个饭局里除了她之外，全是男人。

在职场上，女人的美貌在大部分时候是一种优势，在某些情况下却是一种劣势。

比如现在，顾新橙是跟着傅棠舟来的。她年轻又漂亮，难免会让人多想。但是，没有人敢多问。

饭局尚未开始，大家在桌边随意地闲聊，顾新橙安静地听着。

在去年的那场饭局上，她是一个局外人。那些人聊什么与她无关，她也不感兴趣。

可现在，她是致成科技的顾总。虽然这个“总”没什么分量，但这象征着她的身份的转变。

傅棠舟和许浩瀚聊起最近生鲜市场的行情：“现在消费分层，生鲜领域要开始面临社区运营、消费下沉的趋势了。”

显然，他很懂行，会主动了解市场动向，而不是只等着下属汇报工作。

许浩瀚表示认同：“公司下一步要做线下无人超市，不过现在大公司也没法儿完全解决无人超市的技术难点。”

“再好的技术也难免会出错，赔付成本小于技术改进成本就行。”傅棠舟说，“现在国内的小公司和大公司的差距不在于技术，而在于用户和渠道。”

许浩瀚连连点头称是。

“提到技术，我这儿正好给你介绍个人，”傅棠舟侧过身，指着顾新橙说，“致成科技就是专门做这个的。”

他把话题递到了顾新橙这里。

顾新橙庆幸自己非常了解公司的业务和技术，否则一时半会儿还真不知道该如何同对方讲起。她说：“开无人超市要解决的主要的技术问题是智能识别，需要提高识别的准确性，以及在速度上进行优化。”

待顾新橙讲完，许浩瀚才问：“致成科技之前做过这种项目吗？”

目前致成的业务还没有开拓到这个领域。她想说公司可以尝试，傅棠舟却直接说：“他们公司的智能识别技术挺好，连我都用他们的

产品。”

两个人对视，他的眼中有一抹意味深长的笑意。

他这还真替她宣传上了。

“我投资致成科技，是看中他们的团队，”傅棠舟说，“A 大这个专业非常强，他们手里还有相关专利。”

“顾总是 A 大信息专业的？”许浩瀚惊讶。

“我在 A 大学的是金融，我们公司的创始人是信息专业的。”顾新橙说。

许浩瀚更诧异了：“你刚刚和我聊技术时，完全看不出你是搞金融的。”

顾新橙谦虚地笑了笑：“现在不懂业务不好做管理。”

“顾总是复合型人才啊，我们公司的管理层没一个像你这么懂行的。”

“做生鲜和做技术不一样。”

她这番话讲完，其他人看她的眼光变了——顾新橙不是傅棠舟带来的花瓶，也不是商场上游刃有余的交际花。

她有能力也有实力在这个饭局上和其他老总聊生意。

另一位老板也来和顾新橙攀谈：“我们公司做的是供应链技术，人工成本巨大，我最近也在思考怎么用机器来替代人工……”

这位老板将他的想法阐述出来，顾新橙懂了。她告诉他：“供应链管理的目标在于通过库存管理来改善客户服务，在这方面人工智能甚至做得比人更好……”

经管类专业背景和她对 AI 行业的深度了解使得她的优势格外突出。

管理团队靠谱说明公司靠谱，她在众人面前为致成科技刷了一波好感度。

饭局开始之后，许浩瀚给顾新橙敬酒：“顾总，我敬你一杯。以后要是有合作机会，还请多多指点。”

“许总太客气了，不敢当。”顾新橙望着那一小盏透明的白酒，略有犹豫——她并不想在饭局上和人喝酒。

傅棠舟不动声色地看着二人。许浩瀚观察了几秒，然后说：“这酒我干了，顾总你随意。”

顾新橙真就没喝这杯酒。

许浩瀚又去敬旁人。大家纷纷赏脸，一饮而尽。

饭桌上的气氛愈加热闹，反倒衬得顾新橙这边有些冷清。

她忽然意识到，傅棠舟以前对她很照顾，他从来不让她碰酒，是因为那时候她没必要喝酒。

现在她是公司的老板，和别人谈生意，就得顺应别人的方式。

既然她出来交际，端着架子只会把潜在的合作伙伴推远。

待许浩瀚敬完一圈酒，顾新橙端着酒杯站了起来：“许总，我敬你。”

傅棠舟不冷不热地提醒她一句：“这酒后劲儿大。”

可顾新橙不听他的话，当着他的面把这杯白酒喝了下去。

一杯下肚，除了有点儿辣嗓子，顾新橙没有什么特殊感觉。

许浩瀚也笑着把酒干了下去。其他老总见顾新橙能喝酒，便都过来敬酒。

一想到这些人将来可能成为有用的人脉，顾新橙决定跟每个人喝一杯。

她不认同中国的酒桌文化，可如果喝上一杯酒就能拉近关系，这费效比很高。

顾新橙一连喝了五六杯酒，傅棠舟的面色愈加深沉。

“顾总好酒量，”许浩瀚说，“我再敬你一杯。”

顾新橙想接着和许浩瀚喝。傅棠舟冷冷地瞥她一眼，眼神中有一丝禁止的意味。他说：“她不能再喝了。”

俗话说，酒壮夙人胆。

酒精的作用初显威力，顾新橙的胆子莫名大了些，她说：“我能喝。”

她不希望傅棠舟在交际场上护着她。她跟他又没有其他关系，更不想回到过去那种关系。

这种逆反心理使得她无视了傅棠舟的话，将杯中的酒喝得一干

二净。

她坐下来后，傅棠舟已经脸色铁青。

其他老总又来敬酒。既然顾新橙喝了许总那杯酒，别人的自然不能落下——这是酒桌上不成文的规则。

顾新橙打算接着喝，傅棠舟摁住她的手腕："你喝多了。"

他周身有种凌厉的气场。可顾新橙喝了酒，意识不到。她说："我没喝多。"

她想挣脱他的手，谁知他竟直接夺了她的酒杯。

这下大家似乎看出他们之间某种暧昧的关系，便起哄说："傅总拿了顾总的酒杯，不替顾总喝酒吗？"

顾新橙登时面红耳赤，想把自己的酒杯拿回来。可傅棠舟先她一步，将她的酒一饮而尽。

那个酒杯是她用过的，上面还有浅浅的唇印。

傅棠舟用那个酒杯喝酒，两个人之间是什么关系，昭然若揭——他们总不可能是单纯的投资方和被投资方的关系。

众人起哄大笑的声音仿佛扯下了顾新橙的遮羞布，令她羞耻万分。

她呆坐在一旁，觉得自己好像做错了什么，又觉得自己好像没做错什么。

酒精的作用燃烧着她的理智，她又想去拿酒杯。可傅棠舟根本不让她碰，一杯接一杯地替她把剩下的酒都喝完了。

酒局散场，顾新橙拿着包要走，这白酒的后劲儿才终于起来了。

脚一软，她差点儿栽倒。傅棠舟适时地架起她的胳膊，冷着一张脸把她扶稳。

顾新橙强撑着不让自己在他的面前失态。她说："我自己回去。"

她不想和他产生更多私人感情上的交集。毕竟她花了那么长时间才终于走出了那段关系给她带来的阴影。

现在，他替她喝了酒，全回去了。

傅棠舟直接把她塞进了车里，随后也坐了上去，把车门嘭地关上了。

今晚他这火气是一阵一阵地往外冒。他护着她，她不但不领情，还非要跟他较劲儿。

现在她又说要自己回去，就她这个样子，怎么让他放心得下？

司机发动汽车："傅总，去哪儿？"

傅棠舟说："A 大。"

顾新橙不跟他较劲了。她现在烧心烧肺，难受得要死。

之前她在国外和朋友喝的是啤酒，一扎喝完都没事儿，可这白酒的度数高，真不是闹着玩的。

今晚她是不该喝酒，可他也不该当着那么多人的面替她挡酒。

车子飞速地在路上奔驰。两个人各自生着闷气，谁也不搭理谁。

顾新橙垂下眼，酒劲儿一阵阵地往上泛，头晕眼花。她歪歪扭扭地靠着椅背，打算合上眼睛休息一会儿。

司机开到宿舍楼下，傅棠舟说："你该下车了。"

顾新橙不回答。

"我跟你说话呢。"

她还是沉默。

傅棠舟侧过头一看，顾新橙已经睡着了。

就这酒量，她也敢跟他犟？

司机问："傅总，送您回家？"

傅棠舟："附近有酒店吗？"

司机心领神会，从导航里找了一家五星级酒店，径直开了过去。

车停稳后，傅棠舟伸手去抱她。

她面色酡红地窝在他的怀里，身体软得像一摊泥。

他一路把她抱上电梯，又健步踏入走廊。路上有人用怪异的眼神看着他，仿佛他是从酒吧"捡尸"的危险分子。

他无视那些刺探的眼光，刷开房门，插卡取电，关上房门。

这下世界彻底安静了。

她的身体轻如片羽，他的手上却似有千钧之重。

他将她放到柔软的大床上，她的脸烧得通红一片，他小心翼翼地触碰她的脸颊。

她化了浓淡适宜的妆容，睫毛卷翘又浓密，红唇娇艳欲滴。

卷曲的发丝散落在洁白的床铺上，耳垂上浅咖色的小痣分外惹眼，裙底瓷白的细腿在暖色的灯光下招摇着。

傅棠舟艰难地闭了闭眼，决定离开。

再迟一迟，他担心自己就走不掉了。

他刚要抽身，谁知顾新橙竟抓住了他的领带，口中无意识地发出一丝呢喃。

傅棠舟发现自己没法儿生她的气，也不能无动于衷地放任她不管。

万一她夜里要是吐了，身边没个人该有多狼狈？

想到这里，他在床边坐了下来。

他把她的小腿抬到他的腿上，为她脱高跟鞋。绑带束着她的细细的脚腕，裹着丝袜的小腿摩擦过他的西裤，分外撩人。

傅棠舟解开高跟鞋的金属搭扣，鞋子自动脱落，露出她的纤瘦的脚。他勾着她的腿，把她整个人扶到床上。

在酒店暖色的壁灯下，顾新橙美得让人惊心动魄。分手以后，她出落得更加动人了，身段也更添了些女人味。

这是她最没有防备的时刻，也是傅棠舟最难挨的时刻。

此时此刻，房间里只有他和她。她睡得非常沉。即使他对她做些什么，她也不会知道。

可他知道不能这么做。

想到这儿，傅棠舟莫名地有些烦躁。他脱了西服外套，用食指勾下领带，胡乱地甩到一旁。

不知是不是因为房间里的暖气很足，他隐隐有了一丝汗意。

一滴汗顺着青筋微跳的额角向下滑落，滚过他的脸颊。

他轻抿薄唇，下颌收紧，凸起的喉结一动一动。他像是一只蛰伏的猛兽，拼命压抑着掠食的欲望。

他捏紧的指尖刺进掌心，这种疼痛令他在隐忍中保持着清醒——他今晚也喝了不少酒。

他打算去浴室冲个冷水澡。可一粒一粒地解衬衫扣子时，手指

不经意间有些许抖动，竟然找不准位置。

他讨厌这种没法儿掌控自己的感觉，索性用力一拽。扣子接二连三地崩掉，吧嗒吧嗒地掉到地上。

这时，顾新橙恍恍惚惚地睁开了眼。

眼前迷蒙一片，脑子嗡嗡作响，胃里更是翻江倒海。

待到眼神逐渐清朗，她看到在一盏昏黄的壁灯下，有个男人在她的身旁。

他上身只着一件衬衣，衣扣已解开，精壮的肌肉一览无余。他的腰线若隐若现，皮带勒在腰腹上，蜜色的肌肤隐隐泛着一层薄汗。

她的目光再向下移。他却突然扯开衣摆，挡住那里。

顾新橙的喉头发涩，咽喉里像是在被火烧。

她沙哑着嗓音说："渴……"

傅棠舟见她这般模样，只得僵着身子去给她找水。他找到一瓶半冰的矿泉水，递了过去："水。"

顾新橙并不接。她现在根本听不进话。

傅棠舟重新在床边坐下，柔软的床铺陷下去一块。他用凉凉的眼眸瞥了眼顾新橙："还要我喂你？"

她发出哼哼唧唧的声音，像幼猫的哀啼一样。

傅棠舟拧开瓶盖，将她整个人搂进怀里，然后用低沉的嗓音哄她说："新橙，喝水了。"

她一动不动，无力地靠着他，把他当成身体唯一的支点。

他把瓶口放在她的唇边，几滴透明的水珠溅出，濡湿了她的唇。

她感知到了什么，唇瓣张开一道细缝儿，伸出舌头，舔过瓶口，像是幼兽在获取水分。喝饱水后，她推开他的手，在他的臂弯里又睡了过去。

傅棠舟被她撩拨得湿汗滚热。一滴汗滑过他留着胡楂的下巴，滴落到她的衣服上。

他现在心火燎原，甚至比她更需要水。他就着被她舔过的瓶口灌了一大口水。

傅棠舟把瓶子放回床头柜上，手掌扶着她的肩，静静地看着她。

她的手脚蜷缩着抱成一团，像个婴儿一般。据说这是让人最有安全感的姿势，像是回到了母亲的子宫里。

她睡得非常安详，对于周遭的一切没有任何反应。

她现在觉得……不安全吗？

以前，她也常常在他的怀里睡觉。

他不爱搂着人睡觉。可是每当她像小猫一样钻进他的怀里时，他都会心头一软，拥着她入眠。

她会睡成任何姿势。夜里，她会无意识地在他的怀里扭动，有时候会把他蹭醒。他这个人有点儿起床气，最恨被人弄醒。

可他一见她这副温顺的模样，再大的火气也没了，取而代之的是另一种火气。

他报复性地在她睡着时弄她，非要将她弄醒不可。

她在半寐半醒之间发出低泣一般的声音，然后睁开惺忪的睡眼，咕咕哝哝地抱怨着：“不要，我要睡觉……”

可他不准，非得尽了兴才肯放过她。

然后下次她还是不长记性，继续往他的怀里钻。

这种游戏他们玩过一次又一次，他竟乐此不疲。

傅棠舟走入浴室，脱下衣衫，然后踩着冰凉的地板进到淋浴间里，将出水量调至最大。冷水瞬间从头顶浇下——他需要冷静。

他将花洒取下，冷水浇透了浑身上下的每一处皮肤。

可他一想到顾新橙现在就在离他不足十米远的大床上睡得毫无防备，他心头的那股火就怎么也灭不下去。

他放弃了挣扎。花洒垂了下来，水流像水草一般狂舞着。

他闭上眼，仰着头，黑色的湿发滴着水，水珠从他的脸颊上滚落。他用手撑在满是水珠的墙上，后槽牙咬得紧紧的，指尖用力到泛白。

此时此刻，他允许自己放肆地去想她。

不知过了多久，傅棠舟拾起花洒，将一切冲得干干净净，似乎这样就能将不该有的念想冲走一般。

他重新睁开眼睛，神志恢复清明，仿佛是一位无欲无求的贤者。

他从架子上取下一块干净的毛巾，将水珠擦拭干净后套上酒店的睡衣，系上腰带，踏出浴室。

然而，他没在床上看见那一小团人影。

他绕到床的另一侧，发现她从床上掉了下来——她醒了，可思维还是错乱的。

她挣扎着抓住床沿的床单，嘴里咕哝着什么。他靠近之后，才听清她在念叨着："我要卸妆……"

都这种时候了，她还想着卸妆？

傅棠舟把她从地上搀扶起来，她像是找到救星一般抓着他的袖子说："我要卸妆……"

他无奈地看着她。经过那么一番纠缠，她脸上的妆居然都没花。

顾新橙碎碎念道："不卸妆……会长痘……"

傅棠舟："……"

女人对于爱美这件事的执着程度令人费解。别人耍酒疯是唱歌跳舞说真心话，她耍酒疯是要卸妆。

"好，卸妆，"傅棠舟指了指浴室的方位，"去那里卸妆。"

顾新橙踉跄地往那个方向走，走了没两步，人又要栽倒。

傅棠舟扶住她，带着她进了浴室。就这样，他也别指望她能自己卸妆了。

他一只手搂着她的腰，另一只手在盥洗台上挑挑拣拣。

这个酒店准备了全套洗护用品。女人用的那些瓶瓶罐罐他分不清，得一样一样拿过来看。

终于，他找到了一小瓶卸妆液："是这个吗？"

她不假思索地点点头，看都没有看一眼。

傅棠舟思忖片刻，这东西怎么用来着？

他打算出去找手机查一查，可顾新橙现在有点儿麻烦。于是他将她抱进了空浴缸里，防止她再跌倒。

他出去找手机，找到后在搜索框里输入关键字，一边记使用要点一边往浴室走。

谁知他还没进浴室，那里就传来一阵呜咽的哭声。他立刻冲了进去。

原来浴缸一端的水龙头被顾新橙碰开了。水不停地被注入池中，已经没过了她的小腿肚。

她坐在浴缸里，浑身上下都被水淋透了。裙子半漂在水面上，像浓得化不开的蓝色墨汁。

她好似一枝从水中生长出来的水仙，长发的尾端湿漉漉地搭在肩上。

她哭得梨花带雨，眼泪吧嗒吧嗒地掉进了水里，荡出阵阵涟漪。

傅棠舟想把她从浴缸里抱起来。可她蹬着水，像是美人鱼，溅出一片水花——她根本不让他碰她。

他伸手去揩她的眼泪，她却打开了他的手。

因为脑子太混乱，她借着酒力将藏在心底的想法倾吐出来："创业好难啊……当老板好累啊……我不想喝酒……我真的不想喝……"

"不喝不喝。"傅棠舟哄着她。今天在饭局上逞强的人是她，现在说不想喝酒的人也是她。

然而她听不进去，继续咕哝着："爸爸妈妈，我好想你们啊，我想回家……"

她都一年多没回家了，现在想家也是人之常情。

这是她不愿意在人前展示出的脆弱的一面。或许连她自己都忘了，她不过是个二十岁出头儿的女孩。

她的身上一下子压了那么多重担，父母的期望、自己的理想、前途未卜的创业之路……她很害怕，可不敢说。因为她是老板，不能掉眼泪，必须坚强。

傅棠舟听她翻来覆去地说着这些话。她提这个提那个，却唯独没有提他。

原来他在她心里已经连这点儿分量都没有了，甚至连她喝醉酒说的醉话里都没有他的名字。

他宁愿她恨他骂他，可是，什么都没有。

顾新橙表现出这副柔弱的模样简直就是踩在他的心刃上跳舞。

他攥着指尖，几番犹豫后，将她强行从浴缸里抱了出来，抵在盥洗台前。

她难受极了，在酒精的作用下什么都想不了，也不知道自己能做什么来缓解这种痛苦。她对傅棠舟又踢又打，讨厌这种束缚。

傅棠舟终于被她惹恼了。这一晚他真是受够了。

他用一只手钳制住她乱舞的手，另一只手捏住她的下巴。他恶狠狠地用力，她瞬间动弹不得。

她下意识地绷直了小腿，收敛了方才的放肆。

他一字一顿地在她的耳边说着话："顾新橙，你要不要我？"

湿热的气息洒在她的脖颈和双肩上，激得她浑身一颤。

傅棠舟厉声呵斥道："你看看你这副样子！"

他将她的脸转向浴室的镜子。即使她喝醉了酒，也掩不住姣好的容颜。

他的语气带着半分威胁半分诱惑，他继续说："只要你说一句要我，我就给你。"

顾新橙无法解读他的话，却被他的语气镇得不敢动。

"给你想要的一切，"傅棠舟的手指一用力，她被迫仰起下巴，他说，"你不用辛苦地创业，也不用陪别人喝酒，更不用做现在这些事。"

她的脑子太糊涂。她什么都听不懂，无法做出任何回应。

"你知不知道你现在这个样子——"傅棠舟把手一松，不愿多说。

顾新橙下意识地去揉自己的下颌。她被他掐疼了。

你知不知道你现在这个样子，会让我心疼啊？

浴室明亮的光线打在镜子上。浴缸里的水哗啦啦地淌着，一波一波地溢出缸外。

顾新橙用双手无力地撑在冰凉的盥洗台上，全身湿淋淋的。长裙吸饱了水，裙摆向下坠，滴滴答答地滴着水。

傅棠舟的话混杂着水声钻进她的耳朵里，在她的脑子里泛着泡泡。嗓子里像是堵着块石头，她什么都说不出。

镜中的人影逐渐变得模糊。她两眼一闭，眼前一黑，再次栽倒在傅棠舟的怀里。

水珠顺着她的发丝一滴一滴地滚落。她的皮肤乍一碰是凉的，

下一秒却滚烫似火。

她好似从清水里捞出的一块嫩豆腐。他想捧着她，又怕稍微一用力就会捏碎她。

他扯下一块干燥的大浴巾，将她包了进去。

他寻到她的搭扣，金属浸过水后意外地凉。他摸索两下，这才松开扣子。

他试图将这条湿漉漉的裙子脱下来。他曾经为她脱过很多次衣服，没有哪一次像这次这般艰难。

这浴巾不算厚实，细小的绒毛刺激着肌肤，她的胳膊上甚至泛起了细小的鸡皮疙瘩。

傅棠舟将她抱到盥洗台上。她合着眼靠着镜子，肩胛上有两条优美的锁骨的曲线，睫毛上沾了几粒水珠，在灯光下折射着透明的水色。

纤瘦的小腿从浴巾下探出，足尖自然下垂，薄玉似的趾甲只涂了一层透明护甲油。

傅棠舟拿过那一小瓶卸妆液，又找到几片化妆棉，然后将卸妆液倒在化妆棉上，轻轻覆上她的眼睛。

身为男人，傅棠舟活得并不糙，可也不像女人那么细致。他没想过有一天会这般体贴地服侍一个女人。

他耐心地等待了几分钟，细致地擦去她的妆容，一张素白的小脸徐徐展现。

顾新橙的皮相骨相俱佳，气质温柔，妆容对她的改变不大。她化淡妆的时候，他常常区分不出她有没有化妆。

他替她卸完妆后把她抱了下来。望着那一缸清澈的水，他打消了替她洗澡的念头——这对他来说简直是一场更残酷的考验。

顾新橙趴在他的肩头，脑袋一歪，嘴唇蹭过他的耳垂，他的身体再度僵硬。

他小心翼翼地扶住她的头，用指尖揉着她耳垂上的那颗小痣。这是她浑身上下最敏感的部位，他再了解不过了。

傅棠舟叫她的名字：“新橙。”

她迷迷糊糊地嗯了一声，像是回应，又像是梦呓。

他抵着她的额头，靠得很近：“真的不要？”

他的嗓音像是大提琴发出的声音一般，极其低沉，蛊惑着什么。

顾新橙又嗯了一声。

这声飘忽的“嗯”像是一盆冷水，将他的心火浇灭。

她是只会说“嗯”吗？

傅棠舟觉得应该换一个问法，于是又问：“要吗？”

她没有搭理他，把头埋在他的肩窝处，蹭了两下，像是在摇头，也像是在撒娇。

傅棠舟不禁觉得有点儿好笑。

他这是在做什么呢？

他把她抱回床上，替她盖上被子，打算离开。

谁知她咕哝一声，口中念念有词：“你抱抱我……”

他的心和塌方一样陷落了。

她喜欢他抱着她，以前经常对他这么说。

有一次周末，他在书房里忙工作。她挪进他的屋里，在沙发上默记单词——她学习的时候一向很认真，很专注。

他没有让她走，有她陪在身边的感觉并不差。

两个人共处一室，各自做着各自的事情，互不打扰。这样的时光对他而言非常惬意。

后来，董事会有个视频会议要开。他稍有顾忌，便说：“新橙，我要开会。”

她听了这话，放下单词书朝他走过来，然后说：“那你抱抱我。”

仿佛被这么抱一抱，她就不在意了。

他抱了她一下，她这才心满意足地离开。

她向来是很好哄的。即使他冷落了她，一个拥抱就能让她释怀。

大概就是因为这样，所以后来的很多时候，他并不曾将她的感受放在心上。

他以为她会一直这样下去，殊不知，她的心在一次次受到冷遇之后渐渐凉了下来。

傅棠舟没舍得再离开，而是将她抱进怀里。

他瞥了一眼时间，已经十二点了。他冒出一个荒唐的念头，如果让时间停在这一刻，似乎也不错。

他摁灭了床头灯，室内陷入一片黑暗中。她的呼吸声在这一刻被放大，格外清晰。

那一小团软玉温香就这么蜷在他的怀里，清淡的香气袭上心头。

自打两人分手以后，他就再没有这样舒适地度过夜晚了。他用手轻轻拍着她，像是哄孩子一样安抚着她。

顾新橙安静了一会儿，便又开始不安地扭动。这酒的后劲儿是一阵一阵的。

人一喝多了，真是什么都不记得。那一晚他喝多后一点儿记忆不剩，甚至连她没回家也不知道。

自那以后，他再也没喝多过，在酒局上永远拿捏着分寸——喝酒真的误事。

此时此刻，顾新橙枕着他的臂弯，香气萦绕在他的鼻尖周围。

他一抽动胳膊她就发出不满的咕哝声，像是在抱怨他。

某一瞬间，傅棠舟心一横，想放弃挣扎。可下一秒，他又强迫自己恢复清醒。

这一整夜，半梦半醒，半痴半狂，直到天明。

顾新橙很久没有做过这样的梦了。

她在梦里和一个男人缠绵，但看不清他的脸。她问他是谁。他不肯告诉她，却一直在她耳边叫她的名字：“新橙……”

她的眼皮轻跳，似乎在和梦魇做斗争。忽然，她睁开眼，绮丽的梦境瞬间像潮水退去。

她心悸不已。一定是空窗期太久，她的身体在向她发出信号。

意识逐渐恢复，顾新橙看清了头顶的天花板，那儿有一盏漂亮又华丽的水晶灯。

这里不是宿舍，这是她的第一反应。

她撑着身体从床上坐起来，身上的浴巾随之脱落。她一瞬间愣住，各种不好的念头涌入脑海。

她立刻看向身侧，那里空空荡荡、平平整整，什么人都没有，也不像有人睡过。

她松了一口气，可并不能彻底放心。她抱着膝盖坐在床边，回想昨晚发生的事儿。她的头隐隐有些疼痛，恐怕是喝醉酒的后遗症。

她想起来了。昨天她和傅棠舟出去见客户，她喝得有点儿多。饭局结束之后傅棠舟有点儿生气，把她塞进了车里……后来的事儿，她想不起来了。

这家酒店的陈设很奢华，想必是傅棠舟开的房。

可他人去哪儿了？昨晚他不在吗？

顾新橙正在思索，这时，傅棠舟走进了房间。

四目相对。他移开眼，她赶紧拉着被子把自己遮起来。

傅棠舟的语气淡淡的："你醒了。"

顾新橙小声地嗯了一声，不再多说。

他身上的衣衫齐整，一件浅色条纹的商务衬衫把他衬得风度翩翩。扣子被他一丝不苟地系到最上面一颗，就连手腕处的袖扣也整整齐齐。

黑色西裤线条流畅，皮带束在腰间。他整个人竟莫名地有一丝禁欲感。

他现在是一副衣冠禽兽的做派，而她却像一尾赤条条的鱼一样躺在床上，这令顾新橙又羞又窘。

她猜到是他脱了她的衣服。

傅棠舟说："你昨晚那个样子，我不能不管你。"

他把手插在兜里，语气冷冰冰的，不带一丝温度。他的眼眸平静无波，仿佛他只是在陈述一件既定事实。

顾新橙以前见过别人喝醉酒，平时再正经的人都能做出匪夷所思的行为。这是她人生中第一次喝断片儿，谁知道喝醉酒会不会耍酒疯啊？

"我们有没有……发生什么？"她极力压抑着语气中紧张的

情绪。

傅棠舟倏然一笑，懒散地靠在墙上，一双眼眸似笑非笑地看着她，说道：“你希望我们发生什么？”

顾新橙：“……”

她当然是希望什么事情都没有发生啊。

阳光从薄透的窗帘缝隙间穿过，落在驼色的羊毛地毯上。

矮几上有一枝紫色蝴蝶兰，半球形的透明罩子盖住的餐盘上摆了几样精致的西式小点心。

顾新橙恹恹地靠在床上：“我的衣服呢？”

傅棠舟直接把一个袋子丢了过去，几件衣物顺势从袋中滑落到床上——都是新买的衣服，连吊牌都没拆，从内衣到外衣，一应俱全。

她把内衣标签翻出来一看，是她穿的尺寸。

这种极其私密的事情只有和她有过最亲密接触的人才知道，这件内衣明晃晃地昭示着二人曾经的私情。

“你买的？”顾新橙的本意是想把钱给他。

“秘书买的，”他怕她担心是于修买的，便多解释了一句，“女秘书。”

顾新橙垂下头，牙齿咬着下唇，手指不经意间攥紧了。她问：“你的秘书知道这件事情？”

她昨夜和傅棠舟在酒店开房，即使什么都没发生，在外人的眼里也意味着什么都发生了。

傅棠舟静静地看着她：“她不知道是你。”

这句话既让她放了心，又让她硌硬。不知不觉之间，她似乎又成了他“外面的女人”。

“我昨晚有没有，”她扫了一眼旁边的床铺，“有没有说什么不该说的话？”

傅棠舟思忖片刻，想到她哭喊着说创业辛苦，思念父母——这些话，不说也罢。

“什么叫不该说的话？”

“就是我平时不会说的话。”

傅棠舟莞尔：“有。”

“什么？”

“你说，要我抱抱你。”

你抱抱我……

这是她极有可能说出口的一句话，唉，喝酒误事啊。

耳尖上的一抹绯红有向下蔓延的趋势，顾新橙抓着被褥闷声说：“我要换衣服了。”

傅棠舟不再逗留，出了卧室，将门掩上。

她把袋中的衣服倒了出来，试图拽掉吊牌。然而这吊牌线非常结实，不用剪刀是没法儿弄断的。

她裹好浴巾下床，拉开抽屉寻找剪刀，可惜没找到。

她只得将门重新拉开一条缝儿，只见傅棠舟坐在沙发上。他的胳膊支在膝盖上，手抵着下巴。腕上的金色手表折射着光，平整的西裤被压出几道褶。

干净利落的黑色碎发下，睫毛低垂，他正在闭目养神。

他反应挺快，一听到动静，立刻睁眼看向卧室的方向。

顾新橙裹着浴巾，浴巾下摆遮到大腿。卷曲的长发垂落于腰际，琥珀色的眸子里隐隐有几分窘迫。

傅棠舟问：“怎么了？”

顾新橙说：“有没有剪刀？”

他拧眉思索两秒：“打电话问前台。”

顾新橙退回了卧室。研究完酒店的小册子，她打电话过去询问，前台说会让客房部给她送到房间里。

不一会儿，门外有咚咚的敲门声。傅棠舟替她拿了剪刀。她接过剪刀，重新将门关上。

顾新橙三下五除二地将吊牌剪掉，换上衣服。

这是一条淡粉色的羊毛裙，柔软的布料里嵌着亮丝，前襟有珍珠扣。

她本以为穿上会显得很少女，没想到上身效果奇好，修身的板

型衬得她女人味十足。

她刚换好衣服，枕头底下就响起一阵手机铃声。

这不是她的铃声，而是傅棠舟的。

她把手机找出来，一颗心顿时沉了下去。

傅棠舟昨晚睡在她的旁边？也就是说，他们睡在同一张床上？

这个房间是他开的，按理说他睡哪儿都行。可是……她宁愿自己今早在沙发上醒来。

她联想到那个令她害羞的梦。也许，这不是身体发出的信号，而是某种警示。

顾新橙的思绪被敲门声打断，傅棠舟的声音隔着门传来：“我的手机。”

她拉开门，把手机递给他。他瞥了一眼来电显示，打算接电话。

她当即要走。他立刻摁了电话，一把拽住了她的手腕：“你去哪儿？”

她冷冷地睇他：“关你什么事儿？”

傅棠舟没有松开手，反而攥得更紧了：“新橙，下次别喝酒了。”

他没叫她的全名，而是叫她“新橙”。这意味着他现在和她不是工作上的关系，而是更私人的关系。比如说，前任男女朋友。

“傅棠舟，你应该明白我们现在的关系。”

“什么关系？”

“我们只是生意伙伴，没有其他关系。”

生意伙伴之间能发生什么，不能发生什么，他比她清楚多了。然而卧室里的那张大床明晃晃地昭示着昨夜的种种——他越界了。

“顾新橙，”他单手撑着她身后的墙面，另一只手插着兜，居高临下地看她，“我们之间曾经有过的关系让你这么难堪吗？”

她难堪到急于抹去所有痕迹，对他避之不及。

“傅总，”顾新橙刻意和他划清界限，“过去的事儿已经过去了。”

“过去了，不代表没发生过。”傅棠舟的语气很冷。

他淡定的模样令顾新橙的眼角微微发热。

凭什么他永远可以衣冠楚楚、镇定自若地出现在她的面前，而她却不着寸缕地在他的床上醒来？

她质问："这就是你昨晚做那些事的理由吗？"

为她挡酒也就算了，他还带她来酒店开房，和她睡在一块儿。

他把她当成什么了？她早就不是他的女人了。

"我昨晚做什么了？"

"你不该为我挡酒，也不该……"

"然后看着你喝多，不省人事？"

"你想让那些人怎么看我们？"

傅棠舟不动声色地看了她一会儿："他们能怎么看？"

他这种无所谓的态度刺激到了顾新橙，她说："傅棠舟，我和你早就没有那种关系了！"

两年了，她终于从那段关系里抽身了。他为什么要将她打回原形，让她重新变成他的附庸呢？

"顾新橙，任性要适可而止。"傅棠舟的语气冷了一度，他说，"我昨晚有没有提醒你，这酒的后劲儿大？"

她反驳他："你不觉得你管得有点儿多吗？"

生意场上的这些事儿，他不懂吗？那些人的笑声让她只想掘地三尺，当场埋了自己。

"你喝成那样，我不管你，谁管你？"傅棠舟又逼近了一步，"你想要的独立就是自讨苦吃吗？"

顾新橙咬着下唇不吭声，眼神却分外倔强。

傅棠舟以一种高高在上的姿态告诫她："我帮你拉关系，不需要你来喝酒。"

顾新橙的后背贴上冰凉的墙壁，她用敌视的眼光看着他。

昨晚在饭局上，她的心态很复杂。

她想和别人交际，也想用喝酒来撇清两人之间的关系——傅棠舟不让她喝，她就得喝。

她以前那么听话，为什么现在还要听他的话啊？更何况他的关心已经超出了投资人应关心的范畴。

顾新橙走进了一条死胡同，一旦有某件事触及过去，她的反应

就会过激。

昨晚，酒精放大了这种应激反应，让她做出了一个错误的决定。

她后悔喝酒，可是更不想重蹈覆辙，沦为他身边不清不楚的女人。

傅棠舟垂眸看她。顾新橙的长相与以前毫无二致，性格却产生了翻天覆地的变化。

她在他身边的时候柔情似水，现在却像一只凶悍的小狮子。

她迫切地想要证明什么，比如说独立，但是用力没用到点子上——独立不意味着她需要不拿他人的一针一线，也不意味着必须和他划清界限，更不意味着逞强好胜。

顾新橙低着头，耳垂上的那颗小痣尤为明显。

傅棠舟的喉结滚了一下，他意识到他的语气有些重了。她不是他的下属，也不仅仅是合作伙伴。她曾经是他的女人。

一想到“曾经”这个词，他撑着墙的手掌紧握成拳，手背上青筋暴露。

他放缓了语气：“新橙，别耍小脾气。长袖善舞，利用能利用的资源没有什么不好，在商场上大家都是这样。”

“你别那么叫我。”她的嗓音冰冷。她仿佛在提醒他，他不配那么叫她。

她不是不懂得利用资源的人，可他的身份对她而言太敏感了。公事里一旦掺杂私人感情，就不再单纯了。

“新橙，那些人的想法不重要。”傅棠舟说。

她太单纯，不懂得借他的势，天真到有点儿傻。换作别的女人，巴不得能和他有某种暧昧，方便捞好处呢。

“我给你挡几杯酒，说明不了什么。也许是我体贴女性，也许是……”傅棠舟欲言又止。

“看来是我想多了，原来傅总在外面这么体贴女人。”顾新橙的嘴角掠过一丝嘲笑。

这话竟噎住了傅棠舟。他想说不是，想想还是算了。

“也许是你体贴女性，也许是我们之间本来就不清不楚。”顾新橙替他说完了后面的话，“傅棠舟，你这样有意思吗？”

她的眼眶红了一圈，她为自己感到委屈。他们明明不是那种关系啊，他为什么要这样？

过去那段不清不楚的关系伤她太深，她再也不想蹚这种浑水了。

“你不要胡思乱想，”傅棠舟说，“我没那个意思。”

“那还能是什么意思？”她一激动，掉了两颗眼泪。

“也许是别的意思，比如说……”他的喉头微动，“我想追求你。”

他因为对她有好感，所以心疼她，在酒局上为她挡下她不能喝的酒。这也是某种可能的情形之一。

顾新橙蒙了，眼泪一下子止住。她直愣愣地看着他，觉得他在和她开玩笑。

他和她分手一年多了。她曾明确地拒绝过他，可他现在又和她提这种要求……

“新橙，我们重新开始，好吗？”

他想将一切不堪的过去翻篇，把她当成一个独立的女人看待，而不是恢复过去那种关系。

“你伤害我一次还不够吗？”顾新橙的嗓音拔高一度，语气却是透心凉。

她的伤口好不容易愈合了，她不想再撕开。痛入骨髓的滋味，她尝过一次就够了。

傅棠舟沉默地看着她苍白的脸。

那时候她从来都没告诉过他，他伤害了她。直到她提分手那天，他都没想通她为什么要选择离开。

在他家的那一夜，她对他发泄情绪似的说了那些话，对他而言也是一种伤害——他和黄总不一样。他不是那种人。

然而，那一晚的体验太过糟糕。他同她亲昵，是想用这种方式唤醒两个人曾经的甜蜜回忆，让她回心转意。

可她却觉得他想凌辱她，所以不再信任他了——他认为美好的东西已经变成了对她的伤害。

他选错了方式，无形之间将她推得更远了。两年的惩罚，还不够抹平这种伤害吗？

“新橙，我不想伤害你。”傅棠舟说，“如果你觉得我哪儿做得不好，你可以跟我说。”

“傅棠舟，难道我没有问过你吗？”

“问过什么？”

顾新橙冷笑：“我们在一起的那一晚，我问过你的。你不记得你的回答了吗？”

傅棠舟默然。他想起来了，她问他爱不爱她，可他的回答……他不愿多想。

提到这件事，顾新橙浑身都在发颤。她是因为爱他才和他在一起的，可他呢？

那时候的她太年轻，捉摸不出他的想法。她觉得只要彼此喜欢，就能在一起。

可后来，她越陷越深，看得也越来越明白。

他的阶层是她在有限的生命里没有接触过的。他们之间的关系她也未曾经历过。

这和她当初的想象完全不同。所以她断情舍爱，选择离开。

她太爱他，而他没那么爱她。不对等的感情付出注定让她处在弱势的地位上。

她本就敏感，这下越发自卑。

她不去问，就还能麻痹自己，小心翼翼地维持这段虚假的关系。

要是真问了，得到了准确答案，那她就没法儿再骗自己了。

“新橙，我……”傅棠舟想为自己辩解什么。在她明确提出这一点之前，他从来没考虑过这个问题——和一个女人确定关系，男人需要说上一句“我爱你”。

他觉得这更像是交易。他愿意为她付出金钱，也愿意宠爱她，而她只需要陪伴在他的身边就够了。

只不过，顾新橙不要钱，也从不抱怨。他一直觉得她和他一样，很满意这段关系……直到分手那一天。

“我知道，像你这样的人不需要爱情。”顾新橙说。

他是一出生就站在顶峰的人，呼风唤雨、纸醉金迷。爱情能给他带来什么呢？带不来什么。

她孑然一身，能给他的只有一份诚挚的爱情。可她的真心对他来说没有意义，这是她最可悲的地方。

“我和你不一样，我需要。”顾新橙说，“我是庸人，也是俗人。我需要一个男人给我一段婚姻，一个家庭。”

她在一段男女关系里追求的不是荣华富贵，而是一个能相互搀扶着走到百岁的伴侣。傅棠舟不是这样的人。她追求的东西，他看不起。他也不会给她。

“我们在一起是没有未来的，你不用在我这里浪费时间和精力，我不值得你追求。”顾新橙郑重地道，“傅棠舟，我们之间的关系只能到现在这一步了。”

傅棠舟一言不发地看着她，漆黑的眼眸越发阴沉。

“分手那天你说的话，我一直记得。我没有去找你。”顾新橙继续说，“我希望你也记得我说过的话，别来找我。”

她的脸颊上有一丝未干的泪痕，整个人显得有些柔弱，却很有力量。

傅棠舟咬着后槽牙，下颌绷得很紧。终于，他服软了：“新橙，那只是一句气话。”

那时，他气她被他宠得太过任性，竟然跟他提分手。

“抱歉，我说的不是气话。”顾新橙的语气越发冷静，也越发讽刺。她铁石心肠，二人之间犹如阻隔着一堵冰墙。

“昨晚的事儿，我们就当没有发生过。我以后不会再喝酒了，谢谢你的好意。”她冲他礼貌性地笑了一下，眼睛弯起来，眼底却没有笑意。

傅棠舟静默片刻，然后转身出了卧室。十几秒后，大门处传来嘭的一声，他彻底走了。

顾新橙贴着墙，身上的力气像是被抽走了一样，整个人缓缓向下滑动。

最终，她跌坐到地毯上，好似一只无力的提线木偶。

今天是工作日，傅棠舟的行程安排得很满。可他没去公司，直接回了家。

他一宿没睡，头痛欲裂，眼底泛着红血丝。彻夜不眠导致免疫力下降，他昨晚还洗了冷水澡，现在身体有低烧的迹象。

早晨一起床，傅棠舟就让秘书为顾新橙买了新衣服，还让酒店送点心过来，都是她爱吃的。

他想同她好好谈一谈，捋一捋两个人之间的感情。

他的一片好意，最终换来了什么？

她告诉他："我们在一起是没有未来的，你不用在我这里浪费时间和精力，我不值得你追求。"

傅棠舟一到家就去了卧室，谁知于修的电话又来了："傅总，今天下午……"

傅棠舟怒不可遏："我今天不去公司，公司明天是不是就倒闭了？"

于修立刻㞞了。他还没来得及说"不是"，电话就被挂了——傅总从来没有发过那么大的火，也从没说过这种气话。

傅棠舟刚闭上眼，电话又响了。

他以为又是于修，正要挂电话，一看来电显示，竟然是他妈沈毓清。

母亲的声音从电话那头传来："棠舟啊，最近在忙什么？你都多久没回家看看了？"

傅棠舟揉着太阳穴，语气颇为不耐烦："妈，我现在不舒服，别给我打电话了，成吗？"

"你生病了？"沈毓清问。

"没。"傅棠舟懒得多说。

"你在哪儿呢？银泰中心？"沈毓清很清楚傅棠舟这几年的固定住所在哪儿。

傅棠舟没回答她，直接说：“我要睡觉，挂了。”

他关了手机，世界彻底安静了。

他现在只想睡觉。

一小时后，沈毓清挎着包出现在银泰中心的大堂里。

她年近六十，保养得却很好，皮肤状态看上去像四十岁——金钱虽然不能让人容颜永驻，但让人年轻个十几二十岁绰绰有余。

她的阔太气度似乎是与生俱来的，高跟鞋稳稳地踩过大理石地板，整个人美丽又自信。

她上了电梯，来到儿子的家门口，摁了门铃。在等待开门的时间里，她四下看了看，这儿和她以前来时一模一样。

除了头顶的这个摄像头，是新装的吗？

沈毓清等了快五分钟，也没等到有人来开门。

她看了一眼门上的指纹锁，按了一串密码，门应声打开。

她早就告诉过儿子每间房子要设不同的密码，他从来不听她的话，这也怪不了她。

沈毓清进门之后，观察着这套房子的格局。

主卧一般都在南边。

她顺利找到主卧。傅棠舟连房门都没关，留了一道缝儿。

她静悄悄地推开房门，看见儿子一个人躺在床上睡觉。

她退出去一步，将门重新掩上，然后咚咚咚地敲门。

傅棠舟生平最恨别人打扰他睡觉，现在被敲门声惊醒，一股无名之火蹿了上来。

可是他混沌的脑子忽然清醒了，这儿是他家，现在这个时间点用人不会过来收拾屋子。

这间房子的指纹锁只有他和顾新橙两个人能开。

顾新橙……来了吗？

想到这里，他立刻从床上坐起来。他强撑着精神，做出镇静的模样，清了清嗓子说：“进来。”

门被推开，走进来的人不是顾新橙，而是他妈。

沈毓清看着儿子的表情：“我来看你，让你很失望？”

傅棠舟无语，觉得自己很可笑。

顾新橙怎么会过来？他是不是疯了？

沈毓清踩着地毯款款走过来，边走边看："你养的那个女人不在吗？"

傅棠舟根本不想回答这种无聊的问题。

沈毓清坐到他的床边，想探探傅棠舟额头的温度。

他这副失魂落魄的模样确实像是病了。可他撇过头，不让她碰。

"我早就跟你说过，我是你妈。我不关心你，天底下还有谁关心你？"沈毓清把包搁在一边，语重心长地说道，"你还指望外面那些女人来关心你？"

傅棠舟冷笑。

"要不要找个医生来看看？"沈毓清问。

"不用。"傅棠舟说。

她真就不找了，她对儿子的关怀更像是一种虚伪的客套。

"我来找你说件事儿，"沈毓清说，"你的手机关机，我只好亲自过来了。"

傅棠舟的嘴角挑起一丝嘲意："有什么大事儿劳烦您亲自来一趟？"

"你的婚事当然是大事儿。"

"我不结婚。"

"棠舟啊，窦婕真是个好姑娘。你那样对人家，人家还跟我说能体谅你工作忙。"沈毓清说，"下周你窦叔叔过七十大寿，她也要过去。你得抓住机会，不能再冷落人家了。"

"您甭跟我提她了成吗？"

他们面都没见过两次，结什么婚？

"棠舟，你也快三十了。之前那些年你在外头瞎胡闹，谁也没管过你吧？"沈毓清振振有词，"我们和窦家门当户对，而且你窦叔叔——"

傅棠舟的耳朵快磨出茧子了。他忽然想到顾新橙今天对他说的话，找到了一个好借口。

他打断了沈毓清的话："我不爱她。"

"你发烧烧糊涂了吗？"沈毓清冷嗤，"我看你这些年脑子越来越不清醒了。"

傅棠舟愣了一秒，他的父亲和母亲之间没有爱情，一样过得好好的。

他的成长和生活环境就是这样。大家更愿意相信利益交换，而不是虚无缥缈的爱情。

这么多年来，傅棠舟一直活得很清醒。

可顾新橙告诉他，她需要爱情，还需要一段婚姻、一个家庭。所以她要离开他。

她为什么觉得他给不了呢？

随便一个男人都能给她的东西，他真的给不了吗？

他轻笑，安慰她：“你这么优秀，这条街的男人都想娶你。”

她下意识地看了一眼他们俩正在走的这条路，顿时无语。

这条街上只有傅棠舟一个男人。